民國文存

*93*

# 古代詩詞研究三種

胡樸安　賀楊靈　徐珂

知識產權出版社

本書由《詩經學》《古詩十九首研究》《清代詞學概論》三種書拼合而成。《詩經學》從學術史的角度來分析和論述《詩經》，從《詩經》本身的問題、《詩經》發展史以及各種研究《詩經》的方法這三個方面來展開，對於《詩經》進行了一次系統性的總結。《古詩十九首研究》從作者、時代、以及藝術性等方面對《古詩十九首》展開討論，對其中的篇章進行詳細解讀。《清代詞學概論》從派別、選本、評語、詞譜、詞韻、詞話等方面對清代詞進行研究，語言精練，觀點深刻。

　　本書適合古典文學領域的研究者和普通愛好者閱讀與參考。

責任編輯：文　茜　　　　　　　　責任校對：董志英
文字編輯：吳傑華　張　娟　　　　責任出版：劉譯文

**圖書在版編目（CIP）數據**

古代詩詞研究三種/賀楊靈，徐珂，胡樸安. —北京：知識產權出版社,2015.11
　（民國文存）
　ISBN 978-7-5130-1773-2

Ⅰ. ①古…　Ⅱ. ①賀…②徐…③胡…　Ⅲ. ①古典诗歌—诗歌研究—中国
Ⅳ. ①I207. 22

中國版本圖書館 CIP 數據核字（2012）第 307256 號

# 古代詩詞研究三種

Gudai Shici Yanjiu Sanzhong

胡樸安　賀楊靈　徐珂

出版發行：**知識產權出版社** 有限責任公司

| | | | |
|---|---|---|---|
| 社　　址：北京市海澱區馬甸南村 1 號 | | 郵　　編：100088 | |
| 網　　址：http://www.ipph.cn | | 郵　　箱：bjb@cnipr.com | |
| 發行電話：010-82000860 轉 8101/8102 | | 傳　　真：010-82005070/82000893 | |
| 責編電話：010-82000860 轉 8342 | | 責編郵箱：wenqian@cnipr.com | |
| 印　　刷：保定市中畫美凱印刷有限公司 | | 經　　銷：新華書店及相關銷售網站 | |
| 開　　本：720mm×960mm　1/16 | | 印　　張：16. 5 | |
| 版　　次：2015 年 11 月第一版 | | 印　　次：2015 年 11 月第一次印刷 | |
| 字　　數：210 千字 | | 定　　價：56. 00 元 | |

ISBN 978-7-5130-1773-2

# 民國文存

## （第一輯）

## 編輯委員會

# 出版前言

　　民國時期，社會動亂不息，內憂外患交加，但中國的學術界卻大放異彩，文人學者輩出，名著佳作迭現。在炮火連天的歲月，深受中國傳統文化浸潤的知識分子，承當著西方文化的衝擊，內心洋溢著對古今中外文化的熱愛，他們窮其一生，潛心研究，著書立說。歲月的流逝、現實的苦樂、深刻的思考、智慧的光芒均流淌於他們的字裡行間，也呈現於那些細緻翔實的圖表中，在書籍紛呈的今天，再次翻開他們的作品，我們仍能清晰地體悟到當年那些知識分子發自內心的真誠，蘊藏著對國家的憂慮，對知識的熱愛，對真理的追求，對人生幸福的嚮往。這些著作，可謂是中華歷史文化長河中的珍寶。

　　民國圖書，有不少在新中國成立前就經過了多次再版，備受時人稱道。許多觀點在近一百年後的今天，仍可說是真知灼見。眾作者在經、史、子、集諸方面的建樹成為中國學術研究的重要里程碑。蔡元培、章太炎、陳柱、呂思勉、錢基博等人的學術研究今天仍為學者們津津樂道；魯迅、周作人、沈從文、丁玲、梁遇春、李健吾等人的文學創作以及傅抱石、豐子愷、徐悲鴻、陳從周等人的藝術創想，無一不是首屈一指的大家名作。然而這些凝結著汗水與心血的作品，有的已經罹於戰火，有的僅存數本，成為圖書館裡備受愛護的珍本，或成為古玩市場裡待價而沽的商品，讀者很少有隨手翻閱的機會。

鑑此，為整理保存中華民族文化瑰寶，本社從民國書海裡，精心挑出了一批集學術性與可讀性於一體的作品予以整理出版，以饗讀者。這些書，包括政治、經濟、法律、教育、文學、史學、哲學、藝術、科普、傳記十類，綜之為"民國文存"。每一類，首選大家名作，尤其是對一些自新中國成立以后沒有再版的名家著作投入了大量精力進行整理。在版式方面有所權衡，基本採用化豎為橫、保持繁體的形式，標點符號則用現行規範予以替換，一者考慮了民國繁體文字可以呈現當時的語言文字風貌，二者顧及今人從左至右的閱讀習慣，以方便讀者翻閱，使這些書能真正走入大眾。然而，由於所選書籍品種較多，涉及的學科頗為廣泛，限於編者的力量，不免有所脫誤遺漏及不妥當之處，望讀者予以指正。

# 目　錄

# 詩經學

胡樸安　著

# 緒論

"詩經學"一名詞，在學術上不能成立。蓋學術上祇有詩學，屬於文章學類之範圍，而無所謂詩經學。《詩經》一書，溯其原始，祇是文章。但經歷代學者之研究，《詩經》之範圍，日愈擴大。如陸璣之《毛詩草木鳥獸蟲魚疏》等，則為《詩經》博物學；王應麟之《詩地理考》等，則為《詩經》史地學；顧炎武之《詩本音》、段玉裁之《詩經小學》等，則為《詩經》文字學；包世榮之《毛詩禮徵》等，則為《詩經》禮教學。《詩經》既包有各類之學術，已非詩之一字所能該。況吾人研究《詩經》之目的，不僅在於文章一方面，而歷代研究《詩經》者，亦皆不由文章一方面發展。所以詩經學一名詞，實嫌籠統，而無成立之價值。然則茲編仍名《詩經學》何也？不得已而名之也。中國學術分類，為編者所剙。當茲學術改革之際，新者尚未成立，則舊者自不能遽廢，故仍以"詩經學"名之：一方面為舊者之結束，一方面為新者之引導也。

何謂詩經學？詩經學者，關於《詩經》之本身，及歷代治《詩經》者之派別，並據各家之著作，研究其分類，而成一有統系之學也。本此意義，分為三段說明之：

（一）詩經學者，學也。學也者，以廣博之徵引、詳慎之思審、明確之辨別，然後下的當之判斷也。所以詩經學者，非《詩經》也。

《詩經》者，古書之一種。詩經學者，所以研究此古書者也。凡關於《詩經》之種種問題，以徵引、思審、辨別、判斷之法行之。判斷之的當與否，視其辨別；辨別之明確與否，視其思審；思審之詳慎與否，視其徵引。故學也者，以廣博之徵引始，經過詳慎之思審、明確之辨別，以求得的當之判斷為事也。

（二）詩經學者，關於《詩經》一切之學也。《詩經》之本身，僅三百篇而止。《詩經》一切之學，即歷代治《詩經》者之著作是也。《詩經》之本身，除文章學外，無他學術上之價值。《詩經》一切之學，授受異而派別立，派別立而思想歧。思想之影響於時代，社會道德之變遷，國家政治之因革，皆有關係焉。所以詩經學，一為研究《詩經》時代之思想，一為研究治《詩經》者各時代之思想，而並求其思想變遷之迹。

（三）詩經學者，關於《詩經》一切之學，按學術之分類，而求其有統系之學也。學術之分類，當於學術上有獨立之價值。《詩經》一切之學，包括文字、文章、史地、禮教、博物而渾同之，必使各各獨立，然後一類之學術，自成一類之統系。詩經學者，依《詩經》一切之學，分歸各類，使有統系之可循。所以詩經學，一為整理《詩經》之方法，一為整理一切國學之方法。

詩經學之意義，既已說明如上，則吾人研究詩經學者，當本此意義，以為實行研究之地。而其研究之方法，可分四項，次第行之：

（一）搜集材料：搜集關於《詩經》一切學之著作；

（二）分別精粗：將所搜集之材料，分別精粗而棄取之；

（三）辨析門類：將所取之材料，辨析屬於國學之何類；

（四）依類編纂：將辨析已明者，歸依各類，並貫穿之。

四種方法，不僅為研究詩經學者所當用。而研究詩經學，本此方法，自能達到詩經學所述意義之目的也。

3

# 命名

何謂詩？詩者，人心之志，以言發之，而有字句與聲音之節奏也。此定義可以文字學證之：

《說文》：“詩，志也。從言、寺聲，古文作訨，从言，之聲。”

《釋名》：“詩，之也，志之所之也。”

《說文》：“寺，廷也，有法度也。”

《說文》訓詩為志，指藏於心者而言。《釋名》訓詩為之，指發於外者而言。篆文詩從寺聲，此詩之所以必有節奏也。古文訨從之聲，此詩之所以表示意志也。古者，詩與歌不分：《虞書》，“詩言志，歌永言”，是藏於心者為志，發於言者為詩，詠其聲者為歌。志藏於內，而不可見；詩歌發於外，所以表示藏內之志。析言之，詩者，發表意志者也；歌者，歌詠聲音者也。詩屬意志方面，歌屬聲音方面。合言之，詩之實質即意志，詩之形式即聲音。古人之詩，未有無意志者，亦未有不協聲音者，所以古人之詩，無不可歌。歌即歌其發表意志之詩，非詩之外別有所謂歌也。詩歌既為一事，所以詩有必要之條件三：

（一）意志：喜、怒、哀、樂之情。

（二）文字：草、木、鳥、獸、魚、蟲，以及一切之事。

（三）節奏：字句之組合，聲音之調和。

合此三事，始謂之詩。詩之所以可歌者，全在節奏。有意志、有文字而無節奏者，可稱為文章；有意志、有文字、有節奏者，始可稱為文章中之詩。詩從寺得聲，而聲亦兼義。寺訓法度，法度卽節奏之謂。節奏者，篇有定章，章有定句，句有定字，意志之外，又有聲音之組合也。詩之字句，《孔疏》言之甚詳，茲記於下。

《孔疏》云：“句者，聯字以為言，則一字不制。故詩之見句，少不減二。其三字若：‘綏萬邦，屢豐年’之類是也。四字者則：‘關關雎鳩，窈窕淑女’之類是也。五字者：‘誰謂雀無角，何以穿我屋’之類是也。六字者：‘昔者先王受命，有如召公之臣’之類是也。（按今本《毛詩》，無者字及之臣二字，或孔氏所見本與今異。今本《毛詩》六字一句者：“嘉賓式燕又思，嘉賓式燕以敖”，皆六字句也。）七字者：‘如彼築室於道謀，尚之以瓊華乎而’之類是也。八字者：‘十月蟋蟀入我牀下，我不敢傚我友自逸’之類是也。其外更不見九字十字者，由聲度闌緩，不協金石故也。”

孔氏所舉，有三字至八字之無定。然協之金石，皆可以歌，長短雖異，節奏必諧也。《文心雕龍》云：“詩頌大體，以四言為正。四言者，詩之正體；三言至八言者，詩之變體。”無論正變，以有節奏為必要之條件。詩之於言，亦猶音之於聲。《說文》：“音，聲也，生於心有節於外謂之音，從言含一。”一者，節奏也。詩之從寺，與音之含一同。聲之無節奏者，謂之聲，不謂之音。言之無節奏者，謂之言，不謂之詩。詩之命名，不能離節奏而言。不過未有節奏之先，當有意志耳。梁簡文帝曰：“詩者，思也，辭也。發慮在心謂之思，言見其懷抱者也。在辭為詩，在樂為歌，其本一也。”此語亦頗明析。由此觀之，詩由意志而發，無意志則不能成詩，所以後人摹仿之詩，雖有詩之形式，而無詩之實質，非詩也。詩以節奏而成，無節奏則不足為詩，所以直言之言，論難之語，雖有詩之實質，而無詩之形式，亦非詩也。必由意志而見諸文字，由文字而比成節奏，始合詩之實，而亦符詩之名矣。

# 原始

詩之原始，起於何時？欲斷論此問題，不能以《詩經》為根據。因《詩經》中最古之詩，為《商頌》五篇。商代以前，已經有詩，詩之原始，必不起於商代也，當於《詩經》以前之書中求之。《虞書》中之《賡歌》、《夏書》中《五子之歌》，其詞句與《詩經》中之詩，大致相同，當是詩之權輿。但是《賡歌》與《五子之歌》，是否卽詩之原始，亦不可定。蓋唐虞以前，或有詩，或無詩，不能斷言也。關於此問題，極難解決，雖鄭玄亦不能有的確之斷論。茲記鄭氏《詩譜序》一段於下。

《詩譜序》云："詩之興也，諒不於上皇之世。大庭、軒轅，逮於高辛，其時有無載籍，亦蔑云焉。《虞書》曰：'詩言志，歌永言，聲依永，律和聲，然則詩之道放於此乎。'"

鄭氏此論，亦疑唐虞以前，已經有詩。但是無有載籍，可以考證。惟《虞書》中有"詩言志"一語，遂以詩放於虞。此種斷論，固出於謹慎之心，然究不能徵事之實在。有人主張詩與樂同起，《禮記·明堂位》云："土鼓蕢桴葦籥，伊耆氏之樂也。"又云："女媧之笙簧。"《古史考》云："伏羲作瑟。"是唐虞以前，已有樂矣。歌與樂相比，樂者，絲竹之聲；歌者，人聲。有樂卽當有歌。譜於樂者謂之歌，誦於口者謂之詩，有歌卽當有詩。以樂之發生，推論詩

7

之原始，雖無載籍上之確證，而理則頗有可信。卽鄭氏亦疑有樂之時，卽已有詩，或不名為詩，或詩之作用，與後世不同。茲記鄭氏《六藝論》二段於下。

《六藝論》云："詩者，弦歌諷諭之聲也。自書契之興，朴略尚質，面稱不為諂，目諫不為謫，君臣之諫如朋友然，在於懇誠而已。斯道稍衰，姦偽以生，上下相犯。及其制禮，尊君卑臣，君道剛嚴，臣道柔順，於是箴諫者稀。情志不通，故作詩者，以通其美而譏其過。"

又云："唐虞始造其初，至周分為六詩。"

鄭氏此論，以詩為諷諭之聲，亦疑詩與樂同起。惟後世之詩，意主美刺；上古之歌，徑情直遂。徑情直遂者，朴質無文；意主美刺者，周旋於禮。所以《六藝論》又言禮與詩同生，蓋以徑情直遂者，不謂之詩也。中國文化，肇於唐虞；孔子刪書，亦斷自唐虞；故鄭氏論詩，謂唐虞始造其初。是《六藝論》之斷論，不僅以載籍之有亡為標準，而以文化之進步為權衡。據此立論，以斷定詩之原始，可得結論於下：

（一）歌與樂同時並起，詩卽由歌而來。

（二）歌者，草昧時代之詩；詩者，文化時代之歌。

（三）中國文化啟自唐虞，故詩始於唐虞。

以上斷論詩之原始，雖無精確之證據，大致當不甚非，然皆以歷史學為根據。若由心理學一方面推論，則詩直與人類並起，其發生之時代，稍後於言語。此其故，《詩大序》言之頗詳，朱氏《詩經集傳》所言亦析。茲記於下。

《大序》云："詩者，志之所之也：在心為志，發言為詩。情動於中，而形於言，言之不足，故嗟嘆之；嗟嘆之不足，故歌詠之；

歌詠之不足，故不知足之蹈之、手之舞之也。"

《詩經集傳》云："人生而靜，天之性也；感於物而動，性之欲也。夫既有欲矣，則不能無思；既有思矣，則不能無言；既有言矣，則言之所不能盡，而發於咨嗟詠嘆之餘云，必有自然之音響節奏而不能已焉。"

有人，即有意志與情欲；有意志情欲，即有言語；有言語即有詩。以心理論，確有此種之現象。惟是古時之人，意志與情欲，極為簡單，此種簡單之意志情欲，僅能為簡單之言語，必不能為咨嗟詠嘆之詩。其能由單簡之言語，變為咨嗟詠嘆之詩，必須經過若干時期，已由草昧而漸進於文明之世。所以詩之原始，仍以起自唐虞為是也。

# 作詩、采詩、刪詩

詩義最難明，其所以難明者，有作詩之義，有采詩之義，有刪詩之義。作詩之義若何？心感於物，而吟詠其事也。采詩之義若何？播之管絃，以為樂章也。刪詩之義若何？善者以為法，惡者以為戒也。此外尚有賦詩之義，見仁見知，斷章以說也。作詩、采詩、刪詩各有義，學者不明三義之分，遂至聚訟紛紜，莫衷一是。譬如《關雎》一詩，《毛詩》以為后妃之德，為美詩；魯、齊、韓三家詩，以為刺康王，為刺詩。一詩而美刺相反，何取何棄，無所適從。有人主張參考漢人之說，以為取棄之標準；以漢人去古最近，其說皆有師承，極為可信，斷非憑空鑿論者可比。此言亦頗有理。茲略采漢人之說，記之於下：

《史記‧十二諸侯年表序》：“周道缺，詩本之袵席，《關雎》作。”

《儒林傳序》：“周室衰而《關雎》作。”

淮南《氾論訓》：“王道缺而《詩》作；周室廢，禮義壞而《春秋》作；《詩》、《春秋》，學之美者也，皆衰世之造也。”

又《詮言訓》：“《詩》失之僻。高誘註：《詩》者，衰世之風也。《漢書‧杜欽傳》：是以佩玉晏鳴，《關雎》嘆之。”

劉向《列女傳》：“周之康王，夫人晏出朝，關雎豫見，思得淑女，以配君子。"

揚雄《法言》："周康之時，頌聲作乎下，關雎作乎上，習治也，故習治則傷始亂也。"

王充《論衡》："周衰而《詩》作，蓋康王時也，康王德缺於房，大臣刺晏，故《詩》作。"

袁宏《後漢紀》："楊賜上書曰：'昔周康王承文王之盛，一朝晏起，夫人不鳴璜，宮門不擊柝，關雎之人，見幾而作。'"

《後漢書·皇后紀論》："康王晚朝，關雎作諷。"

應劭《風俗通義》："昔周康王一旦晏起，詩人以為深刺。"

據以上諸說，則《關雎》之為刺詩，似可無疑。《關雎》既為刺詩，魯、齊、韓三家之說，信而有徵；《毛詩》之說，必不可從者也。如此以讀古書，不可謂其判斷無根據。然而試又參考漢人之說，其說則與此相反；或有一人之說，而前後不同。茲更略采漢人之說，記之於下：

《史記·外戚世家》："自古受命帝王及繼體守文之君，非獨內德茂也，蓋亦有外戚之助焉。夏之興也，以塗山，而桀之亡也，以妹喜；殷之興也，以有娀，紂之殺也，嬖妲己；周之興也，以姜原及大任，而幽王之禽也，淫於褒姒。故《詩》首《關雎》，夫婦之際，人倫之大道也。"

匡衡上疏："匹配之際，生民之始，萬福之原，婚姻之禮正，然後品物遂而天命全。孔子論《詩》，以《關雎》為始，言太上者民之父母，后夫人之行，不侔於天地，則無以奉神靈之統，而理萬物之宜。自上世以來，三代興廢，未必不由此者也。"

荀爽對策："夫婦人倫之始，王化之端，陽尊陰卑，蓋乃天性。且《詩》初篇，實首《關雎》，《禮》始《冠昏》，先正夫婦。"

《韓詩外傳》："子夏問曰：'《關雎》何以為《國風》始也。'孔子曰：'《關雎》至矣乎！夫關雎之人，仰則天，俯則地，幽幽冥冥，德之所藏，紛紛沸沸，道之所行，如神龍變化，斐斐文章，大哉！關雎之道也，萬物之所繫，羣生之所懸命也。河洛出圖書。麟鳳翔乎郊，不由《關雎》之道，則關雎之事，將奚由至矣哉？（中略）馮馮翊翊，自東自西，自南自北，無思不服，子其勉強之思服之。天地之間，生民之屬，王道之原，不外此矣。'子夏喟然嘆曰：'大哉！《關雎》乃天地之基也。'"

據以上諸說，則《關雎》為人倫之始、天地之基，其為美詩，當可以無疑。《關雎》既為美詩，《毛詩》之說，信而有徵；魯、齊、韓三家之說，必不可從者也。然合二說而觀，同為漢人之說，而彼此互異；甚且同為一人之說，而前後乖違。如《史記·十二諸侯年表序》既以《關雎》周道缺而作，而《外戚世家》，又以為人倫之大道；《韓詩》本以《關雎》為刺詩，而《外傳》又以《關雎》為天地之基，讀《詩》者欲判斷《關雎》為美為刺，將何所從而取標準乎？

漢人之說，既不足為判斷《關雎》美刺之標準；進而求諸孔子之說，孔子論《詩》，以《關雎》樂而不淫，哀而不傷，為得性情之正。據孔子之說為標準，則《關雎》當然為美詩，而《毛詩》之說為是。本《毛詩》之說，以《關雎》為后妃之德，於是解釋《關雎》之本文，又有疑義焉。

（一）以君子為文王，以淑女為大姒，文王思得大姒以為之配；其未得之也，寤寐思服，輾轉反側，哀而不傷也；其既得之也，琴瑟友之，鐘鼓樂之，樂而不淫也。按《大戴禮》："文王年十五而生武王"，則是求大姒之時，文王之年，至多不過十四歲；以十四歲之男子，欲得淑女以為配，事或有之；然何至求之有寤寐思服、輾轉反側之事，此說之不可通者也。

（二）謂后妃求賢女以輔佐君子，卽本《詩序》憂在進賢，《鄭箋》后妃寤寐求賢之說。按古者諸侯一娶九女，文王既娶大姒，妃嬪已備，何至更有求賢女以為輔佐之事，此亦說之不可通者也。

（三）謂宮中之人，見大姒始至，而賦其事以美之。按此宮中之人，如以為文王之宮人，不應后妃未娶，先有宮妾；如以為王季之宮人，亦不應知世子有寤寐反側以求之隱，此亦說之不可通者也。

《關雎》一詩，疑義紛起，終無有說可直捷了當以解釋之，由於不知有作詩、采詩、刪詩之分也。詩者，閭巷之歌謠，作者非一人，亦不能確定為何事而作。采詩之官，采而錄之，擇其可施其於教化者，播之管弦，以為樂章。《關雎》一詩，非為文王而作，亦非為康王而作；或亦民俗歌謠之餘，采詩者錄之，定為房中之樂，用之鄉人，用之邦國。毛以為后妃之德者，用之邦國者也。三家詩以為刺康王者，陳古刺今之義也。孔子刪《詩》，以《關雎》為房中之樂，而夫婦實人倫之始，故定為風始。由是言之，君子求淑女，未得而寤寐反側，已得而琴瑟鐘鼓者，此作詩人之義也；不必確指為何人而作，用為房中之樂者，此采詩人之義也；為當時婚禮用樂之制度，定為《國風》之始者，此刪詩人之義也，所以明夫婦為人倫之本。如是以說，則疑義悉解，作詩、采詩、刪詩若不明，詩義卽難了然矣。

# 大序、小序

《詩序》問題有三：（甲）大小序之說不同；（乙）作序者之說不同；（丙）《詩序》存廢之說不同。茲次第述之。

## （甲）大小序之說

何謂《大序》？何謂《小序》？其說有二：（一）漢人相承之說；（二）宋人相承之說。

（一）以《關雎》，后妃之德也，至用之邦國焉；名《關雎序》，謂之《大序》，以下則《小序》；《文選·詩序》《十三經注疏·詩序》如是。此漢人相承之說也。

（二）分詩者，志之所之也，至是謂四始，詩之至也，謂之《大序》；其各序一詩之由者，謂之《小序》；《詩經傳說》分《詩序》如是。此宋人相承之說也。

二說不同，學者對於此問題，殊無何等之辨析。余之私意，則以宋人之所分為是。《大序》者，論全詩之義也。《小序》者，論一詩之義也。漢人之說，按之《詩序》，似不如宋人分析之清。

# （乙）作序人之說

《詩序》為何人所作，紛如聚訟，為研究詩學者之一大問題。欲解決此問題，當先匯萃各家之說而比較之。古今對於《詩序》之說不同者，約十餘家。茲記於下：

（一）鄭康成《詩譜》："《大序》子夏作，《小序》子夏，毛公合作。"

（二）王肅《家語》注："子夏敍詩義，今之《毛詩》是。"

（三）《後漢書·儒林傳》："衛宏字敬仲，從謝曼卿受學，因作《毛詩序》，善得風雅之旨。"

（四）《隋書·經籍志》："先儒相承，謂《毛詩序》子夏所創，毛公及衛敬仲又加潤益。"

（五）陸德明云："孔子刪《詩》，以授子夏，子夏遂作序焉。《大序》是子夏作，《小序》是子夏、毛公合作，卜商意有未盡，毛更足成之。"

（六）孔穎達云："《詩》三百一十一篇，子夏作序。"

（七）成伯瑜云："子夏惟裁初句，至也字而止；《葛覃》后妃之本也，《鴻雁》美宣王也，如此之類是也。以下皆是大毛公自以詩中之意而繫其辭也。"

（八）王安石云："《詩序》詩人所自製。"

（九）程明道云："《詩大序》其文似《繫辭》，其義非子夏所能言也；分明是聖人作此，以教學者。"

又云："國史明乎得失之迹，如非國史，則何以知其所美所刺之人；使當時無《小序》，雖聖人亦辨不得。"

（十）王得臣云："《詩序》蓋出於孔子，非門弟子所能與也。若《關雎》后妃之德也，《葛覃》后妃之本也；此一句孔子所題，其下乃毛公發明之。"

（十一）蔡卞云："作序者不知自於何人，然非深通於法言，莫之能為也。或以以為子夏、衛宏之所為，則疑其不能為也。"

（十二）葉夢得云："世人疑《詩序》非衛宏所為，此殊不然。使宏鑿空為之乎，雖孔予亦不能；使宏誦師說為之，則雖宏有餘矣。且宏《詩序》，有專取諸書之文而為之者，有雜取諸書所說而重複互見者，有委曲宛轉附經而成其書者。"

（十二）曹粹中云："《毛傳》初行之時，猶未有序也。意毛公既託之子夏，其後門人互相傳授，各記其師說，至宏而遂著之；後人又復增加，殆非成於一人之手。"

以上各家之說，可總括之為八：（一）子夏所作；（二）衛宏所作；（三）子夏、毛公合作；（四）子夏、毛公、衛宏合作；（五）詩人自作；（六）孔子所作；（七）國史所作；（八）毛公之門人所作。八說之中，詩人自作、孔子所作、國史所作三說，為最新穎，然亦最無根據。晁公武駁王安石詩人自作序之說云："《詩序》蕭統以為卜子夏所作，王介甫獨謂詩人自製；按《韓詩序·芣苢》曰，傷夫也，《漢廣》曰，悅人也。序若詩人自製，《毛詩》猶《韓詩》，不應不同若是。"晁氏以毛、韓二家之序不同，以駁王介甫詩人自製之說，可謂立言有根據矣。予謂晁氏此論，不僅足以駁介甫；孔子作序、國史作序之說，皆可以此言駁之；況此三說，悉是後出，不足信也。然則《詩序》果為何人所作？《四庫書目》辨之頗詳，茲記於下：

考鄭玄之釋《南陔》曰："子夏序《詩》，篇義各編，遭戰國至秦，而《南陔》六詩亡。毛公作傳，各引其序冠之篇首，故詩雖亡，而義猶在也。"程大昌《考古篇》亦曰："今六序兩語之下，明言有義無辭，知其為秦火之後，見序而不見詩者所為。"朱鶴齡《毛詩通義序》，又舉《宛丘篇序》，首句與《毛傳》異辭。其說皆足為《小序》首句，原在毛前之明證。曹粹中《放齋詩說》，舉《召南·羔羊》《曹風·鳲鳩》《衞風·君子偕老》三篇，謂傳意與序意不相應；序若出於毛，安得自相違戾。其說尤足為續申之語，出於毛後之明證。蔡邕本治《魯詩》，而所作《獨斷》，載《周頌》三十一篇之序，皆祇有首二句，與毛序文有詳略，而大旨略同。蓋子夏五傳至孫卿，孫卿授毛亨，毛亨授毛萇，是《毛詩》距孫卿再傳，申培師浮邱伯，浮邱伯師孫卿，是《魯詩》距孫卿亦再傳。故二家之序，大同小異。且《唐書·藝文志》稱："《韓詩》卜商序，韓嬰注。"是《韓詩》亦有序，亦稱出於子夏矣。而《韓詩》遺說之傳於今者，往往與毛異，傳其學者遞有增改之故。今參考諸說，定序首二語，為毛萇以前經師所傳，以下續申之詞，為毛萇以下弟子所附。

按此說最為核實。孔門弟子，傳六經之學者，厥惟子夏。《詩序》雖非子夏自作，必出自子夏，可斷言也。經師所傳，容有出入，故毛、魯有詳略，韓、毛有異同。毛既祖述子夏之遺說，其後如衞宏等又復增續之，故序義與傳義又有不相應者。以是知《毛詩》之序，淵源於子夏，敍錄於毛公，增益於衞宏等。鄭康成《詩譜》、王肅《家語》注、《後漢書·儒林傳》之說，皆有可信，不過各舉其一，未能合而言之耳。

# （丙）《詩序》廢存之說

《毛詩》之序，具有淵源，既證明如上，則《詩序》確有不可廢之實。古來首唱廢《詩序》者，為鄭樵、王質，朱子和之。其所作《詩集傳》，卽廢序不用。鄭、王之學，不甚行於世，朱子之學，影響頗大。然當時如呂祖謙、陳傅良、葉適等，皆與朱異議；而馬端臨著《經籍考》，駁詰尤力，《詩序》斷不可廢，無用多辨。茲錄朱子廢之說，與馬氏存序之說於下。

（一）朱子曰：“《詩序》之作，說者不同：或以為孔子，或以為子夏，或以為國史，皆無明文可考。惟後漢《儒林傳》，以為衛宏作《毛詩序》，今傳於世，則序乃宏作明矣。然鄭氏又以為諸序本自合為一編，毛公始分以寘諸篇之首，則是毛公之前，其傳已久，宏特增廣而潤色之耳。故近世諸儒，多以序之首句為毛公所分，而其下推說云云者，為後人所益，理或有之。但今考其首句，則已有不得詩人之本意，而肆為妄說者矣；況沿襲云云之誤哉。然計其初猶必自謂出於臆度之私，非經本文，故且自為一篇，別附經後。又以尚有齊、魯、韓之說，並傳於世，故讀者亦有以知其出於後人之手，不盡信也。及至毛公引以入經，乃不綴篇後，而超冠篇端，不為注而直作經字，不為疑辭而遂為決辭。其後三家之傳又絕，而毛說孤行，則其牴牾之迹，無復可見，故此序者遂為詩人先所命題，而詩文反為因序以作。於是讀者轉相尊信，無敢擬議，至於有所不通，則必為之委曲遷就，穿鑿而附合之，寧使經之本文繚戾破碎，不成文理，而終不忍明以《小序》為出於漢儒也。愚之病此久矣，然猶以其所從來也遠，其間容或真有傳授，證驗而不可廢者。故既頗采以附傳中，而復併為一篇，以還其舊，因以論其得失云。"

又論《邶·柏舟》序曰："詩之文意事類，可以思而得，其時世氏則不可以強而推。故凡《小序》唯詩文明白，直指其事，如《甘棠》《定中》《南山》《株林》之屬。若證驗的切，見於書史，如《載馳》《碩人》《清人》《黃鳥》之類，決為可無疑者。其次則詞旨大概可知必為某事，而不可知其的為某時某人者，尚多有之。若為《小序》者，姑以意推尋探索依約而言，則雖有所不知，亦不害其為不自欺，雖有未當，人亦當恕其所不及。今乃不然，不知其時者，必強以為某王某公之時，不知其人者，必強以為某甲某乙之事。於是傅會書史，依託名諡，鑿空妄語，以誑後人；其所以然者，特以恥其所不知，而惟恐人之不見信而已。且如《柏舟》不知其出於婦人，而以為男子，不知其不得於夫，而以為不遇於君，此則失矣。然有所不及而不自欺，則亦未至於大害理也。今乃斷然以為衛頃公之時，則其故為欺岡以誤後人之罪，不可揜矣。蓋其偶見此詩冠於三衛變風之首，是以求之春秋之前。而《史記》所書莊桓以上衛之諸君事，皆無可考者，諡亦無甚惡者，獨頃公有賂王請命之事，其諡又為甄心動懼之名，意其必有棄賢用佞之失，而遂以此詩予之。凡《小序》之失，以此推之，什得八九矣。又其為說，必使《詩》無一篇不為美刺時君國政而作，固已不切於情性之自然，而又拘於時世之先後。其或書傳所載，當此一時，偶無賢君美諡，則雖有辭之美者，亦例以為陳古而刺今。是使讀者疑於當時之人，絕無善則稱君過則稱己之意，而一不得志，則扼腕切齒，嘻笑冷語，以懟其上者，所在成羣，是其輕躁險薄，尤有害於溫柔敦厚之教，故予不可以不辨。"

又論《桑中詩序》曰："此詩乃淫奔者所自作。"序之首句，以為刺奔誤矣。而或者以為刺詩之體，固有鋪陳其事，不加一辭，而閔惜懲創之意，自見於言外者，此類是也。此說不然。夫詩之為刺，固有不加一辭而意自見者，《清人》《猗嗟》之屬是也。然嘗試玩之，則其賦之之人，猶在所賦之外，而詞意之間，猶有賓主之分也。豈有將欲刺人之惡，乃反自為彼人之言，以陷其身於所刺之中。又況此等之人，安於為惡，其於此等之詩，計其平日固已自其口出而無慚矣，又何待吾之鋪陳，而後始知其所為之如此？亦豈畏吾之憫惜，而遂幡然遽有懲創之心邪？以是為刺，不唯無益，殆又不免於鼓之舞之，而反以勸其惡也。或又曰："《詩》三百皆雅樂也，祭祀朝聘之所用也。"豈其刪詩乃錄淫奔者之辭，而使之合奏於雅樂之中乎？亦不然也。雅者，二《雅》是也。《鄭》者，《緇衣》以下二十一篇是也。《衛》者，《邶》《鄘》《衛》三十九篇是也。《桑間衛》之一篇，《桑中》之詩是也。二《南》《雅》《頌》，祭祀朝聘之所用也。《鄭》《衛》桑濮，里巷狎邪之所歌也。夫子之於《鄭》《衛》，蓋深絕其聲於樂以為法，而嚴立其詞於詩以為戒。如聖人固不語亂，而《春秋》所記，無非亂臣賊子之事；蓋不如是，無以見當時風俗事變之實。今不察此，乃欲為之諱其《鄭》《衛》桑濮之實，而文之以雅樂之名；又欲從而奏之宗廟之中，朝廷之上，則未知其將以薦之何等之鬼神，用之何等之賓客，而於聖人為邦之法，豈不為陽守而陰叛之耶？曰：然則《大序》所謂止乎禮義，夫子所謂思無邪者，又何謂邪？曰：《大序》指《柏舟》《綠衣》《泉水》《竹竿》之屬而言，非謂篇篇皆然。而《桑中》之類，亦止乎禮義也。夫子之言，正為人有邪正美惡之雜，故特言此以明皆可懲惡勸善，而使人得性情之正耳，非以《桑中》之類，亦以無邪之思作之也。曰：

荀卿所謂"詩者中聲之所止"，太史公亦謂"《詩》三百篇者，夫子皆絃歌之"，以求合於韶武之音何邪？曰：荀卿之言，固為正經而發，若史遷之說，則恐亦未足為據也；豈有哇淫之曲，可以強合於韶武之音邪？

（二）馬端臨曰："《詩》《書》之序，自史傳不能明其為何人所作，而先儒多疑之。至朱文公之解經，則依古經文析而二之，而備論其得失，而於《國風》諸篇之序，詆斥尤多。以愚觀之，《書序》可廢，而《詩序》不可廢。就《詩》而論之，《雅》《頌》之序可廢，而十五《國風》之序不可廢。何也？《書》直陳其事而已，序者後人之作，藉令深得經意，亦不過能發明其所已言之事而已，不作可也。《詩》則異於《書》矣。然《雅》《頌》之作，其辭易知，其意易明。至於讀《國風》諸篇，而後知《詩》之不可無序。蓋風之為體，比興之辭，多於敘述，風諭之意，浮於指斥，蓋有反覆詠嘆，而無一言敘作之之意者。而序者乃一言以蔽之曰，為某事也，苟非其傳授之有源，探索之無舛，則孰能臆料當時指意之所歸，以示千載乎？而文公深詆之，且於《桑中》之篇，辨析尤至。然愚以為必若此，則詩之難讀者多矣，豈直《鄭》《衛》諸篇哉？夫《芣苢》之序，以婦人樂有子為后妃之美也，而其詩語，不過形容采掇芣苢之情狀而已；《黍離》之序，以為閔周室宗廟之顛覆也，而其詩語，不過慨嘆禾黍之苗穗而已；若舍序以求之，則其所以采掇者為何事，而慨嘆者為何說乎？《叔于田》之二詩，序以為刺鄭莊公也，而其詩語，則鄭人愛叔段之辭耳；《揚之水》《椒聊》二詩，序以為刺晉昭公也，而其詩語，則晉人愛桓叔之辭耳；若舍序以求之，則知四詩也，非子雲美新之賦，則袁宏《九錫》之文耳。《鴇羽》《陟岵》之詩，見於變風，序以為征役者不堪命而作也；《四牡》《采薇》之詩，見於正雅，序以為使臣遣戍役而作也。深味此四詩之旨，則嘆行役之勞苦，叙飢渴之情狀，憂孝養之不遂，悼歸休之無期，其辭語一耳。若舍序以求之，則文王之臣民亦怨其上。而《四牡》《采薇》不得為正雅矣。卽是數端觀之，則知序不可廢，《桑中》《溱洧》，何嫌其為刺奔乎？蓋嘗論之，均一勞苦之辭，出於叙情閔勞者之口則為正雅，出於困役傷財者之口，則為變風；均一淫佚之詞，出於奔者之口則可删，出於刺奔者之口則可錄；均一愛戴之辭，出於愛叔段、桓叔者之口則可删，出於刺鄭、莊、晉、昭者之口則可錄。夫《茉苢》《黍離》之不言所謂，《叔于田》《揚之水》之反辭以諷，《四牡》《采薇》之同變風，文公胡不玩索詩辭，別自為說，而卒如序者之舊說，求作詩之意於詩辭之外矣。何獨於《鄭》《衞》諸篇，而必以為奔者所自作，而使正經為錄淫辭之具乎？且夫子嘗删詩矣，其所取於《關雎》者，謂之樂而不淫耳；則夫詩之可删，孰有甚於淫者？今以文公《詩傳》考之，其指以為男女淫佚奔誘，而自作詩以叙其事者，凡二十有四。夫以淫昏不檢之人，發而為放蕩無恥之辭，而其詩篇之繁多如此，夫子猶存之，則不知所删者何等一篇也？或曰：“文公之說，謂《春秋》無非亂臣賊子之事，蓋不如是無以見當時事變之實，而垂鑒於後世。”愚以為未然。夫《春秋》，史也，《詩》，文詞也。史所以記事，世之有治不能無亂，則固不容存禹湯而廢桀紂，錄文武而棄幽厲也。至於文詞，則淫哇不經者，直為削之而已。夫子猶存之，則必其意不出於此，而序者之說是也。或又曰：'文公嘗云：此等之人，安於為惡，又何待吾之鋪陳而後始知其如此，亦復畏吾之閔惜，而遂幡然邅有懲創之心邪？”愚又以為不然。夫羞惡之心，人皆有之；而況淫佚之行，所謂不可對人言者，市井小人，至不才也。今有與之語者，能道其宣淫之狀，指其行淫之地，則未有不面頸發赤且慚且愧者。且夫人之為惡也，禁之使不得為，不若愧之而使之自知其不可為，此鋪張揄揚之中，所以為閔惜懲創之至也。或曰："序者之序詩，與文公之釋詩，俱非得於作詩之人親傳面命也，《序》求詩意於辭之外，文公求詩意於辭之中，而子何以定其是非乎。"曰："蓋嘗以孔子、孟子之所以說詩者讀詩，而後知《序》說之不謬，而文公之說多可疑也。孔子之說曰：誦《詩》三百，一言以蔽之，曰思無邪。孟子之說曰：說《詩》者不以文害辭，不以辭害志；以意逆志，是為得之。夫經，非所以誨邪也，而戒其無邪；辭所以達意也，而戒其害意。夫詩發乎情者也，而情之所發，其辭不能無過，故其於男女夫婦之間，多憂思成傷之意，而君臣上下之際，不能無怨懟激發之辭。十五《國風》，為詩百五十有七篇，而其為婦人作者，男女相悅之辭，幾及其半；雖以二《南》之詩，如《關雎》《桃夭》諸篇，為正風之首；然其所反覆詠嘆者，不過情慾燕私之事耳。漢儒嘗以《關雎》為刺詩，此皆昧於無邪之訓，而以辭害意之過，而況《邶》《鄘》《衛》之末流乎。故其怨曠之悲，遇合之喜，為有人心者所不能免，而其志切，其辭哀，習其讀而不知其旨，易以動盪人之邪情決志；而況以鋪張揄揚之辭，而序淫佚流蕩之行乎。然詩人之意，則非以為是而勸之也。蓋知詩人之意者，莫如孔孟；慮學者讀《詩》而不得其意者，亦莫如孔孟。是以有無邪之訓焉，則以其辭之不能不鄰乎邪也。使篇篇如《大明》《文王》，則奚邪之可閑乎？是以有害意之戒焉，則以其辭之不能不戾其意也。使章章如《清廟》《臣工》，則奚意之難明乎？以是觀之，則知刺奔果出於作詩者之本意，而夫子所不刪者，其詩決非淫佚之人所自賦也。"或又曰："文公嘗言《鄭》《衛》桑濮，里巷狹邪之所作也；今乃欲為之諱其《衛》《鄭》桑濮之實，而文以雅樂之名，則未知其將以薦之於何等之鬼神，用之於何等之賓客乎？"愚又以為未然。夫《左傳》言季札來聘，請觀周樂，而所歌者，《邶》《鄘》《衛》《鄭》皆在焉，則諸詩固雅樂矣。使其為里巷狹邪所用，則周樂安得有之；而魯之樂工，亦安能歌異國淫邪之詩乎？《左傳》載列國聘享賦詩，固多斷章取義；然其太不倫者，亦以來譏誚。然鄭伯如晉，子展賦《將仲子》；鄭伯享趙孟，子太叔賦《野有蔓草》；鄭六卿餞韓宣子，子齹賦《野有蔓草》，子太叔賦《褰裳》，子游賦《風雨》，子旗賦《有女同車》，子柳賦《蘀兮》。此六詩皆文公所斥以為淫奔之人所作也。然所賦皆見善於叔向，趙武、韓起不聞被譏，乃知鄭衛之詩，未嘗不施之於燕享。而此六詩之旨意訓詁，當如序者之說，不當如文公之說也。或曰："序者之辭，固有鄙淺附會，先儒疵議之非一日也，而子信之何邪？"曰：愚之所謂不可廢者，謂詩之所不言，而賴序以明耳。作序之人，或以為孔子，或以為子夏，或以為國史，皆無明文。然鄭氏謂毛公始以寘諸詩之首，則自漢以前經師傳授，其去作詩之時，蓋未甚遠也。千載而下，學者所當遵守體認，以求詩人之意，而得其庶幾，不宜一切廢之，鑿空探索而為之訓釋也。有引文公之於《詩序》，於其見於經傳信而有證者則從之，如《碩人》《載馳》《清人》《鴟鴞》之類是也。其可疑者，則未嘗盡斷以臆說，而固有引他書以證其謬者矣。曰：是則然矣。然愚之所以不能不疑者，則以其惡序之意太過，而所引援指摘，似亦未能盡出於公平而足以當人心也。夫《關雎》，《韓詩》以為衰周之刺詩；《賓之初筵》，《韓詩》以為衛武公飲酒悔過之詩；皆與《毛序》反者也。而《韓詩》說《關雎》，則違夫子不淫不傷之訓，是決不可從者也。《初筵》之詩，夫子未有論說，則詆毛而從韓。夫一《韓詩》也，《初筵》之序則信，《關雎》

之序獨不可信乎？《邶·柏舟》，《毛序》以為仁人不遇而作，文公
以為婦人之作，而引《列女傳》為證，非臆說矣。然《列女傳》出
於劉向，向上封事，論恭顯傾陷正人，引是詩憂心悄悄，慍於羣小
之語，繼之曰，小人成羣，亦足慍也，則正毛之序矣。夫一劉向也，
《列女傳》之說可信，而封事之說獨不可信乎？此愚所以疑文公惡序
之意太過，而引援指摘，似為未當。夫本之以孔孟說《詩》之旨，
參之以《詩》中諸序之例，而後極究夫古今詩人所諷詠之意，則
《詩序》之不可廢也審矣。"

　　馬氏之論，專為對於朱子而發。朱子之疑《詩序》，於《鄭》
《衞》之詩尤甚。馬氏駁詰朱子，於此點亦極為注意。余之私意，以
《詩序》既有淵源，自當可信。即朱子亦承認《詩序》為漢人之作，
余以為漢人去古較近，當比後世憑空臆想者，較為有據。至於朱子
與馬氏之論，孰得孰失，學者比較觀之而自求焉。

# 六義

六義卽六詩，見於《周禮·春官》，大師教六詩：曰風，曰賦，曰比，曰興，曰雅，曰頌；而《詩大序》則言風、賦、比、興、雅、頌為詩之六義。記之於下。

《詩人序》云："《關雎》后妃之德也，風之始也，所以風天下而正夫婦也，故用之鄉人焉，用之邦國焉。風，風也，教也，風以動之，教以化之。（中略）故正得失，動天地，感鬼神，莫近於詩。先王於是正夫婦，成孝敬，厚人倫，美教化，移風俗。故詩有六義焉：一曰風，二曰賦，三曰比，四曰興，五曰雅，六曰頌。上以風化下，下以風刺上，主文而譎諫，言之者無罪，聞之者足以戒，故曰風。至於王道衰，禮義廢，政教失，國異政，家殊俗，有變風、變雅作矣。國史明乎得失之迹，傷人倫之廢，哀刑政之苛，吟詠情性，以風其上，達於事變，而懷其舊俗者也。故變風發乎情，止乎禮義；發乎情，民之性也，止乎禮義，先王之澤也。是以一國之事，繫一人之本，謂之風。言天下之事，形四方之風，謂之雅。雅者，正也，言王政之所由廢興也。政有小大，故有小雅焉，有大雅焉。頌者，美盛德之形容，以其成功，告於神明者也。"

《大序》所言六義，風、雅、頌，則有解說，賦、比、興，則無解說，而風言之尤詳。蓋六義可分為二：風、雅、頌者，詩之體，賦、比、興者，詩之用；賦、比、興，卽在風、雅、頌之中，非離風、雅、頌，別有所謂賦、比、興也。茲詳風、雅、頌、賦、比、興之名義於下。

風。《說文》："風，八風也，風動虫生，故虫八日而化，從虫凡聲，引申為風化之風。"鄭注《周禮》云："凡言聖賢治道之遺化也。又引申為風教、風俗、風刺之風。蓋風教、風刺，皆聖賢治道遺化之所存，而風俗之成，實風教、風刺之所養。故詩之為風，有三義焉。"陳啟源《毛詩稽古篇》云："《詩》有六義，其首曰風，大叙論詩之語最詳，約之止三意：云風天下而正夫婦。"又云："風以動之，教以化之。"又云："上以風化下，此風教之風也，云下以風刺上，主文而譎諫。"又云："吟詠性情，以風其上，此風刺之風也，云美教化，移風俗。"又云："以一國之事，繫一人之本，言天下之事，形四方之風，此風俗之風也。餘所言風，則專目國風。要之：風俗之風，正當國風之義矣；然必有風教，而後風俗成，有風俗而後風刺興。合此三者，國風之義始備。"按陳氏此言頗晰，惟當其朔也，風俗之成，由於風教。風刺之興，由於風俗。及其後也，必上下相與有成，而後風俗美焉。吾故謂風俗之風，實風教、風刺之所養也。

雅。《說文》："雅，楚烏也，從隹，牙聲。"朱駿聲云："假借為諝，《說文》：諝、知也。又《說文》疋下，古文以為大雅字，疋字隸體似正，故傅會訓正。其實古文借疋為諝，後又借雅為諝也。"段玉裁云："《說文》，記下云疋也，是為轉注，疋疏古今字。"按二說，以段說為是。言天下之事，形四方之風，謂之雅。雅者，正也，言王政所由廢興也。政有小大，故有小大雅。是則雅者，記四方之風俗，與王政廢興之所由，而其所以名雅者，則以音樂言之。惠氏周惕《詩說》云："風、雅、頌，以音別也；雅有小大，義不存乎小大也。"自序之言曰："政有小大，故詩有小雅，有大雅，小大雅之名以立，而辨難之端起矣。"難之者曰："《常武》《六月》，同一征伐也；《卷阿》《鹿鳴》，同一求賢也；大小何以分耶？"解之者曰："《常武》王自親征，《六月》不過命將，軍容不同故也；《卷阿》為成王，《鹿鳴》為文王，天子諸侯，尊卑有等故也。"難之者曰："然《江漢》宜在小雅，《成宣》宜在大雅，今何以或反之，或錯陳之也？"其後朱晦翁則謂"小雅燕饗之樂，大雅會朝之樂，受釐陳戒之辭"。嚴華谷則謂"明白正大，直言其事者，雅之體。純乎雅之體者，為雅之大；雜乎風之體者，為雅之小"。章俊卿則謂"風體語皆重複淺近，婦人女子能道之，雅則士君子為之也。小雅非復風之體，然亦間有重複，未至渾厚大醇，大雅則渾厚大醇矣"。三家之說，朱氏於理為長，然猶未離乎序之所謂政也。序既以政為言，則大小必有所指，此辨難之所以紛紛也。按《樂記》乙師曰："廣大而靜，疏達而信者，宜歌大雅。恭儉而好禮者，宜歌小雅。"季札觀樂，為之歌小雅曰："美哉！思而不貳，怨而不言！"為之歌大雅曰："曠哉熙熙乎！曲而有直體！"據此：大小《雅》，當以音樂別之，不以政之大小論也。如律有大小呂，詩有大小明，義不存大小也。按惠氏論大小《雅》甚是，此可從者也。

頌。《說文》："頌，兒也，從頁，公聲。"朱駿聲曰："假借為誦，頌者，誦也。"按頌之假借有二說：一，假借為誦，二，假借為容。假借為誦者，《禮記·文王世子》："春誦夏弦"，注謂樂歌也。假借為容者，《說文》："容，盛也。"《荀子·儒效篇》云："頌之所以為至者，取是而通之也。"楊注："至為盛德之極。"余謂詩之名頌，兼有誦容二義，而容之義為多。《周禮》鄭注云："頌之言誦也，容也，誦今之德廣以美之。"《詩譜》曰："頌之言容，天子之德，光被四表，格於上下，無不覆幬，無不持載，此之謂容。於是和樂興焉，頌聲乃作。美其德容，誦其聲曰誦。"《序》謂"頌者，美盛德之形容"，是皆以容釋頌也。又按籀文：頌，從容聲作額，聲必兼意，當是頌為兒之盛，引申為德之盛；不必假為誦，亦不必假為容也。惠氏周惕《詩說》曰："《公羊傳》：'什一而稅，頌聲作。'《詩序》：'美盛德之形容，以其成功，告於神明者也。'然雅詩家父作頌，以鞫王訩。《左傳》輿人之頌，原田每每，舍其舊而新是謀，刺亦可以言頌矣。《國語》：'瞽獻典，史獻詩，師箴，瞍賦，矇誦。'諫亦可言頌矣。按《禮記》：'學樂，誦詩，舞勺'，《文王世子》：'春誦夏弦'，《孟子》：'誦其詩，讀其書'，《左傳》：'使太師歌巧言之卒章，太師辭，師曹請為之，遂誦之'，漢武帝定郊祀之禮，乃立樂府，采詩夜誦，師古注：'夜誦者，其言或祕，不可宣露。'以是觀之：比韻，曰歌，舉其辭，曰頌也。豈宗廟之詩，既歌之而復誦之歟？抑歌者工，而誦者又有工歟？既比其音，復誦其辭，俾在位者，皆知其義，所以彰先王之盛德，故曰頌。至於所刺所諫，欲聞其人之耳，故亦曰頌也。《樂記》曰：'清廟之瑟，朱弦而疏越，一唱而三嘆。'又曰：'君子於是語，於是道古，豈卽頌之義也歟？'"按惠氏之說，亦以誦釋頌；然不如合容釋之，而義更備也。

賦。《說文》："賦，斂也，從貝，武聲，假借為敷。"《尚書·舜典》："敷奏以言"，傳，陳也。《小爾雅》："敷，布也。"鄭康成曰："賦之言鋪，鋪陳政教善惡，鋪亦敷之借字。"《小爾雅》："鋪，布也。"《廣雅》："鋪，陳也。"朱考亭云："賦者，敷陳其事，而直言之者也。"此言得之。賦之為用，直言其事。吳鶴林曰："賦直而比微，比顯而興隱，故毛公不稱比賦也。"

比。《說文》：“比，密也，二人為从，反从為比，比為比密之比，引申為比次之比，因之事類相似，亦謂之比。”鄭司農曰：“比者，比方於物，比見今之失，不敢斥言，取比類以言之。”朱考亭云：“比者，以彼物比此物，卽皆事類相似之訓。惟其所以為比者，則頗有不同。”陳啟源《毛詩稽古篇》云：“比、興雖皆託喻，但興隱而比顯，興婉而比直，興廣而比狹。比者，以彼況此，猶文之譬喻，與興絕不相似也。”朱子釋《詩》：“凡興義之明白者，卽判為比；如《螽斯》《綠衣》《匏有苦葉》諸篇，本興也，而以比目之。由是比興二體，疑溷而難分。”又云：“興比皆喻，而體不同：興者，興會所至，非卽非離，言在此，意在彼，其詞微，其旨遠；比者，一正一喻，兩相比況，其詞決，其旨顯，且與賦交錯而成文，不若興語之用以發端，多在前章也。”江筠《毛詩補疏》云：“比，當如春秋決事比之比。比，猶例也。歌詩必類，相維辟公，天子穆穆，奚取於三家之堂，列國賦詩，舉以相既，比之謂也。賦詩者有此義，作詩者亦有此義。夫婦可例於君臣，田野可通之都邑，陳古卽以例今，寫好反以見惡，庶幾其用神而其義廣也。”此又比之別說也。

興。《說文》：“興，起也，從舁，從同，同，用力也。興，為興起之稱，引申為一切興起之稱。”《周禮·大司樂》：“興道諷誦，注興者以善物喻善事。”《論語》：“詩可以興。”注：“引譬連類也。”興之為用，義亦猶是。鄭司農曰：“興者，托事於物。”鄭康成云：“興見今之美，嫌於媚諛，取善事以喻勸之。”朱考亭云：“興者，先言他物，以引起所詠之辭也。”卽皆引譬連類之訓。惟其所以謂興者，則亦有不同，陳啟源《毛詩稽古篇》云：“詩人興體，假象於物，寓意良深，凡託興在是，則或美或刺，皆見於興中。”又云：“毛公獨標興體，朱子兼明比、賦；然朱子所判為比者，多是興耳。”

惠氏周惕《詩說》曰：“興、賦、比合，而後成詩。毛公傳詩，獨言興不言比、賦，以興兼比、賦也。人之心思，必觸於物而後興，即所興以為比而賦之，故言興而賦、比在其中。（中略）詩或先興而後賦，或先賦而後興，見其篇法錯綜變化之妙，《毛詩》獨以首章發端者為興，則又拘於法矣。文公傳詩，又以興、賦、比分而為三，無乃失之愈遠乎？”

以上所舉六者之名義，略無出入；而其為用，則各有不同。風、雅、頌，猶有定論也；賦、比、興，則幾無定論焉。昔宋程氏《諭六義》云：“風，有風動之意；興，有興喻之意；比，則直比而已，《蛾眉》《瓠犀》是也。賦，則敷陳其事，如《齊侯之子》《魏侯之妻》是也。雅，則正言其事；頌，則稱美之言也，如《吁嗟》《騶虞》之類是也。”程氏此言，不以風、雅、頌為詩之體，賦、比、興為詩之用；其論已誤，固不足辨。孔氏穎達已分為二，鄭氏樵、朱氏考亭因之。惠氏周惕《詩說》云：“風、雅、頌者，詩之名也；賦、比、興者，詩之體也。”所分亦猶鄭、朱。惟詩之名，當云詩之體，詩之體，當云詩之用，方為確當。賦、比、興，所以多異說者，以毛公獨標興不標比、賦耳。朱氏考亭，每詩皆標賦、比、興，論者譏之。余謂朱氏所標，容有未當；然如陳氏所云，則賦、比、興幾不分矣。六義之所難斷定者，一因《周禮》與《大序》所列之次第，二因《毛傳》不標比、賦，故說者紛紛，迄無定論。孔氏穎達，關於六義，言之極詳，然亦非定論也。附錄於后，以備參考。

孔穎達《毛詩正義》云：“《周禮》注：‘風，言賢聖治道之遺化。賦之言鋪，直鋪陳今之政教善惡。比，見今之得失，不敢斥言，取比類以言之。興，見今之美，嫌於媚諛，取善事以喻勸之。雅，正也，言今之正者，為後世法。頌之言誦也，容也，誦今之德廣以美之.'是解六義之名也。彼雖各解其名,以詩有正變,故互見其意。風云賢聖之遺化,謂變風也。雅云今言之正,以為後世法,謂正雅也。其實正風,亦言當時之風化,變雅亦是賢聖之遺法也。頌訓為容止,云誦今之德廣以美之,不解容之義,謂天子美有形容,是其事也。賦云鋪陳今之政教善惡,其言通正變,兼美刺也。比云見今之失,取比類以言之,謂刺詩之比也。興云見今之美,取善事以喻勸之,謂美詩之興也。其實美刺俱有興比者也。鄭必以風言賢聖之遺化,舉變風者,以唐有堯之遺風,故於風言賢聖之遺化。賦者,直陳其事,無所避諱,故得失俱言。比者,比託於物,不敢正言,似有所畏懼,故云見今之失,取比類以言之。興者,興起志意,贊揚之辭,故云見今之美,以喻勸之。雅既以齊正為名,故云以為後世法。鄭之所注,其意如此。詩皆陳之於樂,言之者無罪。賦則直陳其事,於比、興云,不敢斥言,嫌於媚諛者,據其辭不指斥,若有嫌疑之意。其實作文之體,理自當然,非有所嫌懼也。六義次第如此者,以詩之四始,以風為先,故曰風。風之所用,以賦、比、興為之辭,故於風之下,卽次賦、比、興,然後次以雅、頌。雅、頌亦以賦、比、興為之。既見賦、比、興於風之下,明雅、頌亦同之。鄭以賦之言鋪也,鋪陳善惡,則詩文直陳其事,不譬喻者,皆賦辭也。鄭司農曰:'比者,比方於物。詩言如者,皆比辭也。'司農又云:'興者,託事於物,則興者起也。取譬引類,起發己心。詩文諸舉草木鳥獸以見意者,皆興辭也。'賦、比、興如此次第者,言事之道,直陳為正,故《詩經》多賦在比、興之先。比之與興,雖同是附託外物,比顯而興隱,當先顯後隱,故比居興先也。《毛傳》特言興也,為其理隱故也。風、雅、頌者,皆是施政之名也。上云:風,風也,教也;風以動之,教以化之,是風為政名也。下云:雅者，正也，政有小大，故有小雅焉，有大雅焉；是雅為政名也。《周頌譜》云：'頌之言容，天子之德，光被四表，格於上下，此之謂容，是頌為政名也。'人君以政化下，臣下感政作詩，故還取政教之名，以為作詩之目，風、雅、頌同為政稱，而事有積漸，必先諷動之。物情既悟，然後教化，使之齊正。言其風動之初，則名之曰風；指其齊正之后，則名之曰雅；風俗既齊，然後德能容物，故功成乃謂之頌：先風後雅、頌，為此次故也。一國之事為風，天下之事為雅者，以諸侯列土封疆，風俗各異。故唐有堯之遺風，魏有儉約之化，由隨風設教，故名之為風。天子則威加海內，齊正萬方，政教所施，皆能齊政，故名之為雅。風、雅之詩，緣政而作，政既不同，詩體亦異。故《七月》之篇，備有風、雅、頌。《駉頌序》云：'史克作是頌，明作頌者，本自定為風體，非采得之，然後定體也。詩體既異，其聲自殊。'《公羊傳》曰：'什一而稅頌聲作。'《史记》稱：'微子過殷墟而作雅聲。'《譜》云：'師摯之始，《關雎》之亂，早失風聲矣。'《樂記》云：'人不能無亂，先王恥其亂，故制雅、頌之聲以道之。'是其各自別聲也。詩各有體，體各有聲。大師聽得情，知其本意。《周南》為王者之風，《召南》為諸侯之風，是聽聲而知之也。然則風、雅、頌者，詩篇之異體；賦、比、興者，詩文之異辭耳。大小不同，而得並為六義者；賦、比、與，是詩之所用；風、雅、頌，是詩之成形；用彼三事，成此三事，是故同稱為義，非別有篇卷也。"

# 四始

四始之名，起於删詩之後，其說有四：（一）《毛詩》之說；（二）《齊詩》之說；（三）《韓詩》之說；（四）《魯詩》之說。

（一）《毛詩》之說。

《毛詩序》云："《關雎》后妃之德也，風之始也。風，風也，教也；風以動之，教以化之。雅者，正也，言王政之所由廢興也；政有小大，故有小雅焉，有大雅焉。頌者，美盛德之形容，以其成功，告於神者也。是謂四始，詩之至也。"《箋》云："始者，王道興衰之所由。"

《正義》云："四始者，鄭答張逸云：'風也，小雅也，大雅也，頌也，此四者，人君行之則為興，廢之則為衰。'"陳啟源《毛詩稽古編》云："《大序》歷言風、雅、頌之義，而總斷之曰，是謂四始，則風、雅、頌正是始，非更有為風、雅、頌之始者。"

按《毛詩》之四始，言之未晰。鄭《箋》謂王道興衰之所由，以王道之興衰，始於風、雅、頌。《正義》更據鄭答張逸，所謂興衰之所由者，行之則興，廢之則衰，是以始為王道興衰之始，而非詩之始。所以陳啟源云：風、雅、頌正是始，此《毛詩》四始相承之說也。

（二）《齊詩》之說。

詩緯汎歷樞云：“大明在亥，水始也；四牡在寅，木始也；嘉魚在巳，火始也；鴻雁在申，金始也。”

《六藝論》引《春秋緯》演孔圖云：“詩合五際六情者：午亥之際為革命，卯酉之際為改正，辰在天門，山入候聽；卯天保也，酉祈父也，午采芑也，亥大明也；然則亥為革命，一際也；亥又為天門出入候聽，二際也；卯為陰陽交際，三際也；午為陽謝陰興，四際也；酉為陰盛陽微，五際也。其六情者，則《春秋》云喜、怒、哀、樂、好、惡是也。”

孔廣森云：“始際之義，蓋生於律。大明在亥者，應鍾為均也。四牡大簇為均，天保夾鍾為均，嘉魚仲呂為均，采芑蕤賓為均，鴻雁夷則為均，祈父南呂為均，漢初古樂未湮者如此。故翼奉曰：‘《詩》之為學，性情而已。五性不相害，六情更興廢。觀性以麻，觀情以律，律麻迭相治，三綦之變，亦於是可驗。’古之作樂，每三詩為一終。經傳可考者：升歌《文王》之三，升歌《鹿鳴》之三，間歌《魚麗》之三；然《采薇》《出車》《杕杜》，皆所以勞將士；《常棣》《伐木》《天保》，皆所以燕朋友、兄弟；《蓼蕭》《湛露》《彤弓》，皆所以燕諸侯，亦三篇同奏，確然可信者也。說始際者，則以與三綦相配，如《文王》為亥孟，《大明》為亥仲，《緜》為亥季。其水始獨言《大明》，猶三綦之先，仲次季而後孟也。故《鹿鳴》《四牡》《皇華》，同為寅宮，舉《四牡》以表之。《魚麗》《嘉魚》《南山有臺》，同為巳宮，舉《嘉魚》以表之。卯不言《伐木》而言《天保》，容三家詩次，不盡與毛同耳。以次推之，《采薇》之三，正合辰位，唯《采芑》為午，似《蓼蕭》之三，彼倒在《六月》采芑《車攻》之後而為未也。《吉日》《鴻雁》《庭燎》乃申也，《祈父》非酉之中，又篇次之異；且其戌子丑為何等篇，不可推矣。"按《齊詩》之四始,與毛、韓、魯三家悉異;係出於緯書,故其說多不可解。孔氏所推論頗精,然猶未能明白盡曉。論者謂其仍承《毛詩》次序,未免稍稍有誤,而迮氏鶴壽《齊詩翼奉學》,有四始五際分部例。以雅詩之篇第,配陰陽五行之終始。際會有大數,有小數,有進數,有本數,有退數,有奇數,顧其說亦仍不易明。《詩緯》至漢後已為絕學,《齊詩》散佚亦早。欲研究其說,須熟讀迮氏之書,及陳氏喬樅《詩緯集證》等。若欲僅知四始之義,魏氏《詩古微》言之尚能明了。魏氏云:"漢時古樂未演,故習詩者多通樂。此蓋以詩配律,三篇一始,亦樂章之古法,特又以律配歷,分屬十二支而四之,以為四始,與三期之說相次。如《大明》在亥為水始,則知《文王》為亥孟,《緜》為亥季;《四牡》在寅為木始,則知《鹿鳴》為寅孟,《皇皇者華》為寅季;《嘉魚》在巳為火始,則知《魚麗》為巳孟,《南山有臺》為巳季;《鴻雁》在申為金始,則知《吉日》為申孟,《庭燎》為申季。其舉中以統孟季者,猶《關雎》之以首篇統次三也。"此《齊詩》四始相承之說也。

(三)《韓詩》之說。

《韓詩外傳》:"子夏問曰:'《關雎》何以為國風始也?'孔子曰:'《關雎》至矣乎!(中略)天地之間,生民之屬,王道之原,不外此矣。'"(全文前見《作詩、采詩、刪詩》篇。)

魏源《詩古微》云:"服虔解《左氏》,用《韓詩》者也。季札觀樂,為之歌《小雅》《大雅》,《詩譜疏》引其解曰:'自《鹿鳴》至《菁菁者莪》,道文武脩小政,定大亂,致太平,樂且有儀,是為正《小雅》。自《文王》以下《鳧鷖》,陳文王之德,武王之功,其為正《大雅》。'夫正《大雅》自《鳧鷖》以下,尚有《篤公劉》《行葦》《泂酌》《卷阿》,皆召康公戒成王之詩,而韓論正《大雅》,

尚不數之,豈非以周公述文武者為正《雅》乎?且鄭《譜》惟以大小《雅》首什為文武詩,以《南有嘉魚》十六篇,《生民》下八篇,為周公、成王詩。則前此非周公所作,後此則又於文武無與,《韓詩》皆不然。豈非二《雅》正始,皆周公述文武之德,而無成王詩,並無前人後人所作之詩乎?因是以推二《南》之例,則儀禮合樂,《周南》《關雎》之三,《召南》《鵲巢》之三,為六終,而止曰合樂三終者。孔《疏》謂堂上工歌《關雎》,則堂下笙歈《鵲巢》和之;工歌《葛覃》,則笙歈《采繁》和之;工歌《卷耳》,則笙歈《采蘋》和之:故云合樂三終。豈非二《南》雖同鄉樂,而奏有堂上、堂下之分,正以《召南》不言文王后妃身事,故亦僅周為南之應,而不為風始,與《大雅》召公一例乎?是知《韓詩》以《周南》十一篇為風之始,《小雅·鹿鳴》十六篇、《大雅·文王》十四篇,為二雅之正始,《周頌》當亦以周公述文武諸樂章為頌之始。”

按《韓詩》之四始,據魏源所考,以四詩之涉以文武者為始:不僅《關雎》為《風》始,自《關雎》以下十一篇皆《風》始;不僅《鹿鳴》為《小雅》始,自《鹿鳴》以下十六篇皆《小雅》始;不僅《文王》為《大雅》始,自《文王》以下十四篇皆《大雅》始;不僅《清廟》為頌始,自《清廟》以下頌文武之功德者,皆頌始。此《韓詩》四始相承之說也。

（四）《魯詩》之說。

魏氏《詩古微》云:“《周禮》太師以六詩教國子:一曰風,二曰賦,三曰比,四曰興,五曰雅,六曰頌,而六義興焉。故季札觀樂,已分風、雅、頌之名,其體用博矣;而漢儒以四始之說媲之後人無一能析之者。請先以《魯詩》之義明之。司馬遷曰:‘《關雎》之亂,以為《風》始;《鹿鳴》為《小雅》始;《文王》為《大雅》

始；《清廟》為《頌》始。'蓋嘗深求其故，而知皆三篇連奏，皆上下通用之詩，皆周公述文王之德，皆夫子所特定。曷言三篇連奏也？古樂章皆一詩為一終，而奏必三終。故《儀禮》歌《關雎》，則必連《葛覃》《卷耳》而歌之；《左傳》《國語》歌《鹿鳴》之三，則固兼《四牡》《皇皇者華》而舉之；歌《文王》之三，則同兼《大明》《綿》而舉之；《禮記》言升歌清廟，必言下管象舞，則亦連《維天之命》《維清》而舉之；使若金奏《肆夏》之三，工歌《蓼蕭》之三，《鵲巢》之三，笙奏《南陔》之三，《由庚》之三：此樂章之通例。而四始則又夫子反魯正樂正雅頌，特取周公述文德者各三篇，冠於四部之首，固全詩之裘領，禮樂之綱紀焉。故遷不但言《關雎》為風始，而必曰《關雎》之亂者，正以鄉樂之亂，必合樂《關雎》之三，故特取夫子師摯之言，以明三終之義。"

又云："《學記》'大學始教，皮弁釋菜，宵雅肆三。'鄭康成曰：'宵之言小也。肆《小雅》之三，謂《鹿鳴》《四牡》《皇皇者華》，皆君臣燕樂相勞苦之詩。'又《燕禮》注曰：'《鹿鳴》者，君與羣臣及四方之賓燕，講道修德之樂歌也。歌《四牡》，采其勤勞王事，忠孝之至，以勞賓也。歌《皇皇者華》，采其自以不及，欲咨謀賢知自光明也。'鄭注《禮》皆用魯韓《詩》，而其說如此。"

按魯《詩》之四始，見於《史記》。據魏氏所考，每始者合三篇言之。《史記》但舉首篇者，舉一以概三也。證以《關雎》之亂一語，魏氏所考，極為可信。而其所以以此十二篇為四始者，大概皆係述文王之德之詩。證之鄭《注》《周禮》，《鹿鳴》之三，皆君臣燕樂相勞苦，所謂述祖德以相勸也。推之《風》之始，《大雅》之始，《頌》之始，義當相同。此《魯詩》四始相承之說也。

以上四家相承之說，《毛詩》之說，偏於政治；《齊詩》之說圍於律歷；而韓魯相近，惟範圍大小之不同耳。范家相《詩瀋》云：
"四始之説，孔穎達以廢興為義；成伯瑜以正變為言。"按孔穎達之
廢興，即《毛詩》相承之説；成伯瑜之正變，近於韓魯《詩》相承
之説。范氏謂成長於孔，是亦不贊同《毛詩》相承之説也。成伯瑜
《詩指》云："《詩》有四始；始者，正詩也，謂之正始。周召二
《南》，《國風》之正始；《鹿鳴》至《菁莪》，《小雅》之正始；《文
王》至《卷阿》，《大雅》之正始；《清廟》至《般》，頌之正始。"
其説雖略同於韓魯《詩》；其範圍視《韓詩》又廣，遑言《魯詩》。
蓋《韓詩》以文武詩為始之界，成氏以正變詩為始之界。成氏之説，
遠於始字之義，即《韓詩》相承之説，亦於始字之義稍遠。所謂始
者，以嚴格言之，只可每始僅舉一篇；而《韓詩》相承之説，《風》
之始十一篇，《小雅》之始十六篇，《大雅》之始十四篇，豈非太廣
乎？《魯詩》相承之説，見於《史記》，比較為可信；且《毛序》亦
明言《關雎》為《風》之始，頗合於《魯詩》。《毛詩》相承之説，
未必果毛意也。皮錫瑞謂四始之説，當從《史記》所引《魯詩》。
按合四家相承之説而觀之，亦以《魯詩》為有根據，《漢書·藝文
志》所謂"魯最為近之"是也。

# 詩樂

《詩》《書》《易》《禮》《樂》《春秋》，古者謂之六經。自《樂》亡而《詩》存，於是有三百篇入樂不入樂之說。鄭樵謂夫子刪詩，其得詩而得聲者，三百餘篇；其得詩不得聲者，則置之逸詩。凡存者皆可以祭祀燕享。而程大昌則謂春秋列國燕享所用，未嘗出二《南》《雅》《頌》之外，而自《邶》至《豳》，則無一篇；因謂二《南》《雅》《頌》為樂詩，而諸國為徒詩。二說各有不同，陳暘、焦竑皆從程說，而馬瑞臨則不認徒詩之說。按詩樂之說，清儒亦有數家不同，茲錄其說於下：

馬瑞辰《毛詩傳箋通釋》云："《詩》三百篇，未有不入樂者。《虞書》曰：'詩言志，歌永言，聲依永，律和聲，歌聲律。'皆承詩遞言之。《毛詩序》曰：'在心為志，發言為詩。'又曰：'言之不足，故嗟嘆之；嗟嘆之不足，故永歌之。'此言詩所由作。卽《虞書》所謂詩言志，歌永言也。又曰：'情發於聲，聲成文謂之音。'此言詩播為樂，卽《虞書》所謂聲依永律和聲也。若非詩皆入樂，何以被之聲歌，且協諸音律乎？周官大師教六詩，而云以六德為之本，以六律為之音，是六詩皆可調以六律也。《墨子·公孟篇》曰：'誦《詩》三百，弦詩三百，歌詩三百，舞詩三百。'《鄭風·清衿詩》，《毛傳》云：'古者教詩以樂，誦之、歌之、弦之、舞之，其說正本《墨子》。’是三百篇皆可誦、歌、弦、舞已。若非詩皆入樂，則何以六詩皆以六律為音？又何以同是三百篇，而可誦者，即可弦、可歌、可舞乎？《左傳》：‘吳季札請觀周樂，使工為之歌《周南》召南》，並及於十二國。’若非入樂，則十四國之詩，不得統之以周樂也。《史記》言‘詩三百五篇，孔子皆弦歌之，以求合於韶武雅頌’。若非入樂，則三百五篇，不得皆求合於韶武雅頌也。《六藝論》云：‘詩，弦歌諷諭之聲也。’鄭志答張逸云：‘國史采衆詩，時明其好惡，令矇瞍歌之，其無所主，皆國史主之令可歌。’據此則鄭君亦謂詩皆可入樂矣。程大昌謂‘《南》《雅》《頌》為樂詩，自《邶》至《豳》，皆不入樂為徒詩’，其說非也。或疑詩皆入樂，則詩即為樂，何以孔子有刪詩訂樂之殊？不知詩者，載其貞淫正變之詞。樂者，訂其清濁高下之節。古詩入樂，類皆有散聲疊字，以協於音律。即後世漢魏詩入樂，其字數亦與本詩不同。則古詩之入樂，未必即今人誦讀之文，一無增損，蓋可知也。古樂失傳，故詩有可歌有不可歌。《大戴禮·投壺篇》曰：‘凡《雅》二十六篇，其八篇可歌。所謂可歌者，謂其聲律猶存；不可歌者，僅存其詞，而聲律已不傳也。’若但以詩言之，則三百五篇俱在，豈獨《鹿鳴》《鵲巢》諸篇為可歌哉。”

按馬氏此論，謂三百篇之詩皆可入樂；不過因聲律已亡，而遂有可歌不可歌之分。詩者，譬諸曲詞也。聲律者，譬諸曲譜也。其云詩者，載其貞淫正變之詞；樂者，訂其清獨高下之節，即曲詞與曲譜之謂。散聲疊字，以協音律，以今日之曲譜證之，尤為了然。而陳蘭譜《聲律通考》所載“朱子《儀禮經傳通解》風雅十二詩譜，以一字比一音，毫無散聲疊字”，似馬氏散聲疊字之論，未必能得詩樂之真。然蘭甫云：“以《儀禮經傳通解》之譜，轉為今俗字，按而歌之，頗有近於拗澀者。雖古調與後世不同，亦恐《儀禮經傳通解》有傳寫之誤，俟知音者審定之。”則是以一字比一音，其不能歌，已為不可掩之事實。故馬氏散聲疊字之論，不必無見也。

陳啓源《毛詩稽古編》云：“詩與樂分為二教。《經解》云：‘詩之教，溫柔敦厚；樂之教，廣博易良。’是詩教、樂教，其旨不同也。《王制》云：‘樂正立四教以造士：春秋教以禮樂，冬夏教以詩書。’是教詩、教樂，其時不同也。故叙詩止言作詩之意，其用為何樂，則弗及焉。卽《鹿鳴》燕羣臣，《清廟》祀文王之類，亦指作詩之意而言。其奏之為樂，偶與作詩之意同耳。叙自言詩，不言樂也。意歌詩之法，自載於《樂經》，元無煩叙詩者之贅。及《樂經》不存，則亦無可考矣。《集傳》於正雅諸詩，皆欲以樂章釋之，或以為燕享通用，或以為祭畢而燕，或以為受釐陳戒，俱以辭之相似，億度為之說。殊不知古人用詩於樂，不必與作詩之意相謀。如鄉射之奏二《南》，兩君相見之奏《文王》《清廟》，何嘗以其詞哉？況舍詩而徵樂，亦異乎古人之詩教矣。”

按陳氏此論，分詩教與樂教為二，根據《禮記》《經解》及《王制》，頗為的確。而魏氏源駁之云：“陳氏不知祖述，橫生異端，欲回護《大雅》諸序空衍之失，遂謂古人詩樂分為二教。故序《詩》者，不必言其所用。用於樂者，不必與詩本意相謀。反斥後人舍詩徵樂，為異乎古人之詩教。噫！誖甚矣！”魏氏以為詩有為樂章而作者，不能與樂分為二；且舉“大司樂以樂語教國子，興諷誦言語；大師教六師，以六德為之本，以六律為之音；瞽矇諷誦詩，奠世繫掌。九德六師之歌，以役大師。季札請觀周樂，而為之歌二《南》歌《風》歌《雅》《頌》”。以為詩與樂不分二教之證。不知以志意見之文詞者，謂之詩；以詩詞協之聲律者，謂之樂。太師所教，瞽矇所諷誦，季札所請，皆指以詩詞協之聲律而言，所歌誦者雖詩，而其用則樂也。古詩樂既分為二經，則詩與樂自應分為二教。魏氏所駁陳氏之論，未必然也。

魏氏源《詩古微》云："詩有為樂作不為樂作之分。且同一入樂，而有正歌、散歌之別。古聖人因禮作樂，因樂作詩之始也。欲為房中之樂，則必為房中之詩，而《關雎》《鵲巢》等篇作焉。欲吹豳樂，則必為農事之詩，而《豳詩》《豳雅》《豳頌》作焉。欲為燕享祭祀之樂，則必為燕享祭祀之詩，而正雅及諸頌作焉。三篇連奏，一詩一終，條理井然，不可增易。此外則諸詩各以類推，不特變風變雅，采於下陳於上者，與樂章迥殊。即二《南》之《殷其雷》《汝墳》《行露》《甘棠》，《豳》之《破斧》《伐柯》，《頌》之《訪落》《閔予小子》《毖》《敬之》，凡因事抒情，不為樂作者，皆不得謂之樂章矣。"

又曰："樂主之聲而律和之，合歌者之詩，與擊者拊者吹者之器，而始謂之樂。故《儀禮》升歌三終，間歌三終，皆謂之正樂。若夫徒吹謂之和，徒歌謂之謠，不歌而誦謂之賦，則與樂絕不相入。故魯享季武子，武子賦《魚麗之卒》章，公賦《南山有臺》，鄭燕穆叔賦《采蘩》。夫燕享時即散歌合樂此三篇矣，而賓主又舉之為賦，豈非各為一事，絕不相蒙？而諸儒尚據列國賦詩，以證入樂，謬矣！然則以入樂言之，則變風、變雅，不但無不可歌，亦無不可用。以《儀禮》正歌言之，則不但變詩不得與，即正者亦有時不得與。何者？周公時未有變風、變雅，而已有無算樂。則知凡鄉樂自《樛木》《甘棠》以下諸詩，《大雅》《召康公》諸詩，《周頌》《成王》諸詩，亦止為房中賓祭之散樂。凡詩不為樂作而可入樂者皆是也。自唐以來，惟孔氏《正義》謂'詩在樂章。禮樂既備，後有作者，無緣增入。其二雅正經而外，雖用於樂，或為無算之節，或隨事類而歌，又在制樂之後，樂不常用'云云。可謂深悉源流矣。"

　　按魏氏之論，分詩有為樂作者，有不為樂作者；分樂有所謂正歌者，有所謂散歌者。三百篇雖皆入樂章，然有分別。其詩為樂而作者，入之於樂，謂之正歌；其詩不為樂而作者，入之於樂，謂之散歌。魏氏此論，略本於孔穎達，故稱孔氏之言，深悉源流。推孔氏之意，以為周公制樂之後，本聲律以作詩，所謂二雅正經，皆是為樂而作者也。自是以後，作者日多，所謂不為樂而作者也。雖不為樂而作，而亦用之於樂。《儀禮》燕鄉賓射，皆於升歌笙間合樂之後，工告正歌備，乃繼之以無算爵，亂之以無算樂。無算云者，或間或合，盡歡而止，所歌之詩，即不為樂而作者。故於工告正歌備後行之，謂之散歌也。歌有正散，魏氏之論，不可以非。至於詩有為樂作、不為樂作之分，則當分別言之。三百篇中，為樂而作者，不可謂盡無。而必謂為房中之樂而作《關雎》《鵲巢》，為豳樂而作《豳雅》《豳頌》，為燕享祭祀之樂，而作正《雅》及諸《頌》，則未免拘泥矣。

　　范氏家相《詩瀋》云："生於心而節於音，謂之詩。一言詩而樂自寓焉。委巷小兒，聯歌拍臂，皆可配以管弦。優伶俗樂，吹竹彈絲，亦能別翻聲調。一言樂而章曲亦自生焉。故人之有詩，非必緣樂以作。聖人作樂，必因詩以興。而詩為人聲，金石絲竹為物聲，各有相需之妙。聖人見其然，因之以詩入樂，以樂合詩，而樂與詩乃并之為一。古之樂不可得聞矣。然觀四詩之中，短長參差，體製不一，明是因詩而合樂，非必因樂以作詩也。要之三百五篇，有節有調，可歌可絃，無非樂章樂譜而已。"

　　按范氏之論言"作詩非緣樂，作樂必因詩"。證以《虞書》所言，頗為可信。《虞書》云："詩言志，歌詠言，聲依永，律和聲，八音克諧。"孔氏穎達《正義》云："詩言人之志意，歌詠其義以長其言，樂聲以此長歌為節，律呂和此長歌為聲。"據此樂由詩作，詩不因樂而作也。宋王普云："古者既作詩，從而歌之，然後以聲叶律，和而成曲是也。"惟范氏又言："三百五篇，無非樂章樂譜。"則其言未晰。詩為樂詞而非樂譜，樂譜者聲律之謂。詩之所以不能歌者，正以聲律已亡，而譜不存也。

以上四家之說，皆謂三百五篇之詩，悉可入之樂章。惟其為說，則各有不同。馬氏謂"詩者貞淫正變之詞，樂者清獨高下之節"，是詩者文詞之謂，樂者聲律之謂。陳氏謂"樂與詩分為二教"，詩雖入於樂章，而詩自為詩，樂自為樂也。魏氏謂"詩有為樂、不為樂之分，樂有正歌、散歌之別；為樂之詩入樂為正歌，不為樂之詩入樂為散歌"。范氏謂"詩非緣樂而作，而樂必因詩而作"。是四說之不同者如此。然除魏氏之說，稍有凝滯外，其餘要皆可以相通。以馬氏之說而論之，詩與樂判為二事，詩者文詞，文詞而不可謂樂也；樂者聲律，聲律而不可謂詩也。文詞所以達意志，聲律所以和節奏。溫柔敦厚，此文詞之所以能感物也。廣博易良，此聲律之所以能動人也。陳氏二教之說，與馬氏之說，原可相通。詩樂雖各自為教，而樂之所歌者，皆因詩之文詞，加以節奏。是范氏之論，與馬氏、陳氏之說，亦不相背也。魏氏之說，雖稍有凝滯，而正歌、散歌之說，足以補諸家之所不及。此四家之說，不可偏廢者也。

據以上諸說而研究之，可以得詩樂之說之所歸。其說如下：

詩者，人之志意，由文詞以發表之。因此發表之文詞，協之以聲律，而後謂之樂也。三百五篇之詩，古人皆協以聲律，入之於樂。惟其用樂也，有正歌、散歌之不同。然無論正歌或散歌，而所歌者，即此三百五篇之詩。故三百五篇之詩，悉可謂之樂詩。惟是三百五篇，雖悉是樂詩，而不可謂之樂。樂者，專屬於聲律一方面，《樂經》已亡，聲律莫考。則是三百五篇之詩，至於今日已失樂詩之用。樂詩之名，雖不可廢；若欲據樂以論詩，則不可也。

朱子考樂詩頗致力，其論樂詩，有可為此結論之參考者，錄之於下。

朱子云："詩之作，本為言志而已。方其詩也，未有歌也；及其歌也，未有樂也。以聲依永，以律和聲；則樂乃為詩而作，非詩為樂而作也。三代之時，禮樂用於朝廷，而下達於閭巷。學者諷誦其言，以求其志；詠其聲，執其器，舞蹈其節，以涵養其心；則聲樂之所助於詩者為多。然猶曰興於詩，成於樂，其求之固有序矣。是以聖賢之言詩，主於聲者少，而發其義者多。仲尼所謂'詩無邪'，孟子所謂'以意逆志者'，誠以詩之作，本乎其志之所存，得其志而不得其聲者有矣；未有不得其志，而能通其聲者也。就使得之，止於鐘鼓之鏗鏘而已，豈聖人樂云樂云之意哉？況今去孔孟千有餘年，古樂無復可考，而欲以聲求詩，則未知古樂之遺聲，今皆可推而得之乎？三百五篇，皆可協之音律，被之管絃乎？故愚以為詩出乎志者也，樂出乎詩者也，詩者志之本，而樂者其末也。"

# 詩譜

孟子言誦詩讀書，曰："論其世，《書》分四代，世系易明。《詩》則詠歌所寄，興比深微，非如書之實事可據也。"漢儒言《詩》之世者，《韓詩》有譜，見於《隋志》，其書久佚。他書間引齊、魯、韓之說。以《關雎》為康王時詩，以《鼓鐘》為昭王時詩，以《商頌》為宋襄公時詩，以《燕燕》為衛獻公時詩。按之經典，多所不合。《毛詩》後出，其學最古，鄭君據之作箋；又據《太史年表》及《春秋》纂為詩譜；自是言世詩之世者，略知所歸也。茲錄鄭君《詩譜序》如下。

《詩譜序》云："詩之興也，諒不於上皇之世。大庭軒轅，逮於高辛，其時有亡載籍。亦蔑云焉。《虞書》曰：'詩言志，歌永言，聲依永，律和聲'，然則詩之道，放於此乎。有夏承之，篇章泯棄，靡有子遺。邇及商王，不風不雅。何者論功頌德，所以將順其美，刺過譏失，所以匡救其惡，各於其黨。則為法者彰顯，為戒者著明。周自后稷，播種百穀，黎民阻飢，茲時乃粒，自傳於此名也。陶唐之末，中葉公劉亦世修其業，以明民其財。至於太王王季，克堪顧天。文武之德，先熙前緒，以集大命於厥身，遂為天下父母，使民有政有居。其時《詩》《風》有《周南》《召南》，《雅》有《鹿鳴》《文王》之屬。及成王、周公，致太平，制禮作樂，而有頌聲興焉，盛之至也！本由《風》《雅》而來，故皆錄之，謂之詩之正經。後王稍更陵遲，懿王始受譖，享齊哀公，夷身失禮之後，邶不尊賢。自是而後，厲也、幽也，政教尤衰，周室大壞。十月之交，民勞板蕩，勃爾俱作，眾國紛然，刺怨相尋。五霸之末，上無天子，下無方伯，善者誰賞，惡者誰罰，紀綱絕矣。故孔子錄懿王、夷王時詩，訖於陳靈淫亂之事，謂之變風、變雅。以為勤民恤功，昭事上帝，則受頌聲，弘福如彼。若違而弗用，則被劫殺，大禍如此。吉凶之所由，憂娛之萌，漸昭昭在斯，足作後王之鑒，於是止矣。夷、厲以上，歲數不明，太史《年表》，自共和始。歷宣、幽、平王而得春秋，次第以立斯譜。欲知源流清獨之所處，則循其上下而省之；欲知風化芳臭氣澤之所及，則旁行而觀之。此詩之大綱也。舉一綱而萬目張，解一卷而萬目明。於力則鮮，於思則寡，其諸君子，亦有樂於是與?"

據鄭氏此序而觀，則詩譜與詩，實有密切之關係。三百篇之詩，皆一時之風俗，見之於吟詠之餘。魏有儉嗇之俗，唐有殺禮之風，齊有太公之化，衛有康叔之澤，見之於詩者，必須徵之於譜。按世以求，而得失自見。自《唐正義》以鄭《譜》冠於各篇之首，而其旁行之譜，寖以失傳，卽正義所載譜文，亦未免佚脫也。宋歐陽永叔，得殘缺鄭《譜》，因加考訂，補譜十有五，補文字二百七，增損塗乙改正者，八百八十三，為詩譜補亡。然其所得之譜，自周公以上皆闕，反不如《正義》所載之完。其後序稱國譜旁行，尤易訛舛，悉皆顛倒錯亂，不可為序。則知永叔所得之譜，殘缺實甚。其增損塗乙，或出於永叔之改削，而不盡為康成之舊觀；且其舛駁殊多，不足為據。清休寧戴氏東原，曾訂詩譜，亦沿其誤。其所正者，僅檜、鄭同譜，王居《雅》上二事而已。山陽丁氏儉卿，重加補綴，永叔之誤，頗為致疑。惟其排比鉤稽，雖取正義；而第次前後，略依歐本。囿於所習，未能顯然別為總譜，略近鄭意，猶未善也。湘潭胡氏子威，悵前賢之未周，重加訂正，視丁氏之書，更為精密。其書首列總譜，世次可按譜而求，次鉤錄孔氏《正義》十六條，以明列詩先後之序。其總譜庶幾可復鄭君旁行之舊，其《正義》十六條，足為後世讀譜者之助也。

附錄孔氏《正義》關於《詩譜》者十六條：

二《風》大意，皆自近及遠。《周南》《關雎》至《螽斯》，皆后妃身事。《桃夭》《兔罝》《芣苢》，后妃之所及。《漢廣》《汝墳》，變言文王之化，見其化之又遠也。《召南》《鵲巢》《采蘩》，夫人身事。《草蟲》《采蘋》，朝廷之妻；《甘棠》《行露》，朝廷之臣，大夫之妻；同為陰類，故先於召伯，皆是夫人化之所及也。《羔羊》以下，言召南之國，江沱之間，亦言文王之政，是又化之差遠也。篇之大率，自以遠近為差。二《南》詩文王時作；唯《甘棠》與《何彼穠矣》二篇，乃是武王時作。武王伐紂，乃封太公為齊侯，令周召為伯。而《何彼穠矣》經云齊侯之子，太公已封於齊；《甘棠》經云召伯，召公為伯之後，故知二篇皆武王時作。非徒作在武王時，其所美之事，亦武王時也。《行露》雖述召伯事，與《甘棠》異時。鄭志答趙商云：「《行露篇序義》云：衰亂之俗微，貞信之教興。若當武王時，被召南之化久矣，衰亂之俗已銷，安得云微？此文王時也。」《序義》云：「召伯聽訟者，從後錄其意，是以云然。」上《周南》《召南》。

序者，或以事明主，或以其謚，或終始備言，或與初見末義相發明，要在理著而已。若一君止一篇者，明言謚號，多則文有詳略。《邶·柏舟》云「頃公之時」，則頃公詩也。《綠衣》云「莊姜傷己，妾上僭當莊公時"，則莊公詩也。詩述莊姜而作，故叙不言莊公也。《燕燕》云"莊姜送歸妾也"，妾非夫人所當出，出不當夫人送；今云送歸妾，是州吁詩也。《日月》《終風》《擊鼓》，《序》皆云"州吁"，《凱風》從上明之，皆州吁詩也。《雄雉》《匏有苦葉》，《序》言"宣公舉其始"；《新臺》《二子乘舟》，復言"宣公詳其終"；則《谷風》《式微》《旄丘》《簡兮》《泉水》《北門》《靜女》在其間，皆宣公詩也。《鄘·柏舟》云："共伯蚤死，其妻守義，明武公時作。"則武公詩也。《牆有茨》"公子頑通於君母"，君母則惠公母，則惠公詩也。《鶉之奔奔》云"宣姜"，亦惠公之母，則《君子偕老》《桑中》在其間，亦皆惠公詩也。《定之方中》《蝃蝀》《相鼠》《干旄》，《序》皆云"文公"，文公詩可知。《載馳》，《序》云："懿公為狄所滅，露於漕邑。"則戴公詩也。在文公下者，後人不盡得其次第耳。《衛淇澳》云"美武公"，則武公詩也。《考槃》《碩人》，《序》皆云"莊公"，則莊公詩也。《氓》云"宣公之時"，則宣公詩也。《竹竿》從上言之，亦宣公詩也。《芄蘭》"刺惠公"，則惠公詩也。《河廣》云"宋襄母歸於衛"，母雖父所出，而文繫於襄公，明襄公卽位乃作。襄公以魯僖公十年卽位，二十一年卒，始終當衛文公，則文公詩也。《伯兮》為王前驅，《有狐》云"衛之男女失時"，皆不言諡；在《河廣》《木瓜》之間，則似文公詩矣。但文公、惠公時無從王征伐之事。桓五年秋，蔡人、衛人、陳人從王伐鄭，當宣公時，則《伯兮》亦宣公詩也。《伯兮》既為宣公詩，則《有狐》亦非文公詩也。文公滅而後興，詩無刺者，不得有男女失時之歌，則《有狐》亦宣公詩也。俱爛於此，本在《芄蘭》之上。《木瓜》云"齊桓公救而封之"，則文公詩也。上《邶》《鄘》《衛》。

檜無世家，詩止四篇，事頗相類，或在一君時作，故《鄭》不復分之。上《檜》。

《緇衣序》云"美武公"，則武公詩也。《將仲子》《叔於田》《大叔於田》，《序》皆云"刺莊公"，而《清人》之下，有《羔裘》《遵大路》《女曰雞鳴》；《遵大路序》云"莊公失道"，則此三篇，通上《將仲子》等六篇，皆莊公詩也。《有女同車》《山有扶蘇》《蘀兮》《狡童》及《揚之水》，《序》皆云"刺忽"，則《褰裳》《丰》《東門之墠》《風雨》《子衿》在其間，皆為昭公詩也。忽於桓十一年，以大子而承正統，雖未踰年，要君於其國。《有女同車序》云"至於見逐"，則為被逐而作，是為忽前立時事也。《山有扶蘇》《蘀兮》《狡童》，"刺忽所美非賢，權臣擅命"，忽之前立，時月既淺，則此三篇皆後之時事也。《褰裳》思見正，言突纂國之事，是突前纂之初，國人欲以鄰國正之。《丰》《東門之墠》《風雨》《子衿》，直云刺亂世耳，不指君事。或當突纂之時，或當忽入之後，要是忽為其主，雖當突前纂之時，亦宜繫於忽，故序於《揚之水》，又言忽以明之。《揚之水》言無忠臣良士，終以死亡，經云"終鮮兄弟"，則兄弟已爭，是後立之事也。《出其東門》，《序》云"公子五爭"，《野有蔓草》，《序》云"民窮於兵革"，《溱洧》，《序》云"兵革不息"，三篇相類，皆三公子既爭之後事也。公子五爭，突在最後得之，則此三篇屬公詩也。《清人》"刺文公"，文公詩也。上《鄭》。

《雞鳴序》云："刺哀公荒淫怠慢。"《還》，《序》云"刺哀公好田獵"，則哀公詩也。《著》《東方之日》《東方未明》三篇，皆云"刺而不舉號諡"，則舉上明下，亦為哀公詩矣。《南山》《甫田》《盧令》《載驅》四篇，皆云"刺襄公"，則襄公詩也。《敝笱》"刺文姜"，《猗嗟》"刺魯莊公"，皆由襄公淫妹而作，亦襄公詩也。上

《齊》。

魏無世家，鄭云：“《葛屨》至《十畝之間》為一君，《伐檀》《碩鼠》為一君；以上五篇刺儉，下二篇刺貪，其事相反，故為分異。君或祖父，或子孫，不可知。”上《魏》。

《蟋蟀》“刺僖公”，則僖公詩也，《山有樞》《揚之水》《椒聊》《綢羽》，《序》言“昭公”，則昭公詩也。《綢繆》《杕杜》《羔裘》在其間，從可知也。《無衣》《有杕之杜》，皆“刺武公”，則武公詩也。《葛生》《采苓》“刺獻公”，則獻公詩也。上《唐》。

《車鄰》“美秦仲”，為秦仲詩也。《駟鐵》《小戎》《蒹葭》《終南》，《序》皆云“襄公”，是襄公詩也。《黃鳥》“刺穆公”，是穆公詩也。《晨風》《渭陽》《權輿》，《序》皆云“康公”，是康公詩也。《無衣》在中，明亦康公詩矣。上《秦》。

《宛丘》《東門之枌》，《序》云。“幽公”，為幽公詩矣。《衡門》云“誘僖公”，《東門之池》《東門之楊》，從上明之，亦僖公詩也。《墓門》“刺陳佗”，陳佗詩也。《防有》《鵲巢》云“宣公”，《月出》從上明之，亦為宣公詩也。《株林》《澤陂》云“靈公”，為靈公詩也。上《陳》。

《蜉蝣》，《序》云“昭公”，昭公詩也。《候人》《下泉》，《序》云“共公”。《鳲鳩》在其間，亦共公詩也。上《曹》。

七篇之作，《七月》在先，《鴟鴞》次之。今《鴟鴞》次於《七月》，得其序矣。《伐柯》《九罭》，與《鴟鴞》同年。《東山》之作，在《破斧》後，當於《鴟鴞》之下，次《伐柯》《九罭》《破斧》《東山》，然後終於《狼跋》。今皆顛倒不次者，張融以為簡策誤編。上《豳》。

《黍離》，《序》云“憫周室之顛覆”，言鎬京毀滅，則平王詩也。《君子行役》及《揚之水》《葛藟》，《序》皆云"平王"，是平王詩也。《君子陽陽》《中谷有蓷》居中，從可知矣。《兔爰》，《序》云"桓王"，則本在《葛藟》之下，但簡策換處，失其次耳。《兔爰》既言桓王，舉上以明下。《采葛》《大車》，從可知矣。《采葛》，《箋》云"桓王之時，政事不明，明《大車》亦桓王時詩也。"上《王》。

《采薇》云："文王之時，西有昆夷之患，北有玁狁之患，以天子之命命將帥，《采薇》以遣之，《出車》以勞還，《杕杜》以勤歸。"則《采薇》等篇，皆文王之詩。《天保》以上，自然是文王詩也。《魚麗》，《序》"文武并言"，則《魚麗》武王詩也。《文王》《大明》《緜》《棫樸》《思齊》《皇矣》《靈臺》，《序》皆云"文王"，《旱麓》居中從可知，凡八篇，文王《大雅》也。《下武》《文王有聲》，《序》皆云"武王"，則武王《大雅》也。《六月序》廣陳《小雅》之廢。自《華黍》以上皆言缺，《由庚》以下不言缺，明其詩異主也。《魚麗》之序云"文武"，《華黍》言與上同，明以上武王詩，《由庚》以下，周公、成王詩也。《南有嘉魚》云"太平"，《蓼蕭》云"澤及四海"，語及其時事，為周公、成王明矣。《由庚》既為周公、成王之詩，則《南有嘉魚》至《菁菁者莪》，從可知也。《生民》，《序》云："文武之功，起於后稷，故推以配天焉。"明是文武後人，見文武之功所起，故推以配天也。文武後人周公、成王，故知《生民》為周公、成王之詩。《生民》既然，至《卷阿》皆可知。《小雅·六月》之後，盡《何艸不黃》，《大雅·民勞》盡《召旻》，其中則有厲、宣、幽三王之詩。《小雅》《十月之交》《雨無正》《小旻》《小宛》四篇，《大雅》，《民勞》至《桑柔》，皆厲王詩也。《小雅》自《六月》至《無羊》，《大雅》，《雲漢》至《常武》，則宣王詩也。《小雅》自《節南山》至《何艸不黃》，去《十月之交》四篇，《大雅》《瞻卬》《召旻》，皆幽王詩也。上大小《雅》。

《周頌》三十一篇，皆周公、成王之頌也。上《周頌》。

《魯頌》四篇，皆克史所作也，皆頌僖公之美德也。上《魯頌》。

《那》，《序》云"祀成湯"，是頌成湯也。《烈祖》，《序》云"祀中宗"，是頌中宗也。《玄鳥》《殷武》，《序》皆云"高宗"，《長發》居中從可知，是《玄鳥》三篇頌高宗也。此頌之者，皆在崩後頌之。上《商頌》。

# 三家詩

　　《漢書·藝文志》云：“孔子純取周詩，上采殷，下取魯，凡三百五篇。遭秦而全者，以其諷誦，不獨在竹帛故也。漢興魯申公為詩訓故，而齊轅固、燕韓生皆為之傳。或取《春秋》，采雜說，咸非其本義，與不得已。魯最為近之。三家皆列於學官。又有毛公之學，自謂子夏所傳，而河間獻王好之，未得立。”據班氏所言，三家之詩，咸非《詩》之本義。魯雖為近，亦不得已之言。《藝文志》載：“《詩》四百一十六卷，除《毛詩》五十九卷外，三家《詩》三百五十七卷，惟《韓詩外傳》六卷存，（《隋志》十卷）則是亡者三百五十一卷矣。”取《韓詩外傳》讀之，誠如班《志》所云，或取《春秋》，采雜說。其他三百五十一卷之《詩》，考其遺說，未必同於《韓詩外傳》。雖《齊詩》有《雜記》十八卷。王先謙云“此蓋采雜說者”，亦係推揣之辭，而於班《志》所謂或取《春秋》雜說者，終無明確之佐證。蓋班氏所云，係舉三家《詩》之全體言之，並非指三家《詩》中之一二種也。抑又有疑者，班《志》言三家《詩》，咸非本義，則是班氏必知《詩》之本義所在也。又云“與不得已，魯最為近”，則是班氏必知魯為最近之所在也。班氏既知《詩》之本義，而不明言本義之所在；卽謂班《志》出於《七略》，而劉氏亦未明言。或謂毛公之學，班《志》未置評論；且云自謂出於子夏，以明授受之有淵源；則所謂三家，咸非本義。即據《毛詩》為標準，因《毛詩》未立學官，博士悉習三家《詩》，未能明舉《毛詩》以違博之所習，而其意旨則固已可見也。此言頗有理由，果否確論，尚未能定。惟有一語，可斷言者，三家《詩》之必非合於《詩》之本義是也。三家《詩》既不合於《詩》之本義，則後人本三家《詩》之遺說，以駁《毛傳》者，可謂失所依據矣。

《隋書·經籍志》云："《齊詩》魏代已亡，《魯詩》亡於西晉。齊魯《詩》之亡，其來已久。《韓詩》之亡略後，今則惟《韓詩外傳》存。所謂《韓故》《韓內傳》《韓說》，亦並佚矣。"是三家之《詩》，《齊》最先亡，《魯》次之，《韓》又次之。顧其書雖亡，而其遺說時見於羣書之所徵引。宋王氏應麟據羣書所徵引者，輯為《詩考》一卷，以存三家佚文。顧搜采未周，頗多漏略。至清范氏家相有《三家詩拾遺》，丁氏晏有《三家詩補注》，馮氏登府有《三家詩異文疏證》，阮氏元有《三家詩補遺》，陳氏喬樅有《三家詩遺說考》；數家之中，陳氏之書，最為豐富。喬樅本其父壽祺之學，壽祺為阮氏元之弟子，既淵源之有自，復用力之頗勤，故其書極為可觀也。

惟是搜采三家《詩》，有一事須先辨之極明者，即兩漢學之家法是也。三家《詩》既亡，今從羣書中錄而出之。使不明兩漢之家法，則本《魯詩》也，或入之於《齊》本《齊詩》也，或入之於《韓》。惟深明兩漢之家法，知某氏之學，授之於某；某氏之學，為某氏之所自出。匡衡習《齊詩》者也，師丹治詩師事匡衡；則凡匡衡等之說《詩》者，皆可認為《齊詩》之遺。孔安國習《魯詩》者也，司馬遷嘗從安國問故；則凡《史記》之說《詩》者，皆可認為《魯詩》之遺。王吉習《韓詩》者也，以《詩論語》授子駿；則凡王吉父子之說《詩》者，皆可認為《韓詩》之遺。鄭康成治《毛詩》而兼治三家《詩》者也，則凡鄭康成之說詩，與《毛義》相違者，皆可認為三家《詩》之遺。家法既明，搜采始無誤入之處。陳氏之書，雖未免稍有誤入，然其大致，則固明於兩漢之家法者也，觀其三家《詩叙錄》可知。而其《三家詩遺說考叙》，亦頗能明三家《詩》之源流，茲節錄於下。

### 魯詩遺說考序

《漢書·楚元王傳》："元王少時，嘗與魯穆生、白生、申公，俱受《詩》於浮邱伯。文帝時聞申公為《詩》最精，以為博士，申公始為《詩傳》，號《魯詩》。"《史記·儒林傳》，言"申公以《詩》教授，弟子自遠方至受業者千餘人"，是三家之學，魯最先出，其傳亦最廣。終漢之世，三家並立學官，而魯學為極盛焉。魏晉改代，屢經兵燹，學官失業，《齊詩》既亡，而《魯詩》不過江東，其學遂以寢微。然而馬、班、范三史所載，漢百家著述所稱，亦未嘗無緒論之存，足以資考證佚文，而采摭異義，失在學者不能實事求是耳。宋王厚甫《詩考》："據鄭君《儀禮·士昏禮注》引《魯詩》說：'何休《公羊傳注》引《魯詩》說及《漢書》文、《三王傳》《杜欽谷永傳注》《續漢書·輿服志注》《後漢書·班固傳注》，所引《魯訓》《魯傳》，採為《魯詩》，疏漏尚多。其餘石經《魯詩》殘碑，惟取與毛氏異者，餘皆棄而不錄。顧《魯詩》今不傳，祇此殘碑，所有其文，當備載之，不宜取此棄彼也。'按《魯詩》授受源流，《漢書》章章可考。申公受詩於浮邱伯，伯者，荀卿門人也。凡《荀子》書中說《詩》者，大都為《魯訓》所本。孔安國從申公受《詩》為博士，太史公嘗從孔安國問業，所習當為《魯詩》。劉向父子世習《魯詩》，著《說苑》《新序》《列女傳》諸書，其所稱述，必出於《魯詩》無疑矣。《白虎通》引《詩》皆為魯說，以當時會議諸儒，如魯恭、魏應，皆習《魯詩》，而承制專掌問難，又出於魏應也。《爾雅》亦《魯詩》之學。漢儒謂《爾雅》為叔孫通所傳，叔孫通，魯人也。臧鏞堂《拜經日記》，以《爾雅》所釋《詩字訓義》，皆為《魯詩》，允而有徵。熹平石經，以《魯詩》為主，間有齊韓字，蓋叙二家異同之說，此蔡邕、楊賜所奉詔同定者也。"互證而參觀之，夫固可以考見家法矣。

### 齊詩遺說考叙

漢置五經博士。《詩》魯、齊、韓三家，並立學官。《隋書·經籍志》云"《齊詩》魏已亡"，是三家之失傳，《齊》為最早。魏晉以來，學者尟有肄業習之者矣。宋王厚甫所撰《詩考》，其於《齊詩》，僅據《漢書·地理志》及匡衡、蕭望之《傳》，與《後漢書·伏湛傳》中語，錄入數事，寥寥寡證；間摭晁說之董彦遠說，往往持論不根，難以徵信。近世余蕭客、范家相、盧文弨、王謨、馮登府諸君，皆續有採輯；然擇焉不精，語焉不詳，於《齊詩》專家之學，究未能尋其端緒也。竊考漢時經師之學，以齊魯為兩大宗。文景之際，言《詩》者，魯有申培公，齊有轅固生。漢儒治經，最重家法，學官所立，經生遞傳，專門命氏，咸自名家。《詩》分為四，文字或異，訓義固殊，要皆各守師法，持之弗失。夫轅生以治《詩》為博士，諸齊以詩貴顯者，皆固之弟子。而昌邑太傅夏侯始昌最明。始昌通五經，后倉事始昌，亦通詩禮為博士。訖孝、宣世，禮學后倉最明，戴德、戴聖、慶普，皆其弟子。三家立於學官，《詩》《禮》既同出自后氏；則《儀禮》及二戴《禮》中所引佚《詩》，皆當為《齊詩》之文矣。鄭君本治小戴《禮》，注《禮》在箋《詩》

之前，未得《毛詩》，《禮》家師說，均用《齊詩》，知其所述，多
《齊詩》之本義。《齊詩》有翼匡、師伏之學，班固之從祖伯，少受詩
於師丹，故叔皮父子，世傳家學。《漢書・地理志》，並據《齊詩》之
文，荀悅叔父爽師事陳寔，寔子紀傳《齊詩》，《後漢書》言荀爽嘗著
《詩傳》。爽之《詩》學，太邱所授，其為齊學明矣。公羊氏本齊學，
治《公羊春秋》者，其於《詩》皆稱齊，猶之穀梁氏為魯學，治《穀
梁春秋》者，其於《詩》亦稱魯也。董仲舒通五經，治《公羊春秋》，
與齊人胡毋生同業，則習《齊詩》可知。《易》有京孟卦氣之候，
《詩》有翼奉五際之要，《尚書》有夏侯《洪範》之說，《春秋》有公
羊裁異之條；皆明於象數，善推禍福，以著天人之應。淵源所自，同
一師承，確然無疑。孟喜從田王孫受《易》，得易家候陰陽災變書。
喜卽東海孟卿子，焦延壽所以問《易》者，是亦齊學也。故焦氏《易
林》，皆主《齊詩》說。若夫桓寬《鹽鐵論》，以《周南》之《罝兔》
為刺，義與魯、韓、毛迥異，以《邶風》之《鳴雁》為雅，文與魯、
韓、毛並殊，又其顯然易見者耳。

### 韓詩遺說考序

《詩》之有《魯》《齊》《韓》《毛》，猶《春秋》之有《公》
《穀》《鄒》《夾》也。鄒氏無師，夾氏未有書，故其傳不顯於世。
《詩》則《魯》《齊》《韓》三家並立學官，家誦戶習，終兩漢之世，
經師稱盛極矣。自魏晉改代，《毛》《鄭》詩行，而三家之學始微。
《韓詩》雖最後亡，持其業者蓋寡；惟杜瓊著《韓詩章句》十餘萬
言，見於《蜀志》。張紘從濮陽闓受《韓詩》，見於《吳書》。崔季
珪少讀《韓詩》，就鄭氏學，見於《魏志》。晉太康中，何隨治《韓
詩》，研精文緯，見於《華陽國志》。此外恆不數覯焉。《漢書・藝

文志》："《韓詩經》二十八卷，《韓故》三十六卷，《內傳》四卷，《外傳》六卷，《韓詩說》四十一卷。"而《隋書·經籍志》，祇載《韓詩》二十二卷；薛氏章句，《唐書·藝文志》，則載《韓詩》卜商序，韓嬰注，二十二卷，又《外傳》十卷。然觀唐人經義，及類書所引《韓詩》，要皆薛氏章句為多。據《後漢書·儒林傳》言："薛漢世習《韓詩》，父子以章句著名。"又言："杜撫少受業於薛漢，定《韓詩》章句。"疑《唐書·藝文志》所載卽此，故卷數與《漢志》不同。蓋《韓故》《韓說》二書，其亡佚固已久矣。他如趙長君《詩細》，世雖不傳；然《韓詩譜》二卷，《詩歷神淵》一卷，侯包《韓詩翼要》十卷，具列《隋志》是其書猶未盡佚。宋元以後，《毛》《鄭》詩亦復罕有專門，而《韓詩》之傳遂絕；其僅有存者，《外傳》十篇而已。今觀《外傳》之文，記夫子之《緒論》與《春秋·雜說》，或引詩以證事，或引事以明詩，使為法者彰顯，為戒者著明；雖非專於解經之作，要其觸類引伸，斷章取義，皆有合於聖門商賜言詩之志也。況夫微言大義，往往而有。上推天人，性理明，皆有仁義禮智順善之心；下究萬物情狀，多識於鳥獸草木之名；考風雅之正變，知王道之興衰，夫固天命性道之蘊，而古今得失之林耶。

按陳氏三序，於三家《詩》之源流，可謂言之明白矣。惟其中有當分別觀者：鄭康成未箋《毛》以前，本學三家《詩》；注《禮》所用者，果為何家，無從分別。陳氏斷為用《齊》，未免稍過。又班《志》明言三家，咸非本義，與不得已，魯最為近之。陳氏尊崇《外傳》，至謂天命性道之蘊，古今得失之林，亦語欠斟酌。要之三家已亡，陳氏搜采之豐富，足供吾人之參考；而讀此三序，亦足略明三家源流之大概也。

# 讀詩法

《禮記經解》云："其為人也,温柔敦厚,《詩》教也。"又云:"詩失之愚。"又云:"其為人也,温柔敦厚而不愚,則深於《詩》者也。"據此《詩》之為教,有温柔敦厚之旨;而人之受《詩》教也,有温柔敦厚而愚焉,有温柔敦厚而不愚者焉。教一也,而受之不同。蓋一則能得讀《詩》之法,一則不能得讀《詩》之法也。

夫讀《詩》之法,自古有之,惟是時移勢異。古人讀《詩》之法,尚可適用於今日乎?此誠一疑問也。編者先將古人讀《詩》之法,陳之於前,然後判斷其適用與不適用。古人讀《詩》之法,可約之為四,茲記於下:

(一)以《詩》為勸善懲惡之用。

《毛詩序》:"上以風化下,下以風刺上,主文而譎諫,言之者無罪,聞之者足以戒。"《詩集傳序》:"孔子生於其時,既不得位,無以行帝王勸懲黜陟之政。於是特舉其籍而討論之,去其重複,正其紛亂,而其善之不足以為法,惡之不足以為戒者,則亦刊而去之,以從簡約,示久遠,使夫學者即是,而有以考其得失。善者師之而惡者改焉。是以其政雖不足以行於一世,而其教實被於萬世,是則《詩》之所以為教者然也。"

（二）以《詩》為修養身心之用。

《論語》："《詩》三百，一言以蔽之，曰：思無邪。"

又："《詩》可以興，可以觀，可以羣，可以怨。"

鄭樵云："善觀《詩》者，當推詩外之意，如孔子、子思。善論《詩》者，當達詩中之理，如子貢、子夏。善學《詩》者，當取一二言為立身之本，如南容、子路。善引《詩》者，不必分別所作之人、所采之詩，如諸經所舉之詩可也。緜蠻黃鳥，止於丘隅，不過喻小臣之擇卿大夫有仁者依之。夫子推而至於為人君止於仁，與國人交止於信。鳶飛戾天，魚躍於淵，不過喻惡人遠去，而民之喜得所。子思推之上察乎天，下察乎地。如切如磋，如琢如磨，而子貢能通於貧富之間。巧笑倩兮，美目盼兮，而子夏能悟禮後之說。南容三復，不過《白圭》。子路終身所誦，不過不忮不求。維嶽降神，生甫及申，宣王詩也，夫子以為文武之德。夙夜匪懈，以事一人，仲山甫詩也，《左傳》以為孟明之功。"

朱子曰："古人一篇詩，必有一篇意思，且要理會得這個。如《柏舟》之詩，只說到靜言思之，不能奮飛；《綠衣》之詩，說我思古人，實獲我心，此可謂止禮義。所謂可以怨，便是喜怒哀樂發而皆中節處。"

（三）以《詩》為通達詞理之用。

《論語》："不學《詩》，無以言。"

又："誦《詩》三百，授之以政不達；雖多，亦奚以為？"

（四）以《詩》為多識博聞之用。

《論語》："多識於鳥獸草木之名。"

又："人而不為《周南》《召南》，其猶正牆面而立也與。"

以《詩》為勸善懲惡之用，讀《詩》者必能得勸善懲惡之旨，始可謂之善讀《詩》。以《詩》為修養身心之用，讀《詩》者必能得修養身心之旨，始可謂之善讀《詩》。以《詩》為通達詞理之用，讀《詩》者必能得通達詞理之旨，始可謂之善讀《詩》。以《詩》為多識博聞之用，讀《詩》者必能得多識博聞之旨，始可謂之善讀《詩》。此四者約言之：前二者屬之禮教，後二者屬之文章博物，誠古今讀《詩》之善法也。惟是吾人今日讀《詩》之宗旨，是否以《詩》為不刊之經典，受《詩》之命令，以為禮教、文章、博物之法則；抑以《詩》為已往之歷史，求《詩》之類別，以得禮教、文章、博物之陳迹。以學問之進步而言，今日為學問，斷不能為古人所範圍；不過古人之書，皆可為吾人參考之資料；所以今日對於《詩經》一書，不當以不刊之經典視之，當以已往之歷史觀之。據此而論，古人讀《詩》之法，已不適用於今日。今日讀《詩》之法，當以分析綜合，以為有條理有系統之研究，不可籠統散漫，僅抽一二事而演繹以說之也。茲將編者之意思，定為五類，以為讀《詩經》之助。

（一）文字學類。

文字聲音者，一切學問之基礎也。《詩經》一書，以文字言，有四家之不同，彙而記之，可以明假借之恉；以聲音言，為三代之古音，彙而記之，可以明古音之異讀。此以文字學為根基，而讀《詩經》者一也。

（二）文章學類。

文章者，為中國學問中最優美之藝術也。三百五篇之詩，為中國優美文章之祖。《楚詞》漢賦，皆由是出焉。明比興之義，以求詞近意遠之微；析章句之條，而得聲音節奏之妙。此以文章學為根基，而讀《詩經》者二也。

（三）禮教學類。

禮教者，為中國國家成立之要件。上古之世，由家族而團體，由團體而國家。故中國國家之基礎，卽建築於家族之上；所以禮教之維持羣衆，皆由家庭而推之。三百五篇之詩，卽表示此種禮教之現象也。二《南》之化，由近而遠；天子諸侯之德，歸美於后妃夫人；所以《關雎》為人倫之始，天地之基。此以禮教學為根基，而讀《詩經》者三也。

（四）史地學類。

史地者，為有國者之所同有。而中國上古之歷史輿地，則書缺有間，為考古者所難言。至於歷史，民間之風俗，更無有紀載之可言。十五國之《風》，皆十五國之風俗，見之於歌謠者也。讀《蟋蟀》之詩，而知人民之儉樸；讀《莨楚》之詩，而知人民之痛苦。其他如各國之地名，不見於他經典者，亦可得其一二焉。此以史地學為根基，而讀《詩經》者四也。

（五）博物學類。

博物者，今日為獨立之學科。中國素無是學，然《詩經》中魚蟲鳥獸草木之名，所在皆是。古人賦詩，必事事得之於實驗，然後見之於吟咏；非如今人之知識，皆從書本中來也。所以《詩經》中之魚蟲鳥獸草木，其稱名甚確。《爾雅》一書，卽本《詩》而成，實為博物學之初祖焉。以後踵此例為之者，其書頗多，合而研究之，可得萬物名稱變遷之跡。此以博物學為根基，而研究《詩經》者五也。

以上五種讀《詩》法，雖不合於古，學者苟本此以讀《詩》，則獲益必較多也。

# 春秋時之賦詩及羣籍之引詩

《詩》有本義，有旁義。本義者，作詩之義。旁義者，賦詩之義，與引詩之義。作詩者，外觸於物，內動於心，發洩於聲音，而歌詠其性情，三百五篇之本文是也。賦詩者，諸侯卿大夫交接，以微言相感，當揖讓之時，必稱詩以喻其志，春秋時之賦詩是也。引詩者，辨事理之是非，論古今之然否，羣言淆亂，折衷於詩，引詩以證明所辨論者，羣籍之引詩是也。

詩之本義，頗不易明。魯、齊、毛、韓，皆係說《詩》之本義者。三家魯最為近，《毛詩》自謂出於子夏。今三家悉亡，惟《毛詩》獨存，則是今日所存之《詩》，說詩之本義者，惟一《毛詩》而已。學者以三家遺說，時時見於他書，而於毛義或多相違，遂欲據詩說之古者，以為詩本義之辨證。於是春秋時之賦詩，及羣籍之引詩，皆為辨證詩本義者參考之資料。不知此二者，皆旁義，非本義也。

春秋時之賦詩，及羣籍之引詩，何以知其為旁義非本義，於此有二證：

（一）左氏襄二十八年《傳》盧蒲癸曰："宗不余辟，余獨焉辟之；賦詩斷章，余取所求焉，惡識宗？"

杜氏注云："言己苟有求於慶氏，不能復顧禮。譬如賦詩者，取其一章而已。"則是春秋時之賦詩，皆斷章取義可知也。

（二）孟子云："故說《詩》者，不以文害辭，不以辭害志；以意逆志，是為得之。"趙氏注云："文，詩之文章；辭，詩人所歌詠之辭；志，詩人志所欲之事；意，學者之心意也。人情不甚相遠，以己之意，逆詩人之意，是為得之。"則是羣籍所引詩，皆以己意逆詩意可知也。

或曰《春秋傳》："莊姜美而無子，衛人為之賦《碩人》；又秦穆公卒，以子車氏之三子為殉，皆秦之民也，國人哀之，為之賦《黃鳥》；又鄭文公惡高克，將清邑之兵禦狄於河上，久而不召，師散而歸，鄭人為之賦《清人》。非賦詩皆詩之本義乎？至引詩者，如孟子所引，經始靈臺，及王赫斯怒之類，非引詩亦皆詩之本義乎？"曰：以上所舉《春秋傳》所記者，皆係記作詩者之本義，而非聘問燕會之賦詩也。至孟子所引，亦係說明此詩之本文，而非引詩以明又一事也。記本事，明本文，當然為詩之本義。此種本義，按之《毛詩》自相脗合。惟賦詩引詩，多半非詩之本義。使不分別觀之，概以賦詩引詩之義以說詩，以旁義為本義，不亦誣乎？茲將春秋時之賦詩，與羣籍之引詩，各舉四條以明之：

《鵲巢》，夫人之德也。國君積行累功，以致爵位，夫人起家而居有之，德如鳲鳩，乃可以配焉。左氏昭元年《傳》："趙孟為客禮，終乃宴，穆叔賦《鵲巢》。趙孟曰：'武不堪也。'"注："鵲有巢而鳩居之，喻晉君有國，趙孟治之。"

《摽有梅》，男女及時也。召南之國，被文王之化，男女得以及時也。左氏襄八年《傳》："晉范宣子來聘，公享之，宣子賦《摽有梅》。季武子曰：'誰敢哉？今譬於草木，寡君在君，君之臭味也。歡以承命，何時之有？'"注："梅盛極則落，宣子欲魯及時共討鄭，取其汲汲相赴。"

《野有死麕》，惡無禮也。天下大亂，強暴相陵，遂成淫風。被文王之化，雖當亂世，猶惡無禮也。左氏昭元年《傳》：“趙孟、叔孫豹、曹大夫入鄭，鄭伯享之。子皮賦《野有死麕》之卒章，趙孟賦《棠棣》，且曰：‘吾兄弟比以安，尨也可使無吠。’”注：“《野有死麕》卒章曰：‘舒而脫脫兮，無感我帨兮，無使尨也吠。’脫脫，安徐；帨，佩巾；義取君子徐以禮來，無使我失節，而使狗驚吠。喻趙孟以義撫諸侯，無以非禮相加陵。”

《鴻雁》美宣王也。萬民離散，不安其居，而能勞來還定安集之，至於矜寡，無不得其所焉。《四月》，大夫刺幽王也。在位貪殘，下國構禍，怨亂並興焉。《載馳》，許穆夫人作也。閔宗國顛覆，自傷不能救也。《采薇》，遣戍役也。文王之時，西有昆夷之患，北有玁狁之難，以天子之命命將帥，遣戍役以守衛中國，故歌《采薇》以遣之。左氏文十三年《傳》：“冬，公如晉朝，且尋盟。衛侯會公於沓，請平於晉。公還，鄭伯會公於棐，亦請平於晉，公皆成之。鄭伯與公宴於棐，子家賦《鴻雁》。季文子曰：‘寡君未免於此。’文子賦《四月》，子家賦《載馳》之四章，文子賦《采薇》之四章。”注：“《鴻雁》小雅，義取侯伯哀恤鰥寡。正義《鴻雁》首章云：‘之子於征，劬勞於野，爰及矜人，哀此鰥寡。’子家言鄭寡弱，欲使魯侯遠行還晉存恤之也。”注：“《四月》小雅，義取行役踰時，思歸祭祀，不欲為還晉。正義《四月》首章：‘四月維夏，六月徂暑，先祖匪人，胡寧忍予。’文子言己思歸祭祀，不欲更復還晉。”注：“《載馳》《鄘風》四章以下，義取小國有急，欲引大國以救助。正義《載馳》五章：‘我行其野，芃芃其麥，控於大邦，誰因誰極。’小國有急，控告大國。文在五章，而傳言四章，故云四章以下。”注：“《采薇》小雅，取其豈敢定居，一月三捷，許為鄭還，不敢定居。”

　　春秋時賦詩，據顧棟高《春秋大事表》所載，凡二十八見。觀上所錄，皆為斷章之義。《鵲巢》之詩，言鵲有巢而鳩居，夫有室而女處。穆叔賦之，乃以喻國家之政治焉。《摽有梅》之詩，言婚姻之及時，宣子賦之，乃以喻用兵之及時焉。《野有死麕》之卒章，言當以禮相待，不可以強暴相陵；犬吠可驚者，猶人言可畏也；子皮賦之，乃以喻國家之交際焉。至於《鴻雁》之斷取哀此鰥寡，《四月》之斷取先祖匪人，《載馳》之斷取控於大邦，《采薇》之斷取豈敢定居，所賦之詩，皆與詩之本義相違。盧蒲癸之言賦詩斷章，實當時賦詩者之通例也。

　　《周南》：“采采卷耳，不盈頃筐，嗟我懷人，實彼周行。”注：“思君子，官賢人，置周之列位。”《荀子·解蔽篇》引此詩云：“頃筐，易滿也；卷耳，易得也；然而不可以貳周行。”言情之至者不貳。用情不至，雖采易得之物，實易滿之器，以懷人實周行之心貳之，則不能滿。《淮南子·椒眞訓》引此詩云：“今矰繳機而在上，網罟張而在下，雖欲翶翔，其勢焉得？以言慕遠世也。”言采卷耳之不盈筐者，思欲脫此濁世，置身於寧靜之域也。

　　《齊風》：“東方未明，顚倒衣裳，顚之倒之，自公召之。”《毛序》：“東方未明，刺無節也。朝廷興居無節，號令不時。”《荀子·大略篇》引此詩云：“諸侯召其臣，臣不俟駕，顚倒衣裳而走，禮也。”

　　《秦風》：“言念君子，溫其如玉。”《箋》：“言君子之性，溫然如玉。”《禮記·聘義》引此詩云：“夫昔者君子比德於玉焉。溫潤而澤，仁也；縝密以粟，知也；廉而不劌，義也；垂之如隊，禮也；叩之，其聲清越以長，其終詘然，樂也；瑕不掩瑜，瑜不掩瑕，忠也；孚尹旁達，信也；氣如白虹，天也；精神見於山川，地也；圭璋特達，德也；天下莫不貴者，道也。詩云：'言念君子，溫其如玉。'故君子貴之也。"

《鄭風》："執轡如組，兩驂如舞。"《毛序》："言叔多才而好勇。"《箋》："如組者，如織組之為也。"《呂氏春秋》云："《詩》曰：'執轡如組'，孔子曰：'審此言也，可以為天下。'子貢曰：'何其躁也?'孔子曰：'非謂其躁也，謂其為之於此，而成文於彼也。聖人組修其身，而成文於天下矣。'"《中論·賞罰篇》云："夫賞罰之於萬民，猶轡策之於馴馬也。轡策不調，非徒遲速之分也，至於覆車而摧轅；賞罰之不明也，非徒治亂之分也，至於滅國而喪身。詩云：'執轡如組，兩驂如舞'，言善御之可以為國也。"

羣籍引《詩》，其類頗多。觀上所錄，皆為引詩者之意，而非作詩者之意。《卷耳》之詩，本為官人而作；《荀子》引之，以明不可有二心；《淮南子》引之，以言思脫污獨之世。《東方未明》之詩，本為人君起居無節而作，故人臣之衣裳顛倒焉；《荀子》引之，以為臣子奉召之禮。溫其如玉之句，言親愛之君子，貴之如玉；《禮記》引之，以為君子以玉比德。執轡如組、兩驂如舞之句，言太叔有能御之才，隱以示有才無義，故雖得衆而亡；《呂氏春秋》及《中論》引之，以明治天下之道。所引之詩，皆與詩之本義相違。趙氏謂以己之意，逆詩人之意；實則皆己之意，不過借詩以說之也。

據此，則賦詩與引詩之為旁義，皎然可明矣。詩之本義，今所存者，惟有《毛詩》。《毛詩》果否能得詩之本義，此事誠難斷言；因說詩之本義者，除毛氏以外，無他可以參證也。春秋時之賦詩，與羣籍之引詩，雖為說詩之古者，而非詩之古訓。阮氏錄羣籍之引詩書者，為《詩書古訓》一卷搜輯頗富；然謂之古訓，則失之矣。

# 兩漢詩經學

　　班氏《漢書·藝文志》云："漢興，魯申公為詩訓故，而齊轅固、燕韓生，皆為之傳。或取《春秋》雜說，咸非其本義，與不得已，魯最為近之。三家皆列於學官。又有毛公之學，自謂子夏所傳，而河間獻王好之，未得立。"據此西漢之初，詩有魯、齊、韓、毛四家；四家之中，魯、齊、韓為官學，毛為私學。蓋三家為今文，毛為古文，博士皆習今文。古文晚出，知之者稀，雖有一二好之者，士安於習，終不得立於官也。《藝文志》批評三家《詩》，"咸非本義"，則是三家《詩》皆自為一家之學可知。"與不得已，魯最為近"，不過謂《魯詩》比較為善，而《魯詩》仍非《詩》之本義，亦可知也。但其所謂"咸非本義，魯最為近"者，於何者為標準？《藝文志》刪錄《七略》而成，此言必出於劉氏；劉氏親校古文，必以《毛詩》為標準，始能判斷三家之得失也。其於毛公之學，云："自謂子夏所傳。"其曰自謂者，以未立學官，不能不委曲以說之也。其言子夏所傳者，明淵源有自，異於三家《詩》之取《春秋》雜說也。大概官學雖盛行一時，用為干祿之具，其學必不能精。私學雖傳之甚稀，悉為好學深思者之講授。四家之《詩》，劉氏輯《七略》，班氏述藝文，固已有定論也。

　　《漢書·藝文志》："《詩》凡六家，四百一十六卷。"四家《詩》

而云六家者，以齊有后氏、孫氏雜記故也。然考《漢書·儒林傳》：
"韋賢治詩，事博士大江公及許生，由是《魯詩》有韋氏學。"而洪
适《隸釋》漢武榮碑云："榮，字含和，治《魯詩經》韋君章句。"
是《魯詩》有《韋氏章句》可知，而《藝文志》不著錄。又《儒林
傳》："張生、唐生、褚生，皆為博士。張生論石渠至淮陽中尉，唐
生楚太傅，由是《魯詩》有張、唐、褚氏之學。"又云："陳留許晏
為博士，由是有許氏學。"是《魯詩》又有張、唐、褚、許之書可
知，而《藝文志》亦不著錄。三家之《詩》，魯最為近，而又立於
學官；《藝文志》不錄其書者，必其說之無足取也。至於齊、韓
《詩》，除《藝文志》所著錄外，《齊詩》據《儒林傳》有翼匡、師
伏之學，《韓詩》據《儒林傳》，亦有王食、長孫之學。蓋三家
《詩》既立博士，學者以之取功名富貴，競相傳說，為獵祿之具耳，
非真能著書也。三家之中，齊、韓更甚。觀《儒林傳》云："滿昌授
九江張邯、琅邪皮容，皆至大官，徒眾尤眾，此為《齊詩》之學者
也。"又云："食為博士，授泰山栗豐，吉授淄川長孫順，順為博士，
豐部刺史，豐授山陽張就，順授東海髮福，皆至大官，徒眾尤盛，
此為《韓詩》之學者也。"為齊韓之學者，皆以至大官而得徒眾，
則當時以學術號召之故可知。號召愈力者，徒眾愈盛。故《儒林傳》
於齊韓悉云"皆至大官，徒眾尤盛"；而《魯詩》不言者，蓋治
《魯詩》者，近於樸質。觀申公對武帝"為治者不在多言，顧力行
何如"之語，不以學術為號召可知。王式，治《魯詩》者也。東平
唐長賓、沛褚少孫，來事式，問經數篇。式謝曰："聞之於師盡是
矣。"唐生、褚生，式之弟子也。應博士弟子選，詣博士摳衣登堂，
頌禮甚嚴，誦說有法，疑者蓋不言，則是治《魯詩》者，比較謹慎。
《藝文志》謂魯最為近之，以其不異說也。然用為干祿之具，終不免

有傾軋之風。《儒林傳》云："博士共持酒肉勞式，江公世為《魯詩》宗，心嫉式，謂歌吹諸生曰：'歌《驪駒》。'（服虔云：'《逸詩》篇名，見《大戴禮》'。客欲去歌之，文穎曰：其辭云：'驪駒在門，僕夫具存，驪駒在路，僕夫整駕。'）式曰：'聞之於師，客歌驪駒，主人歌，客毋庸歸。今日諸君為主人，日早尚未可也。'江翁曰：'經何以言之。'式曰：'在曲禮。'江翁曰：'何狗曲也。'"江翁世為《魯詩》之宗，而治《魯詩》者，又比較謹慎；其出言如是，其說詩可知也。《魯詩》最近猶如是，其《齊詩》《韓詩》又可知也。所以西漢時之三家《詩》，證之《儒林傳》，愈以見咸非本義之說為有據也。

至於《毛詩》之學如何？《儒林傳》曰："毛公，趙人也。治《詩》為河間獻王博士，授同國貫長卿。長卿授解延年。延年為阿武令，授徐敖；敖授九江陳俠，為王莽講學大夫；由是言《毛詩》者，本之徐敖。"僅此數語，更無他詞；可見《毛詩》之學，在西漢時，傳之不盛。貫長卿、解延年、徐敖、陳俠之學說何似，今皆不可考見，要之必不至如三家《詩》之好為異說也。

迨至東漢，治《魯詩》學者，有高詡、包咸、魏應；治《齊詩》學者，有伏恭、任末、景鸞；治《韓詩》學者，有薛漢、杜撫、召馴、楊仁、趙曄。據《後漢書·儒林傳》所載，類皆能自持其身，而無西漢譁衆取寵之行為。此由於東漢士氣之良，非其學說之善也。

《毛詩》之學，據《後漢書·儒林傳》云："衛宏，字敬仲，東海人也。少與河南鄭興，俱好古學。初九江謝曼卿善《毛詩》，乃為其訓。宏從曼卿受學，因作《毛詩序》，善得風雅之旨，於今傳於世。後從大司空杜林，更受《古文尚書》作《訓旨》。時濟南徐巡師事宏，後從林受學，亦以儒顯。由是古學大興。中興後，鄭衆、賈逵傳《毛詩》，後馬融作《毛詩傳》，鄭玄作《毛詩箋》。"觀此則《毛詩》之學，在東漢時而日顯。肇於衛宏，盛於鄭玄。《詩》之《小序》，常為衛氏所增，而鄭氏之箋，尤足闡明《毛公》之旨。雖鄭氏頗采三家之《詩》，要必以《毛》為宗。古學顯而《毛詩》行，三家《詩》雖未亡，而其傳已微矣。

　要而論之，西漢為今學時代，《毛詩》雖出，終不能與三家《詩》並行，所謂利祿之途然也。東漢為古學時代，三家雖未亡，《毛詩》卒至大顯，所謂近於《詩》之本義故也。賈逵、馬融，悉為東漢大儒，當三家未亡之日，而獨表章《毛詩》，必以三家之說，乖違為多，《毛詩》之說，本義獨得也。鄭玄徧注五經，兼習三家，原無門戶之見，必無阿好之私。其箋《毛詩》，亦采及三家之說；則其未采者，必在可廢之列。今之左《毛》者，或本三家佚說以攻《毛》，是未能善讀《漢書》，而深明兩漢之詩經學也。

# 三國南北朝隋唐詩經學

《毛詩》之學，自鄭康成作《箋》後，其學大行。惟是鄭氏之《箋》，與毛亦有出入。鄭氏《六藝論》云：“注《詩》宗毛為主，毛義若隱略，則更表明；如有不同，即下己意。”以鄭氏自言而觀之，《毛詩》之學，雖昌明於鄭；而鄭氏作《箋》，則不必盡同於毛也。唐陸德明云：“鄭氏申明毛義，以難三家，於是三家遂廢。”今以鄭《箋》考之，三家之說，亦頗有所采。是鄭雖申毛，而亦不廢三家之長。所以毛《傳》、鄭《箋》行，而三家微。東漢之末，說《詩》者咸宗毛、鄭矣。

鄭學盛行，魏太常王肅獨反對之。鄭《箋》與毛《傳》稍有異同，王乃述毛而攻鄭。其攻鄭之著作，有《毛詩注》（《隋志》二卷）、《毛詩義駁》（《隋志》三卷）、《毛詩奏事》（《隋志》一卷）、《毛詩問難》（《七錄》二卷），其書今皆佚失，是非得失，無由判斷。宋歐陽修引其釋《衛風·擊鼓》，謂鄭不如王（歐陽修云：《擊鼓》五章，自《爰居》而下三章，王肅以為衛人從軍者與室家決別之辭；而鄭氏以為軍中士伍相約誓之言。夫衛人暫出從軍，其卒伍豈宜相約偕老於軍中，此非人情也。當以王肅說為是）。而當時魏荊州刺史王基，反對王肅，著《毛詩駁》（《隋志》一卷，《七錄》五卷）以駁王而申鄭，其書今亦佚失。是非得失，亦無由判斷。宋王應麟引其《芣苢》，謂王不及鄭（王應麟云：王肅引《周書》，《芣苢》如李，出於西戎，王基駁云：遠國異物，非周婦人所采）。僅此二條，未能據為定論。要之王肅難鄭，王基難王，大概門戶之見，未必能得學術之眞。三國之時，二家之外，有魏祕書郎劉璠著《毛詩義》（《七錄》四卷）、《毛詩箋傳是非》（《七錄》二卷），吳太常卿徐整著《毛詩譜》（《隋志》三卷），吳侍中韋昭、朱育著《毛詩答雜問》，吳太子中庶子烏程令陸璣著《毛詩草木鳥獸蟲魚疏》。今諸書皆亡，惟陸《疏》尚存。韋昭、朱育等之答問，今見於羣書所引者，以甫田之莠為今之狗尾艸，謂旱魃眼在頂上，奇聞異說，無關宏旨。又謂《野有蔓艸》之詩，國多行役，男女怨曠，於是女感傷而思男，故出游於洧之外，託采芬香之艸，而為淫佚之行。時艸始生，而云蔓者，女情亟欲促時也。雖是敷衍毛旨，然與不期而會之意相違，亦無深義也。陸《疏》去古未遠，所言不甚失眞，詳於名物，有考古之功焉。此三國之詩經學也。

晉永嘉之亂，《齊詩》淪亡，韓、魯之說尚在。地分南北，《魯詩》不過江東。晉之詩經學，其初尚沿鄭、王是非之習。豫州刺史孫毓著《毛詩異同評》，以申王說。徐州從事陳統著《難孫氏毛詩評》，以明鄭義。袒分左右，悉無是處。互相掊擊，垂數百年。要其大概，咸宗毛傳。此南學也。河北通《毛詩》者，始於劉獻之。獻之以傳劉叔和。其後說《詩》者，多出二君之門。此北學也。《隋書·儒林傳》云："南北所治章句，好尚互有不同。江左《周易》則王輔嗣，《尚書》則孔安國，《左傳》則杜元凱；河洛《左傳》則服子慎，《尚書》《周易》則鄭康成，《詩》則並主於毛公，《禮》則同遵乎鄭氏。"南人簡約，得其精華；北學支蕪，窮其枝葉。此雖總論五經，《詩經》亦可推測而得。此晉及南北朝之詩經學也。

唐孔穎達奉敕作《詩義疏》，尊崇毛、鄭，引兩家之說，守疏不破注之例，不以己意為進退，然亦頗采隋朝二劉之說。觀其自序云："近代為義疏者，有全緩、何胤、舒瑗、劉軌思、劉醜、劉焯、劉炫等。然焯、炫並聰穎特達，文而又儒，擢秀幹於一時，騁絕轡於千里，固諸儒之所揖讓，日下之無雙。於其所作疏內，特為殊絕。今奉敕刪定，故據以為本。削其所煩，增其所簡，惟意存於曲直，非有心於愛憎。"孔氏之疏，專明毛、鄭之義。據其自序，多據二劉之說，則是二劉最能明毛、鄭之學者也。此隋唐之詩經學也。

此外如唐成伯璵之《毛詩指說》，分《興述》《解說》《傳受》《文體》四篇，頗似《文心雕龍》之體，可謂別刱一格，但其傳不甚盛耳。

總而論之，三國南北朝隋唐之詩經學，皆為推演毛、鄭之義。王肅雖與鄭異，所傳不盛。劉焯、劉炫之書，今雖不存，而見於《孔氏正義》者，必多二劉之遺說。毛、鄭古義，因是而存。孔氏作《疏》，遂為定論。毛、鄭之詩經學，自東漢以來，傳之不絕，不似鄭之《周易》，服之《春秋》而遂亡也。

# 宋元明詩經學

自唐以來，說《詩》者悉宗毛、鄭，謹守《小序》；至宋而新義日增，舊說幾廢。宋人說《詩》略分三派：一廢《小序》派，二存《小序》派，三名物訓詁派。廢《小序》一派，其傳最盛。推原所始，實發於歐陽修之《毛詩本義》。修之言曰："後之學者，因迹先世之所傳而較得失，或有之矣。使徒抱焚餘殘脫之經，倀倀於去聖千百年後，不見先儒之說；而欲特立一家之學者，果有能哉？吾未之信也。"又曰："先儒於經，不能無失，而所得固已多矣。盡其說而理有不通，然後以論正之。"修著《本義》，雖不輕議毛、鄭，然亦不確守毛、鄭。觀其所言，已開宋人以己意說經之始。嗣後蘇轍作《詩集傳》以廣其義。其說以《詩》之《小序》，反復繁重，類非一人之詞，疑為毛公之學。衛宏之所集錄，則是對於《小序》，已略有懷疑之意矣。迫至鄭樵作《詩辨妄》，王質作《詩總聞》，毛、鄭之義，廢棄無餘矣。鄭樵專攻《小序》，其言曰："《毛詩》自鄭氏既箋之後，而學者篤信康成，故此《詩》專行，三家遂廢。今學者只憑毛氏，更不敢擬議，蓋事無兩造之辭，則獄有偏聽之惑。"其《詩辨妄》六卷，專攻毛、鄭之妄，削去《小序》，而以己意說之也。質之《詩總聞》，雖不字字攻詆《小序》然毅然自用，別出心裁，勇銳之氣，幾掃前說而一空之。此皆廢《小序》之最力者也。朱子作《詩集傳》，頗用調和之說。故雖雜采毛、鄭，然卒廢《小序》不用。自是讀《詩》者，幾不知有《小序》矣。《小序》既廢，《詩》義多晦。鄭衛之風，悉為淫奔之詩。《鄭風》尤甚：如《褰裳》，思見正也；《子衿》，刺學校也；《揚之水》，閔無臣也；《野有蔓艸》，思遇時也；《遵大路》《風雨》，思君子也；《丰》《東門之墠》《出其東門》，刺亂也；《有女同車》《山有扶蘇》《蘀兮》《狡童》，刺忽也。朱子皆以為男女相悅之詞，指為淫奔之詩矣。朱子廢《小序》說《詩》，其傳最盛。一時說《詩》者，雖非朱子的傳，大概悉受朱子之影響，破舊說而持新義。若楊簡之《慈湖詩傳》，袁燮之《絜齋毛詩經筵講義》，皆排斥《序傳》，說以義理。楊氏之學，出於陸九淵，高明之過，勇於疑古。其說《詩》也，謂《左傳》不可據，《爾雅》亦多誤。陸德明好異音，鄭康成不善屬文，思想之所至，遂多新說。如謂聊樂我員之“員”為姓，六駁之“六”為“赤”之譌，天子葵之之“葵”有向日之義，穿鑿無根，此其蔽也。袁氏說《詩》，注重時事。如論《式微》，則亟稱太王、句踐轉弱為強，而貶黎侯無發奮之心。論《揚之水》，謂平王柔弱可憐。論《黍離》，則以汴京宗廟宮闕為說。雖經筵之體，義重獻納，然持論不衷於古矣。蓋宋人說《詩》，自朱子而後，多以《集傳》為宗。如輔廣之《詩童子問》，朱鑑之《詩遺說》，尤其顯然者。又有王柏者著《詩疑》。王為朱子三傳弟子（柏師何基，基師黃榦，榦師朱子），其《詩》學亦出於朱子。但其攻斥毛、鄭，改刪經文，至削《詩》三十餘篇，並移其篇次，為變本加厲耳。此一派也。呂氏祖謙，與朱子同時。朱子說《詩》，初與呂氏相同，後朱子改從鄭樵之說，不用《小序》，呂氏仍守毛、鄭。呂氏對於朱子之去《小序》，頗致疑惑。而朱子序呂氏《讀詩記》，亦稱少時淺陋之說，伯恭父誤有取焉。既久，自知其說有未安，或不免有所更定；伯恭父不置疑於其間，熹竊惑之。方將相與反覆其說以求眞是之歸，而伯恭父已下世云云。是呂氏《讀詩記》所采朱子之說，而朱子特加以否認也。然呂氏之書，亦頗傳誦於一時。有戴溪者著《續呂氏讀詩記》以《毛傳》為宗，折衷衆說。於名物訓詁，頗為詳悉。不廢古訓，而亦時有新說。其說之新者，如謂《摽有梅》為父母之擇壻，《有狐》為國人之憫鰥，《甘棠》非受民訟，《行露》非為侵陵是也。又有嚴粲者著《詩緝》，以呂氏《讀詩記》為主。其說之新者：如《邶風》之《柏舟》，舊謂賢人自比，粲謂以柏舟喻國；汎汎，喻無維持之人；干旄良馬四之良馬五之，舊謂良馬之數，粲謂乘良馬者四五輩，見好善者之多是也。又有段昌武者著《毛詩集解》，大致亦仿呂氏《讀詩記》。其體例之新者，有《學詩總說》三則：一《作詩之理》，二《寓詩之樂》，三《讀詩之法》；《論詩總說》五則：一《詩之世》，二《詩之次》，三《詩之序》，四《詩之體》，五《詩之派》是也。呂氏本《小序》以說《詩》，戴氏、嚴氏、段氏，皆本呂氏而不廢《小序》，然新說亦時時有之，此又一派也。蔡氏卞、王氏應麟，在宋儒之中，其學頗為徵實。蔡氏著《毛詩名物解》，踵陸氏之例為之，而徵引加博。王氏著《詩考》，搜集三家《詩》遺說，勒為一書。又旁搜《詩》異字異義，及逸詩以附其後。雖未注原文之所從出，且多漏略之處。然搜集三家《詩》，其業剏於王氏，有足多者。王氏又著《詩地理考》，凡涉於詩中地名，博采古籍，薈萃成編，案而不斷，得失並列，足資參考也。此又一派也。此宋儒之詩經學也。

　　元儒說《詩》，除馬端臨外（馬氏力主存序，然無著作。），其餘大都本於《集傳》。卽略有異說，亦不出廢《小序》之一派。如許謙之《詩集傳名物鈔》，雖頗考訂名物音訓，然篤信其師王柏之說。移《甘棠》《何彼穠矣》於《王風》，去《野有死麕》，使《召南》亦為十一篇，其譜作詩時世，例雖本之康成，說則改從《集傳》。劉瑾之《詩傳通釋》，大旨皆發明《集傳》，與輔廣《詩童子問》相同。梁益之《詩傳旁通》，凡《集傳》所引故實，一一引據出處，辨析原委。朱公遷之《詩經疏義》，則據《朱子集傳》而作《疏》，墨守《集傳》，不踰尺寸。至劉玉汝之《詩纘緒》，梁寅之《詩演義》，皆不過纘朱子之緒，演朱子之義耳。此元代之詩經學也。

明儒說《詩》，略分兩派：一派演《集傳》之餘，如胡廣奉敕撰《詩經大全》，悉以劉瑾之書為主，頒為功令，學者翕然從之。一派雜采漢宋之說，如季本之《詩解頤》，李先芳之《讀詩私記》，何楷之《詩經世本古義》，朱謀㙔之《詩故》是。大概明人之學，在義理一方面言，不如宋人之精；在考證一方面言，不及漢唐之密。名物訓詁之考證，惟朱謀㙔之《詩故》略善。當《詩經大全》盛行之日，朱氏獨能研究遺文，發揮古義，亦不可多得也。此明代之詩經學也。

# 清代詩經學

清代詩經學，在乾嘉以前，大概家法未立，或雜采漢唐之說，或兼及宋明之言，亦有涉於文字、聲音、訓詁、名物之處。如錢澄之《田間詩學》，其所采諸儒之論說，自注疏集傳而外，凡二程子、張子、歐陽修、蘇轍、王安石、楊時、范祖禹、呂祖謙、陸佃、羅願、謝枋得、嚴粲、輔廣、眞德秀、邵忠允、季本、郝敬、黃道周、何楷二十家；徐元文稱其書於漢唐以來之說，不主一人，無所攻故無所主，亦可以窺見錢氏著書之意矣。朱鶴齡《詩經通義》，專主《小序》，力駁廢《序》之非，略有漢學之趨勢。然其所采諸書，於漢用毛、鄭，於唐用孔穎達，於宋用歐陽修、蘇轍、呂祖謙、嚴粲，雖引據繁富，而傷於蕪雜者，亦時有之，未能成家也。其他如王夫之《詩經稗疏》，毛奇齡《毛詩寫官記》與《詩札》，於文字、聲音、訓詁、名物，多所涉及；然王書精而不博，毛書博而不精。至李光地《詩所》，楊名時《詩經劄記》，嚴虞惇《讀詩質疑》，皆以推求詩意為主。不重文字、聲音、訓詁、名物，不以文字、聲音、訓詁、名物而求詩意，卽不免多穿鑿之說矣。

乾嘉以後，研究詩經學者，多標漢學之名，而研究文字、聲音、訓詁、名物之故。誠以《詩經》一書，其文字、聲音、訓詁、名物，較他經所含為多。使不由文字、聲音、訓詁、名物研究入手，卽不能得詩意之所在。惟是乾嘉時研究詩經學者，僅文字、聲音、訓詁、名物之是求，並不推求詩意。然此種研究方法，確可為推求詩意之助。開其先者為陳啟源之《毛詩稽古篇》。陳氏之書，成於康熙丁卯，雖未標漢幟，實為漢學家之先導。訓詁一準《爾雅》，篇義一準《小序》，詩旨一準毛、鄭，視錢、朱之書，雜采唐宋之說不侔矣。及後李黻平之《毛詩紬義》，戴震之《毛鄭詩考》，咸宗漢詁，確不攙雜。惟是擇言短促，門戶雖立，壁壘尚未堅也。迨後馬瑞辰著《毛詩傳箋通釋》，胡承珙著《毛詩後箋》，清代漢學家治《詩》之著作，遂有專書矣。馬氏之書，《通釋傳箋》，以糾孔穎達正義之失，時有新說而不鑿。如《蒹葭》之詩，"宛在水中央"，馬氏謂"央"、"旁"同意，詩多以"中"為語詞，"水中央"，猶言"水之旁"，與下二章"水中沚""水中沚"同義。若如《正義》所釋，以"中央"二字連讀，則與下章"沚""沚"句不相類矣。此其說新而不穿鑿者也。胡氏之書，引徵極為豐富，斷制亦頗謹嚴。惟時有申毛糾鄭之處，已開後人舍鄭用毛之先路。如《芄蘭》之詩，"能不我知""能不我甲"，胡氏謂雖服成人之佩，而不自謂我知，所以為柔潤溫良而有成人之德。下章"能不我甲"，亦當云不自謂我已狎習。（中略）此皆正言之，以反刺惠公之驕慢，所謂陳美以刺惡也。《傳》用此意釋《詩》，於詞旨最為深婉。若如《箋》說，不如我眾臣之所知為，不如我眾臣之所狎習，則淺直少味矣。此其申毛糾鄭者也。

乾嘉時治《詩經》者，多以文字、聲音、訓詁、名物，為研究《詩經》之方法。鄭氏箋詩，所用文字，或所釋訓詁，往往與毛《傳》異。如《關雎》首章，"君子好逑"，《傳》：逑，匹也，《箋》：怨耦曰仇；《車攻》二章，"車有甫草"，《傳》：甫，大也，《箋》：甫草，甫田之草也；《板》七章，"价人維藩"，《傳》：价，

善也,《箋》:价,甲也,被甲之人,謂卿士掌軍事者;《長發》"何
天之龍",《傳》龍,和也,《箋》:龍,當作寵,寵,榮名之謂。因
之學者多以鄭《箋》改字為疑。陳奐作《毛詩傳疏》,遂舍鄭用毛。
謂近代說《詩》,兼習毛、鄭,不分時代。毛在齊、魯、韓之前,鄭
在毛後四百餘載,不尚專修;毛自謂子夏所傳,鄭則兼用韓、魯。
陳氏之意,以鄭《箋》多韓、魯之說,不僅文字、聲音、訓詁、名
物異於毛已也。所以陳氏專為毛《傳》作《疏》,以毛《詩》多記
古文,倍詳前典。或引申,或假借,或互訓,或通釋,或文生上下
而無害,或辭用順逆而不違,要明乎世次得失之迹,而吟咏情性,
有以合乎詩人之本志。故讀《詩》不讀《序》,無本之教也。讀
《詩序》而不讀《傳》,失守之學也。文簡而義賅,語正而道精,洵
乎為小學之津梁,羣書之鈐鍵也。陳氏之書,確守毛《傳》,篤信
《小序》,不雜入韓、魯之說,此為漢學家專用毛《傳》之一派也。

　　當時朱氏玙,以近人說《詩》,率尊毛抑鄭,特作《毛傳鄭箋
破字不破字辨》一篇,意在調和毛、鄭。谓古書多用假借字,倘令
悉以本義解之,必捍格難通,故鄭不得不破字;不知毛之借義,卽
鄭之破字。共舉二十餘例,頗能舉毛、鄭所釋之字義而匯其通。惜
未成為專書。此為漢學調和毛、鄭之一派也。又有江都梅植之,專
治鄭學,擬為鄭《箋》作《疏》,書亦未成。此為漢學家專用鄭
《箋》之一派也。以上三派,為清代漢學家治詩經學之中堅。朱氏、
梅氏,皆未成書,未能知其精粗若何。朱氏雖有二十餘例可見,然
亦未能窺其全也。所以清代漢學家之詩經學,當以陳奐《毛詩傳
疏》,為集衆說之大成。其書除《傳疏》外,更為《釋毛詩音》,以
存漢以前之聲韻。《毛詩傳義類》,以存漢以前訓詁。《鄭氏箋考
徵》,以證鄭《箋》之用韓、魯說。而其治《詩》條例,則備於

《毛詩說》一篇。如《本字借字同訓說》《一義引申說》《一字數義說》《一義通訓說》《古字說》《古義說》《毛詩章句例》《毛詩淵源通論》《毛詩爾雅字異義同說》《毛詩爾雅訓異字同說》《毛傳不用爾雅說》《毛傳用爾雅說》《三家詩不如毛詩義優說》《宮室圖說》等篇，洵足為治《詩經》者研究文字、聲音、訓詁、名物之助。此派可謂純粹《毛詩》學也。

其他若惠周惕《詩說》、莊存與《毛詩》說，舍訓詁而研究微言，已開今文學派之漸。迨後魏源著《詩古微》斥毛、鄭而宗三家。龔自珍極信魏源，非毛非鄭。丁晏著《詩補考》，專採三家之說。陳喬樅作《三家詩遺說》，並作《齊詩翼氏學疏證》，皆以三家為主。此又一派也。

其他專研究文字、聲音者，其書頗多。在清代詩經學中，亦可以獨樹一幟。其關於文字者：如段玉裁《詩經小學》，陳喬樅《毛詩鄭箋改字考》《四家詩異文考》，李富孫《詩經異文釋》，周邵連《詩考異字箋餘》，陳玉樹《毛詩異文箋》。關於聲音者：顧炎武《詩本音》，孔廣森《詩聲類》，苗夔《毛詩古音訂》，丁以比《毛詩正音》。以上所舉諸書，雖於《詩經》之本旨無關，然可稱為《詩經》文字學之專書。此又一派也。

此外關於博物者：如毛奇齡之《續詩傳鳥名》，姚炳之《詩識名解》，陳大章之《詩傳名物集覽》。關於禮制者：如包世榮之《毛詩徵禮》。其所成就，雖不如文字學之盛，然亦不可廢也。此又一派也。

以上所舉，派別雖各有不同，自乾嘉以後，可總稱為漢學家之詩經學。漢學家而外，如孫承澤之《詩經朱傳翼》，方葇如之《毛詩通義》，黃夢白、陳曾同之《詩經廣大全》，大概承宋學之遺，訓詁既無本源，義理亦多敷淺，無足觀矣。

# 《詩經》之文字學

　　《詩經》一書，關於文字學一方面，包含甚富。以文字之形而言：如《江漢》詩，"江之永矣"，《文選注》引《韓詩》作"漾"，《說文》引詩作"羕"，"永""漾""羕"義同而字異，知各家各本用字不同也。又如《柏舟》詩，"如有隱憂"，"正月憂心慇慇"，"隱""慇"義同而字異，知《毛詩》用字不同也。又如《君子行役》詩，"牛羊下括"之"括"，卽"曷其有佸"之"佸"，二"括"並為韻，改一假借之"佸"字當之，知詩人有義同形變用字之不同也。以文字之義而言，如《新臺》詩，"籧篨不殄"，《箋》云：殄，當作腆。腆，善也；知"殄"為"腆"之借字也。又如《衡門》詩，"可以樂飢"，《傳》云：樂飢，可以樂道忘飢，《箋》云：飢者，不足於食也；泌水之流洋洋然，飢者見之，可飲以療飢，知"樂"為"療"之借字，卽療之或字也。以文字之音而言，如《柏舟》詩："汎彼柏舟，在彼中河，髧彼兩髦，實為我儀，之死矢靡它。""儀"與"河"為韻，知義之讀若俄也。又如《鶉之奔奔》詩："鶉之奔奔，鵲之彊彊，人之無良，我以為兄。""兄"與"彊""良"韻，知"兄"之讀若"香"也。《詩經》之中，此類甚多。清儒之著作，關於《詩經》之文字者，亦頗有之。茲本此例，分為形、義、音三項，述之於下。

# （甲）文字之形

自古籀而篆書，自篆書而隸書，自隸書而眞書，文字之本身，已經三變。自簡冊而縑楮，自縑楮而刻石，自刻石而鏤板，書籍之本身，亦已三變。異文異字，有由於文字之變遷而異者，有由於書籍之變遷而異者。兩者之變遷，羣經文字，莫不皆然。《詩》亦猶是。陳啓源著《毛詩稽古篇》，欲將隸變之文字，及各本之異同文字，一返於古。余之注重，不在於是。篆隸之廢興，板本之同異，雖亦有若干之關係，然為羣經通共之例，非《詩經》文字之例。余之意旨，以研究《詩經》文字學為歸宿。第據《詩經》本書，徧求各家之說，及各家之所引，考其異同之處，而得其用字之例焉。

《詩》有四家之傳，今三家亡而毛獨存。四家授受不同，遂至文字各別。其他如羣經之引《詩》，諸子之引《詩》，《說文》之引《詩》，《漢書》之引《詩》，皆與今之《毛詩》有異同。卽《毛詩》所用之字，亦有異同。茲以《毛詩》為主，而求其用字之異有六：

（一）《毛詩》與三家《詩》用字之異。《毛詩·汝墳》，"怒如調饑"，《韓詩》作"愵如朝饑"，知"調"卽"朝"之借字也。《毛詩》"何彼穠矣"，《韓詩》作"何彼茂矣"，知"穠"卽"茂"之借字也。《毛詩·芄蘭》，"能不我甲"，《韓詩》作"能不我狎"，知"甲"卽"狎"之借字也。《毛詩·采蘋》，"於以湘之"，《韓詩》作"於以鬺之"，知"湘"卽"鬺"之借字也。《毛詩·淇奧》，"綠竹猗猗"，《魯詩》作"綠薄猗猗"，知"竹"卽"薄"之借字也。《毛詩·柏舟》，"我心匪石"，《魯詩》作"我心非石"，知

"匪"即"非"之借字也。《毛詩·有狐》，"有狐綏綏"，《齊詩》作"有狐夂夂"，知"綏"即"夂"之借字也。《毛詩·破斧》，"四國是皇"，《齊詩》作"四國是匡"，知"皇"即"匡"之借字也。大概《毛詩》用借字，三家用本字，而亦有不盡然者：《毛詩·祈斧》，"有母之尸饔"，《韓詩》作"雍"，則是《毛》用本字，《韓》用借字也。《毛詩·汝墳》，"王室如燬"，《魯詩》作"毀"，則是《毛》用本字，《魯》用借字也。《毛詩·皇矣》，"以伐崇墉"，齊詩作"庸"，則是《毛》用本字，《齊》用借字也。又《毛詩》"勿翦勿伐"，《韓詩》作"剗"，"翦"為"前"之借字，"剗"為"劗"之借字，或為"踐"之借字，則是《毛》、《韓》悉用借字也。四家不同之文字，茲略舉以為例焉。

（二）《毛詩》與羣經所引《詩》用字之異。如《毛詩》，"君子好逑"，《禮記·緇衣》，"逑"引作"仇"。《毛詩》，"威儀棣棣"，《禮記·孔子閒居》，"棣"引作"逮"。《毛詩》，"子子干旄"，《左傳》，"干"引作"竿"。《毛詩》，"彼其之子"，《左傳》，"其"引作"記"。《毛詩》，"我馬虺隤"，《爾雅》，"隤"作"穨"。《毛詩》，"遵彼汝墳"，《爾雅》，"墳"作"濆"。《毛詩》，"周道如砥"，《孟子》作"底"。《毛詩》，"白鳥翯翯"，《孟子》作"鶴"。羣經而外，如摽有梅之"摽"為"莩"，見孫奭《孟子音義》。白茅包之之"包"為"苞"，見《禮記正義》。蟪蝀在東之"蟪"為"蠕"，見蔡邕《月令》章句。大夫跋涉之"跋"為"軷"，見賈公彥《儀禮疏》。傳注所引，當亦為羣經之類，茲略舉以為例焉。

（三）《毛詩》與諸子所引《詩》用字之異。如《毛詩》，"鳲鳩在桑"，《荀子》，"鳲"作"尸"。《毛詩》，"彼交匪紓"，《荀子》，“彼”作“匪”，“紓”作“舒”。《毛詩》，“雝雝鳴雁”，《鹽鐵論》，“雁”作“鴈”。《毛詩》，“我是用急”，《鹽鐵論》，“急”作“戒”。《毛詩》，“駪駪征夫”，《說苑》，“駪”作“莘”。《毛詩》，“赤芾金舃”，《白虎通》，“芾”作“紱”。《毛詩》，“無草不死”，《中論》，“無”作“何”。《毛詩》，“辭之輯矣”，《新序》，“輯”作“集”。《毛詩》，“江漢浮浮”，《風俗通》，“浮”作“陶”。《毛詩》，“靡哲不愚”，《淮南子》，“靡”作“無”。觀此可見周、秦、兩漢時諸子所引之詩，已不盡同於毛氏。其不同於毛者，非係三家《詩》。即以雙聲疊韻而假借，要之皆可為文字學之參考也。茲略舉以為例焉。

（四）《毛詩》與《漢書》所引《詩》用字之異。如《毛詩》，“价人惟藩”，《諸侯王表》“价”作“介”。《毛詩》，“秉國之均”，《敍傳》“均”作“鈞”。《毛詩》，“鐘鼓喤喤”，《禮樂志》，“喤”作“鍠”。《毛詩》，“豈弟君子”，《刑法志》，“豈”作“愷”。《毛詩》，“磬筦鏘鏘”，《禮樂志》，“鏘”作“將”。他如徐方既來之“來”，《漢書》作“徠”。曰為改歲之“曰”，《漢書》作“聿”。或耘或耔之“耘耔”，《漢書》作“芸芓”。或燕燕居息之“燕燕”，《漢書》作“宴宴”。車鄰駟鐵之“鄰”、“鐵”，《漢書》作“轔”、“驖”。黽勉從事之“黽勉”，《漢書》作“密勿”。如斯之類，《漢書》所引，與今本《毛詩》不同者頗多。茲略舉以為例焉。

（五）《毛詩》與《說文》所引《詩》用字之異。如《毛詩》，“蹲蹲舞我”，《說文》，“蹲”作“墫”。《毛詩》，“焉得諼草”，《說文》“諼”作“蕿”《毛詩》，“牆有茨”，《說文》，“茨”作“薺”。《毛詩》，“滌滌山川”，《說文》，“滌”作“蔽”。《毛詩》，“無然泄泄”，《說文》，“泄”作“呭”。《毛詩》，“桃之夭夭”，《說文》，

"天"作"杕"。如此之類頗多。《說文》與《毛》異者，《毛》用
借字故也。又《說文》，"玖"石之次玉黑色者，貽我佩玖之"玖"，
毛、許同也。"茁"艸初生出地貌，彼茁者葭之"茁"，毛、許同
也。"喤"小兒聲，其泣喤喤之"喤"，毛、許同也。"遟"徐行也，
行道遟遟之"遟"，毛、許同也。"咥"大笑也，咥其笑矣之"咥"，
毛、許同也。"瑤"玉之美者，報之以瓊瑤之"瑤"，毛、許同也。
似此之倫亦頗多。《說文》與《毛》同者，《毛》用本字故也。又如
"玼"玉色鮮也，新臺有玼之"玼"，乃因玉色之鮮，引申為臺色之
鮮。《毛詩》作"泚"，"泚"，水名，為借字。"槮"木長貌，差槮
荇菜之"槮"，與竹部之"篸"字意同。"槮"為木之槮差，"篸"為竹
之篸差，荇菜之槮差；用"槮"用"篸"，皆一義之引申，"參"為
星名，為借字。以上諸字，《說文》所引，雖非本字，猶之本字也。
《毛詩》所用，則絕不能通。蓋《說文》之引《詩》，本字為多，
《毛詩》則借字為多也。茲略舉以為例焉。

（六）《毛詩》本書前後用字之異。《毛詩》與羣書用字之異，
前已略舉之矣。而《毛詩》與《毛詩》所用之字，則又有異焉。一
卷之中，用字不同者：《關雎》，"君子好逑"，《兔罝》，"公侯好
仇"，"仇"卽"逑"也。一篇之中，用字不同者：《谷風》，"比予
于毒"，又"伊余來塈"，"余"卽"予"也。一章之中，用字不同
者：《伐檀》首章，"寘之河之干兮"，又"河水清且漣猗"，"猗"
卽"兮"也。一句之中，用字不同者："碩人其頎"，"其頎"卽
"頎頎"也。全詩之中，似此者頗多。卽非古今之異，亦非授受不
同。他如害澣害否之"害"，與曷云能來之"曷"；有蕡其實之
"蕡"，與牂羊墳首之"墳"；召伯所憩之"憩"，與汔可小愒之
"愒"；詒爾多福之"詒"，與貽我握椒之"貽"，皆義同而字異。可

知古人用字，或用本字，或用借字，隨在而異。卽一家之學，用字亦不能一律。茲略舉以為例為。

# （乙）文字之義

文字有古今方國之殊，訓詁卽有古今方國之異。《詩經》一書，四家授受不同，故訓詁淵源各別。今三家零落，惟《毛》獨存。羣書所引，雖有三家賸義，然所獲不多。《爾雅》一書，專為釋《詩》而作，求《詩》之文字於《爾雅》，當為確詁，然亦有違者。《說文》一書，義從其溯，據以說《詩》，當可條分縷析；惟是《毛詩》用字，假借為多。不明假借，卽不知本字若何；不明本字，卽不知本義若何。《鄭箋》為申《毛》而作，鄭氏之釋，或異於《毛》；不明假借，亦無以知其破字非改毛之故。茲根據許書，兼采各家之說，得《詩經》字義之條有五：

（一）《毛詩》與《爾雅》同訓。如左右助也，流求也，悠思也，公事也，此《詩傳》與《爾雅》字義悉同者也。又如"吁"憂也，《釋詁》作"盱"，"吁""盱"皆不訓憂，《說文》"忓"憂也，知"吁""盱"俱為"忓"之借字。"任"大也，《釋詁》作"壬"，郝氏云："《說文》'壬'象人裹任之形，故訓為大。"知"任"卽"壬"之借字。"殆"始也，《釋詁》作"胎"，《漢書‧枚乘傳》："禍生有基，福生有胎。"服虔注："基、胎，皆始也。"胚胎，物之始，知"殆"卽"胎"之借字。"里"病也，《釋詁》作"瘣"，《說文》"悝"病也，"里"者"悝"之借字，"瘣"者"悝"之俗字。此《詩傳》與《爾雅》，字雖不同，而義無異者也。

（二）《毛詩》與《爾雅》不同訓。如《毛詩》，"寤寐思服"，服，思之也；《爾雅·釋詁》，"服"，事也。服思之"服"，為伏思之引申義，服事之"服"，為𠬝治之引申義，不同也。（朱駿聲云："服思之者，伏而思之也。《說文》：𠬝，治也，服事字當用此。經傳皆以服為之。"）《毛詩》，"左右芼之，""芼"擇也；《爾雅·釋言》，《芼》搴也，芼擇，之為選擇；芼搴，之為拔取，不同也。（《說文》：覒，擇也。芼，卽覒之借字，孫炎云：擇菜是也。）《毛詩》，"野有死麕"，郊外曰野；《爾雅·釋地》，郊外謂之牧，牧外謂之野。牧外謂之野，野地之遠近不同也。（《說文》，邑外謂之郊，郊外謂之野，與《毛》同。）《毛詩》，"心焉惕惕"，惕惕，猶忉忉；《爾雅》：惕惕，愛也，《毛》以"惕"為憂勞，《爾雅》以"惕"為愛悅，不同也。（《齊風·甫田傳》：忉忉，憂勞也，惕之訓為憂勞者。《說文》：惕、敬也，敬者必恭而懼，憂勞之義，與恭懼近。惕無有訓愛悅，郭引《韓詩》，以為悅人，故言愛，蓋借惕為懌也。）以上所舉，皆《毛詩》之訓詁，與《爾雅》不同者也。

（三）《鄭箋》破字非改《毛》。《毛傳》《鄭箋》，用字不同者，無慮數百。學者多以《毛傳》無破字例，而以《鄭箋》改《毛》為疑。其實鄭之改字，多與毛義相通。如《關雎》"君子好逑"，《傳》：逑，匹也；《箋》：怨耦曰仇，"仇"卽"逑"也。《氓》"隰則有泮"，《傳》：泮，陂也；《箋》：泮，讀為畔，畔，涯也。"畔"卽"泮"也。《韓奕》，"虔共爾位"，《傳》：共，執也；《箋》：共，古之恭字，共卽恭也。《鴛鴦》"摧之秣之"，"傳"：摧，莝也；《箋》：摧，今莝字也，莝，卽摧也。朱氏珔有《毛傳鄭箋破字不破字辨》，陳氏啟源有《鄭箋破字異同辨》，陳氏喬樅有《毛詩鄭箋字說》，合而觀之，當能明《毛》《鄭》異同之故也。

（四）一字數義。中國文字，有本義，有借義，有展轉相借義。任舉何文字，無有一義者。少則數義，多則十數義。此種一字數義之故，在《毛詩》上尤可考見。如流本流水之"流"，《毛詩》假為"求"也（左右流之）。干本干犯之"干"，《毛詩》假為"扞"也（公侯干城），"崖"也（寘之河之干兮）。龍本鱗蟲之長之"龍"，《毛詩》假為"和"也，"寵"也（何天之龍，為龍為光）。攻本攻擊之"攻"，《毛詩》假為"堅"也（我車既攻）。以上所舉一字數義之用，大概由於假借。假借之例有二：一由義之引申而假借，如"阜"本山阜之阜，而假為大義。蓋小曰自，大曰阜。阜原有大義，不必別有一阜字以當大義也。一由聲之相近而假借，如"里"本居里之里，假為病者，其本字當為"悝"也。而聲之假借又有二：一疊韻假借，如"里"之為"悝"是。一雙聲假借，"莫"本旦莫之"莫"，假為定義者，其本字當為"怕"也。明假借之理，《毛詩》一字數義之例，不煩言而已解矣。

（五）數字一義。戴東原以互訓說轉注，段懋堂注《說文解字》本之。所謂數字一義，如《爾雅·釋詁》，初、哉、首、基、肇、祖、元、胎、俶、落、權、輿，字各不同，而同釋為始是也。舉是為例，則凡數字一義者，皆轉注之類。《毛詩》用字，假借為多，此僅舉一字言之也。若夫觀其匯通，於一字分言之而為假借者，於數字合言之即轉注也。如《毛詩》：述、儀、特、仇，皆訓為匹也。寧、綏、靜、慰、宴、燕、保、遂、密、柔、康，皆訓為安也，此《毛詩》數字一義之例，即《說文》轉注之例也。陳氏奐著《毛詩傳義類》十九篇，其《釋故》一篇，皆所以明數字一義之例。本此以求，可以觀文字相通之故也。

# （丙）文字之音

宋吳氏棫作《補音》後，明陳氏第有《毛詩古韻考》之作。自是以來，本《毛詩》以考古韻者，如顧氏炎武、戴氏震、段氏玉裁、孔氏廣森、苗氏夔等。諷三百篇之章句，以求古韻之分合，其業日加密矣。然此僅限於古音一部，不能統括《詩經》文字之音也。陳氏啟源著《毛詩稽古編》關於《毛詩》文字學之音，有古音，有正音，有俗音。其言曰：“古音邈矣。然《易》《詩》、古歌、謠、《楚騷》、漢詩、賦、樂府之協韻，及《說文》之讀若諧聲，《釋名》《白虎通》諸書之解字，猶可考驗而知也。正音，則《九經》《釋文》《玉篇》《廣韻》《徐氏韻譜》之音反是已，至俗音不知何自而始，率皆沿譌襲陋，莫知所返。（中略）恐數百年後，今之俗音，反以為正音，而正音復為古音矣。（下略）”陳氏之意，《毛詩》古音，考之不難；《毛詩》俗音，正之宜急。是則研究《詩經》文字學之音者，古音而外，又當注意於正音、俗音也。

（一）古音。宋吳棫才老，作《毛詩補音》。朱子作《詩集傳》，即用才老之例。顧其書不傳，徐蕆之序：如霾為亡皆切，而當為鄰之切者，以其由貍得聲；浼為每罪切，而當為美辨切者，以其由免得聲。才老發見古音，能證之《說文解字》之形聲，已開後人聲讀之先路。自才老而後，言古音者，在明有楊慎用修，與焦竑弱侯，陳第季立。弱侯未有成書，用修書不甚精。其著書蔚然可觀者，當推季立。季立力闢協韻之說，母，必讀米，馬，必讀姥，京，必讀疆，福，必讀偪，音本如是，無容相協。季立有見於此，本之以考全《詩》，得四百九十字。如喈讀為基，葛覃與萋飛為韻，風雨與淒夷為韻，出車與遲萋祁為韻，卷阿與萋為韻，蒸民與歸為韻。又如行讀為杭，卷耳與筐為韻，雄雌與臧為韻，北風與涼雱為韻，大叔于田與黃裏為韻，丰與裳為韻，鴇羽與桑為韻，七月與筐為韻，東山與場為韻，六月與章央為韻，沔水與忘為韻，十月之交與良為韻，北山與牀為韻，何草不黃與黃將方為韻，大明與王為韻，綿與將為韻，公劉與張揚為韻，蕩與喪方為韻，崧高與彊為韻，此本證也。旁證者：取《老》《易》《太玄》《騷》賦參同《急就》歌謠之同韻者以為證，茲不述。迨後顧炎武亭林，本陳氏詩無協韻之說，著《詩本音》。據《汎彼柏舟》章，儀與河韻，知古音讀儀為俄。據予曰：“有疏附章，後與附侮韻，知古音讀‘後’為‘戶’。據《于以奠之》章，‘下’與‘女’韻，知古人讀‘下’為‘戶’。據《吉甫燕喜》章，‘久’與‘祉’音，知古音讀‘久’為‘几’。”顧氏既著《詩本音》，乃根據此條例，以糾唐音之失。著《唐正音》一書，皆本經子有韻之文，得古人之讀法，即本以讀《毛詩》，當可比較得《毛詩》之本音矣。以後若江氏永、戴氏震、段氏玉裁、孔氏廣森、苗氏夔，皆本《詩經》以求古音，考其分合之迹，以求古音之目。至於《詩經》用韻，如江氏永之《詩經韻舉例》，孔氏廣森之《詩聲例》，丁氏以此之《毛詩正韻》，關於《詩經》之韻讀，極為詳細。必先明此，然後可以知《詩經》之古音也。

（二）正音。正音者，上異於古音，下不同於俗韻。陳氏啟源有《毛詩字音》一篇，於古音、正音、俗音，辨之頗析，能得《詩經》正音之讀。全文在《毛詩稽古編》，茲節其俗讀與土語不誤之二例：（一）俗讀不誤者：“淑”本音“孰”，《正韻》誤音“叔”，俗讀不誤。“瑰”本姑回切，見母，《正韻》乎乖切音懷，匣母，俗讀不

誤。（二）土語不誤者："鳥"本都了切，端母；今泥了切，泥母，
吳中土語得之。"江"本古雙切音杠，今居良切音姜，土語得之。據
此而觀，陳氏之辨正音，而能辨正音存於俗讀、土語之間，可謂析
矣。又有史氏榮著《俗音訂誤》一篇，《詩經》諸韻，世俗誤讀者，
史氏以正音糾之。史氏所舉之正音，固非俗音，亦非古音，大概根
據《經典釋文》之音。又有周氏春著《詩經音略》，專以字母辨音
讀。既辨俗讀之非，亦間證《釋文》之誤。以上諸書，研究《詩
經》正音者，當合而觀之也。

（三）俗音。古音正音，已略舉於上。古音者詩之本音，正音者
後人之讀音。其俗音本可無須涉及，惟相沿既久，亦有相當研究之
價值。蓋考求音之流變，無問古與今、正與俗也。音之流變，不外
二類：一聲類，二韻類。而其變也，或韻不變而聲變，或聲不變而
韻變。《詩經》俗音之流變，亦不過如是。（1）聲變者：《桃夭》
"有蕡其實"，"蕡"本扶云反，音墳、奉母；今讀無分反，音聞、
微母；古讀重脣，今讀輕脣也。（2）韻變者：《樛木》"葛藟纍之"，
"纍"本力追反，在支韻；今讀雷，在灰韻也。本聲變韻變之例，以
求古今正俗讀音流變之迹，皆可由此推矣。

# 《詩經》之文章學

詩者，為上古發表性情之文章。在心為志，發言為詩。志於喜，則其言喜；志於怒，則其言怒；志於哀，則其言哀；志於樂，則其言樂。故曰，詩者，志之所之。言喜怒哀樂之情動於中，則喜怒哀樂之言見於外，無絲毫矯揉欺飾於其間，所以三百五篇之詩，皆為宇宙間之至文也。

特是文章與文章學不同。文章者，感於中，發於外，有不自知其然而然者。宇宙間至優美之文章，往往存於閭巷歌謠之間，出於婦人小兒之口，十五《國風》之詩，後世文人所以不能幾及也。文章學者，則據古人優美之文章，分析其思想，推尋其條理，用以為後人之法則。吾人以文章學之眼光研究《詩經》，則當據三百五篇之詩，分析而推尋之，合於文章學之範圍。略分之有四：一託事，二遣辭，三造句，四用韻。茲述於下。

## （一）託事

自來言文章學者，大概以立意為本。雖然，此不善屬文者也。作文固貴有意，然必先有意而後始可作文；若無意而曰立意，則此文可不作也。三百五篇之詩，所以為文之美者，以其外感於物，內動於情，情之所動，不得已而見之於言；言之不足而長言之，長言之不足，而咨嗟詠歎之而為詩。蓋先有意而後屬文，非屬文時而始立意也。故屬文不必言立意，當言託事。託事者，卽此外感內動之情，何由託之於事，而為咨嗟詠歎之詩也。詩有賦、比、興三義：賦者，鋪陳其事而直言之，無所謂託事也；興、比者，言在此而意在彼，故必託事以言，而後情之忱摯者，始可見於言外，曲折婉轉以達，辭愈隱微情愈忱摯也。《詩經》之文章，深於興、比者也。興、比卽託事之謂，茲舉例於下以明之：

關關雎鳩，在河之州；窈窕淑女，君子好逑。

南有樛木，葛藟纍之；樂只君子，福履綏之。

南有喬木，不可休息；漢有游女，不可求思。

維鵲有巢，維鳩居之；之子于歸，百兩御之。

以上諸詩，皆意有所美，託言一物，以起所美之事。鄭司農所謂託事於物是也。美詩何以必須託事，蓋見美而質言之，嫌於媚諛，託事則言近而旨遠。質實之意，遂有文采可觀也。

北風其涼，雨雪其雱；惠而好我，攜手同行。

有狐綏綏，在彼淇梁；心之憂矣，之子無裳。

風雨淒淒，雞鳴喈喈；既見君子，云胡不夷。

無田甫田，維莠驕驕；無思遠人，勞心忉忉。

以上諸詩，皆意有所刺，託言一物，以喻所刺之事。鄭司農所謂比方於物是也。刺詩何以必須託事，蓋見惡而直言之，嫌於攻訐。託事則言婉而意微，主文譎諫，言之者無罪，聞之者足以誡。戀直之意，亦皆有和平溫柔之思矣。

此兩例而外，亦有心所志，託事以自喻者，如"汎彼柏舟，亦

汎其流，耿耿不寐，如有隱憂"。則賢者不得志於時，而以柏舟自喻
也。亦心有所志，託事以寄所志者：如"籊籊竹竿，以釣於淇，豈
不爾思？遠莫致之。"則衛女思歸不得，而託於舊日游釣之事也。總
之三百五篇之詩，託事為多。如苦重斂而託言碩鼠，勞征役而託言
鴇羽，信讒而託言采苓，疾恣而託言萇楚。推之《離騷》，善鳥香
草，以配忠貞；惡禽臭物，以比讒佞；靈信美人，以配君王；宓妃
佚女，以譬賢臣；虬龍鸞鳳，以託君子；飄風雷電，以喻小人；以
珍寶為仁義；以水深雪雰為讒構。皆託事之謂也。

# （二）遣辭

詩人之志，託事以達，事必有辭以飾之，然後志託於事，事寄
於辭，藏於中者始可表於外也。故作文之要，在於遣辭。遣辭者，
即事物之聲音、狀況、容貌，不必加以繁瑣之說明，嘗能使其聲音、
狀況、容貌，由單簡之形容辭以表見。三百五篇中之形容辭，可謂
文章之至美者也。其用形容辭之例有三：（一）重言形容辭，（二）
雙聲形容辭，（三）疊韻形容辭。

重言者，一言不足，而以重言形容之也。或形容其聲，或形容
其狀，或形容其貌。其以重言形容其聲者：如《關雎》以"關關"
形容雎鳩之聲；《草蟲》以"喓喓"形容草蟲之聲；《風雨》以"膠
膠"形容雞鳴之聲；《鹿鳴》以"呦呦"形容鹿相呼之聲；《碩人》
以"發發"形容魚掉尾之聲；《鴇羽》以"肅肅"形容飛羽之聲；
《伐木》以"許許"形容鋸木之聲；《緜》以"登登"形容築土之
聲；《載馳》以"薄薄"形容驅車之聲；《七月》以"沖沖"形容鑿

冰之聲。以重言形容其狀者:《二子乘舟》以"養養"形容憂不知所定之狀;《君子陽陽》以"陽陽"形容無所用心之狀;《伐木》以"蹲蹲"形容蹈舞之狀;《楚茨》似"踏踏"形容執爨有容之狀,《賓之初筵》以"逸逸"形容往來有次序之狀,又以"傲傲"形容舞不能自正之狀;《板》以"管管"形容無所依之狀,又以"灌灌"形容憂無告之狀。其以重言形容其貌者:如《氓》以"旦旦"形容懇惻款誠之貌;《素冠》以"欒欒"形容棘人瘦瘠之貌;《淇澳》以"猗猗"形容綠竹美盛之貌;《采薇》以"依依"形容楊柳茂盛之貌;《桃夭》以"夭夭"形容桃葉少壯之貌,以"灼灼"形容桃花盛美之貌;《東方未明》以"瞿瞿"形容狂夫之貌;《蟋蟀》以"瞿瞿"形容良士之貌。如此之倫,《詩經》中頗多。要之以重言形容人物之聲與狀與貌,皆不必以文字之形義說之。第以聲之重疊,而人物之聲貌,與動作之狀,自然呈露。且同一重言,可以形容兩種不同之態度,良士之"瞿瞿",與狂夫之"瞿瞿",態度不同,重言之形容辭則一也。

雙聲者,由重言而變者也。《詩經》中之雙聲:如參差、黽勉、髯發、栗烈,皆以雙聲二字為聯緜形容之辭。又如縣蠻之類,雖雙聲而兼疊韻,其為形容詞則一。又有雙聲衍為重言者:如"嘽嘽焞焞","濟濟蹌蹌"是也。又有雙聲別加二字者:如"有洸有潰","挑兮達兮"是也。以上諸雙聲,皆合兩字之聲,以形容一辭之意,其用與重言同也。

疊韻者,亦因重言而變者也。《詩經》中之疊韻:如虺隤、委蛇、棲遲、輾掌、差池、契闊、蒙戎、消搖、綢繆、伴奂、優游、漂搖,皆以疊韻二字為聯緜形容之辭。又如間關之類,雖疊韻而兼雙聲,其為形容辭則一。又有疊韻衍為重言者:如"委委佗佗",

"矜矜兢兢"是也。又有疊韻別加二字者：如"其虛其邪"，"有壬有林"。"萋兮斐兮"，"哆兮侈兮"是也。以上諸疊韻，亦猶之雙聲諸字，同於重言之用也。

# （三）造句

意託於事，事寄於辭，既如上所述矣。組織事與辭而成為文章者，造句是也。善於造句者，將所託之事，加以所遣之辭，則辭可以表事，事可以達意。如"昔我往矣，楊柳依依，今我來思，雨雪霏霏。"楊柳、雨雪，所託之事也。若無"依依"、"霏霏"之辭以組合之，無以見詩人行役之久。造句之法，有以形容辭屬於名辭之下者，如上所舉是。亦有以形容辭置於名辭之上者，如"肅肅兔罝"、"赳赳武夫"是也。惟《詩經》之中，造句之法，不僅此二例。二例之外，有複詞者，有二字相同者，有一三字相同者，有二四字相同者，有四字相同疊句者，有二字四疊句者。茲每例各舉十句以證之：

複詞："燀燀焞焞""儦儦俟俟""緝緝翩翩""捷捷幡幡""子子孫孫""苾苾芬芬""穆穆皇皇""雕雕喈喈""赫赫明明""烝烝皇皇"。

二字相同："悠哉悠哉""委蛇委蛇""歸哉歸哉"，"式微式微""簡兮簡兮""其雨其雨""碩鼠碩鼠""樂土樂土""采苓采苓""伐柯伐柯"。

一三字相同："是刈是濩""為絺為綌""言告言歸""勿翦勿伐""以遨以遊""莫往莫來""爰居爰處"，"不忮不求""以陰以雨""何有何亡"。

二四字相同:"何斯違斯""頡之頏之""瑣兮尾兮""今夕何夕""長我育我""匪言勿言""優哉游哉","匪且有且""匪今斯今""小東大東"。

四字相同疊句:"人涉卬否,人涉卬否""人而無儀,人而無儀""啜其泣矣,啜其泣矣""謂他人父,謂他人父""彼留子嗟,彼留子嗟""在我室兮,在我室兮""其誰知之,其誰知之""其帶伊絲,其帶伊絲""其儀不忒,其儀不忒""鼓瑟鼓琴,鼓瑟鼓琴"。

二字四疊句:"如切如磋,如琢如磨""維熊維羆,維虺維蛇""以薪以蒸,以雌以雄""或哲或謀,或肅或艾""既優既渥,既霑既足""我徒我御,我師我旅""自西自東,自南自北""有熊有羆,有貓有虎""不虧不崩,不震不騰""是類是禡,是致是附"。

以上所舉之六種造句法,求之全《詩經》中,其例頗多。此外尚有三字相同疊句者:如"不我以不我以"是。又有四字相同雙疊句者:如"於論鼓鐘,於樂辟廱,於論鼓鐘,於樂辟廱"是。又有二字六疊句者:如"如塤如篪,如璋如圭,如取如攜"是。又有二字八疊句者:如"迺慰迺止,迺左迺右,迺疆迺理,迺宣迺畝"是。惟此種句法,全詩中殊不多見耳。

# (四) 用韻

《詩經》為有韻之文,用韻為《詩經》文章學重要之部。發明《詩經》用音之法,首推顧亭林。亭林言《詩經》用韻之法,只有三例,不過略發其凡,未有成書。江慎修著《古韻標準》,舉《詩經》韻例二十二，視顧氏已密矣。孔廣森著《詩聲分例》，舉《詩經》韻例二十七，視江氏又密矣。丁以此著《毛詩正韻》，舉《詩經》韻例七十四，視孔氏又密矣。惟是丁氏求之過密，於句首句中，以及連章隔章，皆以韻說之，幾致三百五篇無一字非韻。其例雖密，其用或不甚適。茲本孔氏之說，舉例於下：

偶韻例：關關雎鳩，（韻）在河之洲；（韻）窈窕淑女，君子好逑。（韻）

奇韻例：蔽芾甘棠，勿翦勿伐，（韻）召伯听茇。（韻）

偶句從奇韻例：綿綿瓜瓞，（韻）民之初生，自土沮漆；（韻）古公亶父，陶復陶穴，（韻）未有家室。（韻）

疊韻例：君子偕老，副笄六珈，（韻）委委佗佗，（韻）如山如河，（韻）象服是宜，（韻）子之不淑，云如之何。（韻）

空韻例：乃生男子，載寢之牀，（韻）載衣之裳，（韻）載弄之璋，（韻）其泣喤喤，（韻）朱芾斯皇，（韻）室家君王。（韻）

二句獨韻例：定之方中，（韻）作于楚宮；（韻）揆之于日，（轉韻）作于楚室；（韻）樹之榛栗，（韻）椅桐梓漆，（韻）爰伐琴瑟。（韻）

末二句換韻例：手如柔荑，（韻）膚如凝脂，（韻）領如蝤蠐，（韻）齒如瓠犀，（韻）螓首蛾眉，（韻）巧笑倩（轉韻）兮，美目盼（韻）兮。

兩韻例：被之僮僮，（韻）夙夜在公；（韻）被之祁祁，（轉韻）薄言還歸。（韻）

三韻例：桑之落矣，其黃而隕；（韻）自我徂爾，三歲食貧；（韻）淇水湯湯，（轉韻）漸車帷裳，（韻）女也不爽，（韻）士行其行，（韻）士也罔極，（轉韻）二三其德。（韻）

　　四韻例：君子屢盟，（韻）亂是用長；（韻）君子信盜，（轉韻）亂是用暴；（韻）盜言孔甘，（轉韻）亂是用餤，（韻）匪其正共，（轉韻）維王之卬。（韻）

　　兩韻分協例：有瞽有瞽，（韻）在周之庭；（別韻）設業設虡，（以下與瞽協韻）崇牙樹羽，（韻）應田懸鼓，（韻）鞀磬柷圉，（韻）既備乃奏，簫管備舉，（韻）喤喤厥聲，（以下與庭協韻）肅雝和鳴；（韻）先祖是聽，（韻）我客戾止，永觀厥成。（韻）

　　兩韻互協例：大邦有子，俔天之妹，（韻）文定厥祥，（與下梁光協）親迎於渭；（與上妹協）造舟為梁，（韻）不顯其光。（韻）

　　兩韻隔協例：我心匪石，（隔韻）不可轉（韻）也，我心匪席，（與石協）不可卷（韻）也，威儀棣棣，不可選（韻）也。

　　三韻隔協例：鴥彼飛隼，（隔韻）其飛戾天，（別韻）亦集爰止，（韻）方叔涖（與隼協）止，其車三千，（與天協）師干之試，（韻）方叔率止，征人伐鼓，（換韻）陳師鞠旅，（韻）顯允方叔，伐鼓淵淵，（換韻）振旅闐闐。（韻）

　　四韻隔協例：人有土田，（隔韻）女反有（韻）之，人有民人，（與田協）女覆奪（別韻）之，此宜無罪，（隔韻）女反收（與有協）之，彼宜有罪，（與上罪協）女覆說（與奪協）之。

　　首尾音例：其在于今，興迷亂于政，（韻）顛覆厥德，荒湛於酒，（別韻）女雖湛樂從，弗願厥沼，（與酒協）罔敷求先王，克共明刑。（韻）

　　二句不入韻例：兄弟鬩于牆，外禦其侮；每有良朋，（韻）烝也無戎。（韻）

　　三句不入韻例：鴟鴞鴟鴞，既取我子，無毀我室，恩斯勤（韻）斯，鬻子之閔（韻）斯。

二句間韻例：爰采唐（韻）矣，沬之鄉（韻）矣，云誰之思，美孟姜（韻）矣；期我乎桑中，（間韻）要我乎上宮，（與中協）送我乎淇之上（韻）矣。

三句間韻例：卬盛于豆，于豆于登，（韻）其香始升，（韻）上帝既歆，（韻）胡臭亶時，（間韻）后稷肇祀，（與時協）庶無罪悔，（與時祀協）以迄于今。（韻）

四句間韻例：烈文辟公，（與下邦功協）錫茲祉福，惠我無疆，（韻）子孫保之，無封靡于爾邦，（間韻）維王其崇之，念茲戎功，（間韻）繼諸其皇（韻）之，無競維人，（間韻）四方其訓（與人協）之，不顯惟德，百辟其刑（與人訓協）之，於乎前王不忘。（韻）

聯韻例：麟之趾，振振公子，于嗟麟兮！麟之定，振振公姓，于嗟麟兮！麟之角，振振公族，于嗟麟兮！（言于嗟麟兮三章聯韻也）

續韻例：池之竭矣，不云自頻。（言與上章職況斯引為韻）

助字韻例：綠兮衣兮，綠衣黃裏；（韻）心之憂矣，（韻）曷維其已。（韻）

句中韻例：日居（韻）月諸。（韻）

句中隔韻例：鴻飛（隔韻）遵渚，（韻）公歸（與飛韻）無所。（韻）

隔協句中隔韻例：誰謂鼠（隔韻）無牙，（韻）何以穿我墉；誰謂女（與鼠協）無家，（與牙協）何以速我訟。

以上託事、遣辭、造句、用韻，不過略舉以見例。學者本此例求之全《詩》中，分別記之，以成《詩經》文章學專書，當更有可觀也。

# 《詩經》之禮教學

"禮教"二字，以今日之眼光觀之，殊不適宜。不知中國古代舍禮教外無政治，禮教學猶之乎政治學。惟政治不能盡禮教，政治僅屬於國家方面。若禮教之範圍甚廣，則凡國家之組織，社會之維持，家庭之集合，個人之修養，無不聽禮教之命令，而止於至善之域。禮者，含有典章、法律及倫理之意；教者，含有督責、訓導及感化之意。不僅上以之施於下謂之禮教，即下以之施於上，亦謂之禮教。禮教學為中國之特有，大約包括政治、法律、倫理、教育等。而又不可分析之為政治學、法律學、倫理學、教育學。明乎此，始可言《詩經》之禮教學。

《詩大序》云："正得失，動天地，感鬼神，莫近乎詩。先王以是經夫婦，成孝敬，美教化，移風俗。"又云："上以風化下，下以風刺上。"又云："國史明乎得失之迹，傷人倫之廢，哀刑政之苛；吟詠情性，以風其上，達於事變，而懷其舊俗者也。"觀《大序》此言，可知《詩經》本含有禮教之意。述先王之典章、法律以及人倫日用之常，督責訓導人民，所謂上以風化下，即上施之於下也。述先王之典章、法律以及人倫日用之常，感化人君，所謂下以風刺上，即下施之於上也。茲本此意，分國家、社會、家庭、個人四項，述之於下。

# （一）國家

中國歷史，雖託始於唐虞；而國家之組織，備於成周之世。蓋中國國家之組織，在政治上言，則根基於家庭；在經濟上言，則專恃乎農業。讀二《南》之詩，知文王之化，由近及遠，所謂《周南》、《召南》，正始之道，王化之基也。讀《七月》及《公劉》之詩，知周朝以農立國，故原遠流長，所謂《七月》陳王業，《公劉》成王將蒞政，戒以民事，美公劉之厚於民也。本此例以求之，《鹿鳴》燕嘉賓，《四牡》勞使臣，《伐木》燕朋友，《菁菁者莪》樂育材，國家之治，由於禮教之興也。《巧言》傷讒，《桑扈》無禮，《角弓》無親，《大東》刺亂，國家之衰，由於禮教之亡也。故《六月詩小序》云："《鹿鳴》廢，則和樂缺矣；《四牡》廢，則君臣缺矣；《皇皇者華》廢，則忠信缺矣；《常棣》廢，則兄弟缺矣；《伐木》廢，則朋友缺矣；《天保》廢，則福祿缺矣；《采薇》廢，則征伐缺矣；《出車》廢，則功力缺矣；《杕杜》廢，則師衆缺矣；《魚麗》廢，則法度缺矣；《南陔》廢，則孝友缺矣；《白華》廢，則廉恥缺矣；《華黍》廢，則蓄積缺矣；《由庚》廢，則陰陽失其道理矣；《南有嘉魚》廢，則賢者不安，下不得其所矣；《崇丘》廢，則萬物不遂矣；《南山有臺》廢，則為國之基隊矣；《由儀》廢，則萬物失其道理矣；《蓼蕭》廢，則恩澤乖矣；《湛露》廢，則萬物離矣；《彤弓》廢，則諸夏衰矣；《菁菁者莪》廢，則無禮儀矣；《小雅》盡廢，則四夷交侵，中國微矣。"觀《小序》此言，可以知禮教與國家之關係。自《鹿鳴》以下諸詩，皆《詩》之禮教。有，則國家興；無，則國家微。此《詩》之《小雅》也。《詩》之《大雅》，亦可本此例求之。雅者，正也，言王政之所由興廢。王政興廢，由於大小《雅》；則大小《雅》之詩，為禮教可知。不僅大小《雅》，即《風》亦可本此例以求之。如《綠衣》妾上僭，《擊鼓》好勇而無禮，《簡兮》不用賢，《新臺》刺淫亂，而知衛之所以滅也。又如《將仲子》不愛弟，《清人》不恤士卒，《東門之墠》男女不以禮，《子衿》學校不修，而知鄭之所以亂也。《雞鳴》刺荒淫，《還》刺田獵，《著》刺不親迎，《東方未明》刺無節，而知齊之所以衰也。又如《蟋蟀》儉不中禮，《山有樞》政荒民散，《揚之水》傷微弱，《杕杜》不親其宗族，而知晉之所以亡也。其他斷章零句，與國家治亂興亡之關係者，亦頗有之。所謂誦服之無斁之章，知周之所以興；詠休其蠶織之句，識周之所以亡。凡此關於國家之禮教，可於《詩經》中求之者一也。

# （二）社會

中國歷史之紀載，關於社會一方面，極為漏略。吾人欲明了古時社會之情形，每苦無參考之資料。觀察社會者，不僅徒觀察其現形，當觀察其所以致此現形之由。如社會有良好之風俗，應考察此良好之風俗，由何養成。如社會有不良好之風俗，應考察此不良好之風俗，由何造出。此種資料，更不易覓。《詩經》中十五國之風俗，有善者，有不善者。善、不善之風俗，皆可於《詩經》中求其致此之由。譬如《漢廣》沐文王之化，即游女不易求，城隅染淫亂之風，雖靜女不自保。本此例以求之，《桃夭》《摽有梅》之婚姻及時；《兔罝》《騶虞》之人才衆多，庶類蕃殖；《行露》《野有死麇》之女子能以禮法自守；皆有禮教之督責、訓導及感化而至於善者也。《谷風》《氓》之夫婦失道；《桑中》《溱洧》之男女淫亂；《葛屨》《園有桃》之儉嗇褊急；《東門之枌》之男女棄其舊業，亟會於道路，歌舞於市井；皆無禮教之督責、訓導及感化而流於惡者也。亦有時禮教已亡，而社會受禮教之感化，流風遺俗，猶存於喪亂之後者。如《柏舟》之共姜自誓，《二子乘舟》之汲壽爭死，《陟岵》之思念父母，《蟋蟀》之憂深思遠，《素冠》之能用三年喪，雖當國家政治混亂之日，或兵戈流離之際，而社會尚存此一二良好之風俗，斷非受當時禮教之影響。實數十年或數百年前，握政治之權者，以禮教督責人民，訓導人民，人民受禮教之感化極深，故雖當禮教淪亡之日，不知不覺之中，尚能謹守禮教之範圍。禮教之感人極深，讀吳季札觀樂之言可知也。

左襄二十九年《傳》：“吳公子札來聘，請觀於周樂，使工為之歌《周南》《召南》，曰：‘美哉！始基之矣。猶未也，然勤而不怨矣。’為之歌《邶》《鄘》《衞》，曰：‘美哉！淵乎。憂而不困者也。吾聞衞康叔、武公之德如是，是其《衞風》乎？’為之歌《王》，曰：‘美哉！思而不懼。其周之東乎？’為之歌《鄭》，曰：‘美哉！其細已甚，民弗堪也，是其先亡乎？’為之歌《齊》，曰：‘美哉！泱泱乎大風也哉！表東海者其大公乎？國未可量也。’為之歌《豳》，曰：‘美哉！蕩乎！樂而不淫，其周公之東乎？’為之歌《秦》，曰：‘此之謂夏聲，夫能夏則大，大之至也，其周之舊乎？’為之歌《魏》，曰：‘美哉！渢渢乎！大而婉，險而易行，以德輔此，則明主也。’為之歌《唐》，曰：‘思深哉！其有陶唐氏之遺民乎？不然，何憂之遠也。非令德之後，誰能若是。’為之歌《陳》，曰：

'國無主，其能久乎？自鄶以下無譏焉。'為之歌《小雅》，曰：'美哉！思而不貳，怨而不言，其周德之衰乎？猶有先王之遺民焉。'為之歌《大雅》，曰：'廣哉！熙熙乎！曲而有直體，是文王之德乎？'為之歌《頌》，曰：'至矣哉！直而不倨，曲而不屈，邇而不逼，遠而不攜，遷而不淫，復而不厭，哀而不愁，樂而不荒，用而不匱，廣而不宣，施而不費，取而不貪，處而不底，行而不流；五聲和，八風平，節有度，守有序，盛德之所同也。'"

　　季札所觀雖為樂，古時樂教與禮教有同一之功效。詩於聲音言為樂教，於政治言卽禮教。二《南》始基而猶未，紂時不良好之風俗未盡變也。《邶》《鄘》《衛》憂而不困，康叔時良好之風俗未盡泯也。《秦》則有周之舊風俗，《魏》則有唐之舊風俗。設非禮教感人之深，不良好之風俗，焉能革之一旦；良好之風俗，焉能留之千百年以後乎？凡此關於社會之禮教，可於《詩經》中求之者二也。

# （三）家庭

　　中國國家之發達，由家庭而擴充。國家之基礎，卽建築於家庭之上。家庭之組織，至周始鞏固。所以然者，有禮教以組織之也。《關雎》何以為后妃之德，以其"琴瑟友之，鐘鼓樂之"，而有閨房之禮也。《葛覃》何以為后妃之本，以其"言告師氏，言告言歸"，而有婦道之禮也。用之於己者謂之禮，感之於人者謂之教。《桃夭》之宜其家室，卽感后妃之教而化者也。由此推之，后妃能"為絺為綌，服之無斁"，故《采蘩》之夫人，能夙夜在公；《采蘋》之季女，能筐筥錡釜。后妃能不妒忌，而子孫眾多，故《兔罝》之武夫，可為干城之選；《羔羊》之大夫，有退食自公之致。所以《詩經》中，言家庭之禮教綦詳。《邶》，《鄘》，《衛》之《綠衣》，《終風》，《谷風》，皆為夫婦乖違之詩，已啟禮教淪亡之漸。至《新臺》、《牆有茨》、《君子偕老》、《鶉之奔奔》、《桑中》諸詩，禮教亡，而夫婦之倫大壞；家庭亂，而國家之禍日多。《桑中序》云：“衛之公室淫亂，男女相奔，至於世族在位，相竊妻妾，期於幽遠；政散民流而不可止，此衛之所以見滅於狄也。”其他如《鄭風》之《溱洧》，《齊風》之《南山》，《敝笱》，《載驅》，《陳風》之《株林》，無不歎息禮教之亡，以至喪亂宏多，家國不保。蓋家庭為國家之本，夫婦為人倫之始，“文定厥祥，親迎于渭”，知周之所由興。“俟我於著乎而，俟我於庭乎而，俟我於堂乎而”，知齊之所由亂。“刑於寡妻，至於兄弟，以御於家邦”，言家齊而後國治也。“以爾車來，以我賄遷，士也罔極，二三其德”，言始不慎者終必仳離也。和好之家庭，則如鼓瑟琴；乖離之家庭，則有洸有潰。《詩經》關於夫婦之間，言之尤切者。匡衡所謂“妃匹之際，生民之始，萬福之原。婚姻之禮正，然後品物遂而天命全”是也。故家庭有禮教，家未有不興，國未有不治者；家庭無禮教，家未有不亡，國未有不亂者。凡此關於家庭之禮教，可於《詩經》中求之者三也。

# （四）個人

《禮記》云：“溫柔敦厚，《詩》教也。”又云：“其為人也，溫柔敦厚而不愚，則深於《詩》者也。”則是個人之修養，則當本《詩》之禮教，而成一溫柔敦厚之人。“樂而不淫，哀而不傷”，孔子之論《詩》而得性情之正也。"《國風》好色而不淫，《小雅》怨誹而不亂"，此司馬遷之論《詩》而得性情之正也。據此以言，修養性情，莫善夫《詩》。"我思古人，實獲我心。先君之思，以勖寡人"，怨而不怒也。"寬兮綽兮，猗重較兮，善戲謔兮，不為虐兮"，和而不流也。《烝民》言仲山甫之德，"柔嘉維則，令儀令色，小心翼翼，古訓是式，威儀是力"。又云："柔亦不茹，剛亦不吐，不侮矜寡，不畏強禦。"真可謂有溫柔敦厚之態度者矣。其他見淤《詩》者，如"溫溫恭人，抑抑威儀"之類，不勝枚舉。若夫聽鳴皋之鶴，而知誠不可揜；察躍淵之魚，而知理無定在；檀下惟籜，愛當知其惡；石可攻玉，憎當知其美；好賢如緇衣，知善之足以為法；疾惡如巷伯，知惡者之足為戒；善頌不為過譽，故生民有庶無罪悔之語；絕交不出惡聲，故何人斯有爾還而入之言。皆禮教修養之深，故有此和平之旨。凡此關於個人之禮教，可於《詩經》中求之者四也。

　　合以上四項而研究之，所以造成中國之國家、社會、家庭、個人者，決非現今之所謂政治學、法律學、倫理學、教育學可以造成也。禮教造成中國之國家、社會、家庭、個人，不僅《詩經》中有之；而《詩經》中禮教之效力，尤為顯見。善者為法，惡者為戒，故詩無論美刺，皆不外乎禮教之原意。孔子所謂"《詩》三百，一言以蔽之，曰：思無邪"是也。由此言之，《詩經》一書，以禮為質，以教為用，蓋舍禮則無以為教也。禮教之意，已具述於上。至於典章制度之文，《詩經》中在在可以考見。包世榮著《毛詩禮徵》一書，採《三禮》、鄭氏《注》、孔賈《義疏》，而旁稽《史記》、前後《漢書》、《三國志》、杜氏《通典》。據《詩》文分五禮，以引其緒；稽宮室、衣服、器物之制度，次其條目，原其終始。則凡周代之典章制度，皆可於《詩》中徵之。茲略舉數條於下：

讀《昊天》、《有成命》之詩，而知郊祀天地之禮。

讀《時邁》之詩，而知巡守祭告柴望之禮。

讀《載芟》、《良耜》之詩，而知春秋祈社稷之禮。

讀《噫嘻》之詩，而知春夏祈穀於上帝之禮。

讀《閔予小子》之詩，而知嗣王朝廟之禮。

讀《桓》之詩，而知講武之禮。

讀《鹿鳴》之詩，而知宴羣臣之禮。

讀《四牡》之詩，而知勞使臣之禮。

讀《皇皇者華》之詩，而知遣使臣之禮。

讀《棠棣》之詩，而知燕兄弟之禮。

讀《伐木》之詩，而知燕朋友故舊之禮。

讀《湛露》之詩，而知天子燕諸侯之禮。

凡此皆全篇之詩，可徵之於禮者。至於一章一句之可徵者，如蘋蘩蕰藻之菜，筐筥錡釜之器，五紽五緎之裘，琴瑟鐘鼓之樂，椅桐梓漆之樹木，秬秠穈芑之嘉種，皋門應門之宗廟，鳥革翬飛之宮室，於他書有未詳者，時可於《詩》中見之也。

欲明《詩經》時代之禮教，必須明《詩經》時代之禮。古者制禮以教民，大之祭祀婚喪，小之飲食衣服，皆有一定之節。人民受禮制之教化，耳濡目染，日更月移，自成為行為上之習慣。雖禮文或已經更變，習慣之行為，遂為人民之第二性。所以研究中國國家之組織，社會之維持，家庭之集合，個人之修養，《詩經》中之禮教，實為參考最好之資料。茲不過發其凡。學者本此例，求之全《詩》中，分別記之，以成《詩經》禮教學之專書，當必更有可觀也。

# 《詩經》之史地學

《尚書》記言，《春秋》記事。《尚書》、《春秋》，為中國最古之歷史。然而偏於政治，社會之風俗無聞焉。至於地理，除《尚書》中《禹貢》一篇外，其他略見於《周禮》。若三百五篇之《詩》，自《關雎》以至《狼跋》，所言多社會之事，且備一十五國之風俗。小大《雅》雖言政事，而風俗亦時時可見。太史公云：“聞之董生，《詩》記山川、谿谷、禽獸、草木，故長於風。”匡衡云：“竊考《國風》之詩，《周南》、《召南》，被賢聖之化深，故篤於行而廉於色。鄭伯好勇，而國人暴虎；秦穆貴信，而士多從死；陳夫人好巫，而民淫祀；晉侯好儉，而民畜聚；太王躬仁，邠國歸恕。”據以上所述，各國之風俗，皆由各國之政治養成。三百五篇之《詩》，最能表見政治與風俗相關之故。歷史中之政治，舍《詩經》，尚有他書可以考見；惟由政治養成之風俗，只可於《詩經》中得之。地理中之土壤、物產、田賦等，《禹貢》所記綦詳。若因風土之不同，致好惡之各別，亦只可於《詩經》中得之。故《詩經》一書，確有史地學之價值也。

茲先言史。據《詩譜世系》：二《南》之《關雎》《葛覃》《卷耳》《樛木》《螽斯》《桃夭》《兔罝》《芣苢》《漢廣》《汝墳》《麟趾》《鵲巢》《采蘩》《草蟲》《采蘋》《行露》《羔羊》《殷其靁》

《摽有梅》《小星》《江有汜》《野有死麕》《騶虞》，為文王時詩；《甘棠》《何彼穠矣》，為武王時詩。（其他見於詩譜不悉錄。）此為歷史之可見者。又如《擊鼓》，見州吁之暴；《新臺》，見宣公之淫；《定之方中》，見文公之復興；《淇澳》，見武公之能聽諫；《叔于田》《大叔于田》，見莊公之陷弟於不義；《清人》，見文公之棄其臣；《南山》《敝笱》，見襄公之淫於其妹；《黃鳥》，見穆公之用人殉葬；《株林》，見靈公之淫於夏姬；以及《鴟鴞》，見成王之聽流言；《東山》，見周公之東征。亦為歷史之可見者。惟是吾人以歷史之方法讀《詩經》，不僅知其某詩屬於某王，某詩屬於某事而已。蓋歷史所記，皆係正面；《詩經》中之歷史，嘗能得其背景。本此以求，讀《周南》《召南》，可以知家庭之組織，至周始鞏固焉。讀《邶》《鄘》《衛》，可以知衛風之淫，始於衛莊公焉。讀《鄭》，可以知鄭風之亂，始於鄭莊公焉。今本此起例，為讀《詩經》者之發凡。

## （一）《周南》《召南》

中國婚姻制度，雖云託始於伏羲；然書缺有間，已無可徵。觀《孟子》二嫂使侍朕席之言，夫婦之倫理，堯舜時猶未嚴也。夏商之書，關於家庭之紀載，殊未之聞。《左氏傳》所紀寒促因羿室生澆及豷事，殺人而取其室，可推想擄掠之婚姻，在社會上尚有此種習慣也。《儀禮》一書，為周朝之制度，觀其昏禮之纖細畢備，可知夫婦之倫理，至周始嚴，家庭之組織，至周始固也。今本此觀察，讀二《南》之詩，愈為有徵。《關雎》后妃之德也，言后妃有窈窕之德，始可以為君子之好仇。故其未得之也，則展轉反側；已得之也，則琴瑟鐘鼓。非如以前之婚姻，不審慎於事前，不尊重於事後。后妃所以能為君子之好仇者，不僅有此窈窕之德；必有葛覃之本，卷耳之志，可以盡婦道，可以佐君子，而並有樛木之不嫉妒，故能得螽斯之子孫眾多。於是夫婦之倫理嚴，家庭之組織固矣。文王與后妃，既組織和樂之家庭；《周南》之社會，受文王后妃之感化，故《桃夭》之詩，男女以正，婚姻以時，皆知夫婦有別之必要矣。上古之時，夫婦無別，故人民知有母而不知有父。夫婦有別，則家庭之間，故有子孫之足樂。《兔罝》之賢人眾多，《芣苢》之婦人樂有子，皆在夫婦有別，家庭組織以後也。文王后妃，組織家庭之教化，逐漸普被；《漢廣》之游女，平日可隨便以求者，至此亦不可求矣。言秣其車，言秣其馬，必曰以禮相聘，不可以非禮相犯也。由此而及於汝墳之國，夫婦愛情愈深，家庭之結合愈固。未見君子，惄如調飢，愛之深也；既見君子，不我遐棄，結之固也。於是《周南》之國，皆被文王后妃之化，室家和樂，子孫多賢；所以《麟趾》之公子、公姓、公族，皆振振仁厚；故曰麟之趾，《關雎》之應也。文王后妃之化，由《周南》而至於《召南》，《召南》之諸侯，亦知選擇夫人之必要，故曰《鵲巢》，夫人之德也。德如鳲鳩，乃可以配焉。夫人有鳲鳩之德，又有采蘩之不失職，則諸侯之家庭鞏固矣。由諸侯而至於大夫，《草蟲》能以禮自防，《采蘋》能循法度，則大夫之家庭鞏固矣。而社會上或猶強暴之行為，行擄掠之婚姻者，則使召伯聽政以治之。召伯對婚姻之訴訟，皆能處置得宜，故有《甘棠》之遺愛。觀《行露》之詩，誰謂女無家，何以速我訟，雖速我訟，亦不女從，可知當時因婚姻而致訟者頗多，故《小序》謂《行露》為召伯聽訟。以此推之，《甘棠》之美召伯，即美此能聽婚姻之訟也。《召南》諸侯、大夫之家庭，皆已鞏固，故《羔羊》在位而有節儉正直之德，《殷其靁》室家能憫其勤勞之思。使家庭之組織，未鞏固以前，個人之行為，必不肯節儉，男女之愛情，亦未能如是之密也。由此而推及《召南》社會，《摽有梅》之男女及時，則不正當之婚姻，幾於盡革矣。家庭制度，以多子孫眾多為第一幸福，欲子孫眾多，必須行一夫多妻之制度。《周南》之《樛木》，《召南》之《小星》、《江有汜》，皆一夫多妻之制度也。至《野有死麕》之詩，言文王后妃之化，及於全國，皆知夫婦之配合須有禮，而不可以苟合；雖有懷春之女，引誘之士，而亦有所畏而不敢。至《何彼襛矣》之詩，序言美王姬；雖則王姬，亦下嫁於諸侯。夫王姬下嫁，原平常之事，何可美之有？序言美之者，以見以前之王姬不下嫁也。蓋古者強有力之男子，則一夫多妻；強有力之女子，則一妻多夫。家庭制度之下，一夫多妻之制度，可以保存；一妻多夫之制度，必須革去，故云雖則王姬，言強有力之女子也，亦下嫁於諸侯，言不能沿一妻多夫之習慣也。必如此，則家庭之組織，始可鞏固；家庭鞏固，則社會亦和平矣。故《騶虞》《小序》云：「人倫既正，朝廷以治。天下純被文王之化，則庶類蕃殖，蒐田以時，仁如騶虞，則王道成也。」故曰：讀《周南》、《召南》，可以知家庭之組織，至周始鞏固也。

## （二）《邶》《鄘》《衛》

世儒言鄭衛之詩多淫。今以《邶》《鄘》《衛》風考之，衛詩誠多淫風；蓋衛之國家，由淫而至亂也。設無文公之節儉，與齊桓公之援助，則衛國之滅久矣。茲本《詩序》而說之。《柏舟》之詩，

《小序》以為仁人不遇；朱氏本劉向《列女傳》，以為婦人不得於其夫。以歷史之眼光觀之，當以《小序》為是。仁人不用，此即淫亂之漸。《考槃》之詩，莊公不能用賢，所以《綠衣》《燕燕》《日月》以及《碩人》詩，因不親賢，遂至賢如莊姜，亦不見答。莊姜所以不見答者，以莊公寵嬖人，此不好賢之證也。妾上僭夫人失位，夫婦之倫乖，淫佚之事起，嫡庶之分亂，災禍之原伏。《終風》之暴，家庭之災禍也；《擊鼓》之暴，國家之災禍也。淫佚時行，災禍並作，上行下效；雖《凱風》之孝子，尚不能使母安其室，社會之風俗可知矣。自是以後，淫佚更甚，災禍亦日急。《雄雉》，宣公淫亂不恤國事，軍旅數起。《匏有苦葉》，宣公與夫人並為淫亂。朝廷如是，人民可知。自文王以來，組織鞏固之家庭，至此又有動搖之象。讀《谷風》之詩，知社會上離婚之事日多矣。衛本康叔之後，有方伯連率之責任。自國內淫亂，不能修方伯連率之職，故有《式微》《旄邱》之詩。《簡兮》不用賢，而賢者仕於伶官。《北門》之任事愈重，而祿養不及。不僅不能修方伯連率之職，即朝廷之政治，亦日形衰落矣。至《北風》之百姓不親，攜持而去，則國幾不國矣。當是時也，《靜女》之不能自保，固其所也。《新臺》《二子乘舟》之詩，宣公、宣姜之淫行愈甚。以及《牆有茨》、《君子偕老》、《鶉之奔奔》三詩，皆言宣姜之淫行；馴致公室淫亂，男女相奔，世族在位，相竊妻妾，期於幽遠，民流而不可止。讀《桑中》之詩，知在位者之淫行也。禮義消亡，淫風大行，男女無別，遂相奔誘；華落色衰，復相棄背。讀《氓》之詩，凡自由結婚者，不轉瞬即自由離婚，知人民之淫行也。淫行如是，雖無狄人之難，而衛亦必亡也。《定之方中》美文公，以見衛之中興。《木瓜》美齊桓，以見衛中興之所由。《蝃蝀》《相鼠》，見衛中興而後，改變社會之風俗。《干

117

旄》見文公所以能中興者，不僅得齊桓之助，實有好賢之德。《有狐》詩，可見亂時之婚姻殺禮。《正義》雖云宣公詩，以予度之，或當狄難時也。《芄蘭》刺惠公，益見宣姜之淫亂。《伯兮》不可考。《泉水》《河廣》《載馳》，無關政治。衛事分為《邶》《鄘》《衛》三風，簡策或有錯亂，故不能順次序說之。統計衛詩，除美文公中興外，惟《鄘風》之《柏舟》共姜自誓，與《淇澳》美武公之德為美詩，其餘皆為刺詩。可見雖有武公之德，及共姜貞節之風；莊公一旦寵妾抑妻，遂至淫亂而不可止，殆宣公、宣姜淫行而國卽滅矣。設非文公，尚有衛乎？故曰：讀《邶》《鄘》《衛》，可以知《衛風》之淫，始於莊公也。

## （三）《鄭》

《論語》云：“鄭聲淫。”朱子本之，遂以淫詩說《鄭風》。以歷史之眼光，觀察《鄭風》背景。《鄭風》之淫，亂致之也。《緇衣》美武公之德，以見鄭開國之善。《將仲子》《叔于田》《大叔于田》見莊公陷弟於不義，卽為鄭亂之基。《清人》見遣將之不得其道，《羔羊》見用人之不得其道，皆足以使亂事之增長。《遵大路》而君子去之，則亂愈急矣。《女曰雞鳴》，不說德而好色，亦亂君之事也。鄭之亂也，始於莊公與叔段之不義，甚於三公子之五爭立。《有女同車》《山有扶蘇》《蘀兮》《狡童》，皆為刺忽之詩。自忽立以來，連年兵革。《褰裳》，因亂思大國之見正；《丰》，因亂致婚姻之道缺；《東門之墠》，因亂至男女不待禮而相奔；《風雨》，因亂而思君子；《子衿》，因亂而學校休業；《揚之水》，因亂而忠臣良士至於死亡；

《出其東門》，因亂而男女相棄，不能保其室家。此皆三公子五爭立之所致也。《野有蔓草》，民窮於兵革，男女失時，思不期而會。《溱洧》，兵革不息，男女相棄，淫風大行。戰爭不息，生計困難，室家不保，至有淫行，與《衛風》之淫不同矣。《衛風》以莊公之寵妾，致有宣公之納子妻。上行下效，自《桑中》至於《谷風》《氓》，無不有淫行矣。因淫而亂，狄難興焉。鄭以莊公不義于弟，致有三公子之爭立。政治亂於上，人民亂於下；因亂而淫，《溱洧》作焉。故曰讀《鄭》，可以知《鄭風》之亂，始於莊公也。

以上皆以歷史方法讀《詩》，可以見政治與社會之關係，并可以見家庭與國家之關係。其他各篇，以此種方法讀之，必有所得。至於一章一句，可為歷史之考證者尚多。略舉例於下：

讀《騶虞》之詩，及"言私其豵，獻豣于公"之句，可以知古代田獵之風俗。

讀"在泮獻馘，在泮獻囚"之句，可以知古代尚武之風俗。

讀"匪雞則鳴，蒼蠅之聲"及"蟲飛薨薨，甘與子同夢"之句，可以知古代草昧之風俗。雖人君之所居，亦不能脫離草昧，故多蒼蠅之聲，而蟲飛薨薨也。

讀"乃召司空，乃召司徒，俾立室家，其繩則直，縮版以載，作廟翼翼，捄之陾陾，度之薨薨，築之登登，削屢馮馮，百堵皆興，鼛鼓弗勝"之句，可以知古代樸實之風俗，雖建立宗廟，其牆悉以土也。

讀"乃生男子，載寢之牀，載衣之裳，載弄之璋；乃生女子，載寢之地，載衣之裼，載弄之瓦"之句，可以見古代重男輕女之風俗。

讀《七月》之詩，及"或舂或揄，或簸或蹂，釋之叟叟，烝之浮浮"，與"爾牧來思，何簑何笠，或負其餱，麾之以肱，畢來既升"之句，可以見農家之生活。

讀"妻子好合，如鼓瑟琴，兄弟既翕，和樂且湛"之句，可以見和好家庭之生活。

讀"不我能慉，反以我為讐，既阻我德，賈用不售，昔育恐育鞠，及爾顛覆，既生既育，比予於毒"之句，可以見乖違家庭之生活。

讀"於粲洒掃，陳饋八簋，既有肥牡，以速諸舅"，及"彼有旨酒，又有嘉殽，洽比其鄰，昏姻孔云"，與"我行永久，欽御諸友，炮鱉膾鯉，侯誰花矣"之句，可以見富貴家庭之生活。

讀"維南有箕，不可以簸揚，維北有斗，不可以挹酒漿"，及"糾糾葛屨，可以履霜；摻摻女手，可以縫裳"之句，可以見貧賤家庭之生活。

讀"玼兮玼兮，其之翟也，鬒髮如雲，不屑髢也，玉之瑱也，象之揥也"之句，可以見富貴女子之生活。

讀"彼有不穫穉，此有不斂穧，彼有遺秉，此有滯穗，伊寡婦之利"之句，可以見貧賤女子之生活。

以上皆《詩經》中之歷史，可以補歷史之所不及。研究上古社會史者，當於《詩經》中求之也。

《詩經》中之歷史，已述如上矣。至於地理，如山川之形勢，疆域之沿革，見於宋王應麟之《詩地理考》，清朱右曾之《詩地理徵》。學者求之二書，關於《詩經》中之地理，當可知其原委矣。惟是求地理學於《詩經》之中，不僅知其山川，辨其疆域；當因詩以求其地之所在，稽風土之厚薄，見民情之盛衰。太史公講業齊魯之邦，其作世家，於齊曰洋洋乎固大風之國也；於魯曰洙泗之間斷斷如也。《王制》："天子五年一巡守，命太史陳詩以觀民風。"《書大傳》："聖王巡十有二州，觀其風俗，習其情性。"是風土民情，為地理學中之重要部分。《詩》可以觀廣谷、山川之異勢，而知剛柔、輕重、遲速之異俗。本此例以求，齊為東海大國，讀《還》與《盧令》之詩，而知鬥雞走狗之風，不自晚周始也。唐為帝堯舊部，讀《蟋蟀》之詩，而知憂深思遠之意，其由來固已久也。魏地陿隘，其民機巧趨利，其君儉嗇褊急；讀《葛屨》之詩，知貧小國之生計困難也。秦本西周舊地，《蒹葭》《無衣》，雖刺時君；而好賢之意，敵愾之心，非新造之人民所能有。知流風遺俗，至異世而猶存也。語曰："山川能說，可以為君子。"夫所謂君子，當不僅能說山之脈絡，水之支派，必能說民生其間者之生活情形焉。此風土民情，所以為地理學中之重要部分。《詩經》之地理，所以為研究地理學之風土民情者必不可忽也。蓋《詩經》一書，最重風土民情。如《邶》《鄘》并於《衛》，其詩皆為衛事，而猶繫之《邶》《鄘》。唐即為晉，其待皆為晉事，而猶繫之《魏》《唐》。以政治言，為衛晉之政治；以風土民情言，為邶、鄘、魏、唐之風土民情。所以以地理學之方法讀《詩經》，所得不僅在山川之形勢，疆域之沿革也。

　　以上為《詩經》史地學之發凡，學者本此求之全《詩經》中，當更有進於是也。

# 《詩經》之博物學

博物重於實驗。僅知草木、鳥獸、蟲魚之名者，不可謂之博物。知其名必實驗其物者，始可謂之博物。古時關於草木鳥獸、蟲魚之類，無書可徵，必實驗而始知之。譬如雎鳩之聲為關關，魚之掉尾為發發，非實驗者必不能加以關關、發發之形容詞。由是知《詩經》中之草木、鳥獸、蟲魚，皆由實驗而得者，此《詩經》所以可為博物學之祖也。計全《詩經》中，言草者一百零五，言木者七十五，言鳥者三十九，言獸者六十七，言蟲者二十九，言魚者二十，其他言器用者約三百餘。自陸璣以後，著書考證者頗多。雖詳略不同，要皆可為博物學參考之助。著者之意，據《詩經》以求博物學，當有二種方法：

（一）據《詩經》本書，求草木、鳥獸、蟲魚之命名所由起。

（二）據歷代疏草木、鳥獸、蟲魚之書，求草木、鳥獸、蟲魚命名變遷之跡。

古人命物名，大概象物聲。《管子·地員篇》云："凡聽宮如牛鳴窌中；凡聽商如離羣羊；凡聽角如雉登木以鳴，音疾以清；凡聽徵如負豬豕覺而駭；凡聽羽如鳴馬在野。"雖譬況五聲，實則牛、羊、雉、豕、馬之命名，皆與牛、羊、雉、豕、馬所發之聲有關係也。張行孚云："牛字音卽與牛鳴相似，羊字音卽與羊鳴相似，豕字音卽與豕鳴相似，烏字音卽與烏鳴相似，木字音卽與擊木相似，石字音卽與擊石相似，竹字音卽與擊竹相似，金字音卽與金聲相似，雞字音卽與雞鳴相似，雀字音卽與雀鳴相似。其餘鶻鵃、秸鵱、鳴鵱、鶯鳩、鴾鵻等字，大抵其字之音，卽象其鳥之聲。"本此例而推之，則《詩經》中草木、鳥獸、蟲魚之名，本之《說文》，證之古音，皆可得其命名由起。不僅蟋蟀為雙聲，倉庚為疊韻已也。

《詩經》中草木鳥獸蟲魚之名，除牛、羊、雞、馬，桃、李、梅、松，麻、艾、黍、稷普通常稱者外，其他古今異者極多。如黃鳥一名黃鸝，一名黃鸝留，一名黃栗留，一名搏黍，一名黃鶯，一名倉庚，一名商庚，一名鶖黃，一名楚雀，亦有同名為鳩而非一物者。如《左傳》之五鳩氏，雎鳩氏司馬，卽《關雎》之鳩；祝鳩氏司徒，卽《四牡》嘉魚之雛；鳲鳩氏司空，卽《曹風》之鳲鳩；爽鳩氏司寇，卽《大明》之鳩；鶻鳩氏司事，卽《氓食桑葚》之鳩。又如《詩經》中有龙而無犬狗；據此龙之命名，當在犬狗之先。龙字之音，如犬吠聲，故名之為龙。《說文》："犬狗之有縣蹏者，象形；龙犬之多毛者，从犬彡，疑犬龙古為一字，如百首之類。犬龙分為二字，或為李斯所省改者。"本此例而推之，則《詩經》中草木鳥獸、蟲魚之名，本之陸璣以下之著述，證之《說文》、《爾雅》等，不僅晨風之為鸇，茉苢之為車前已也。

以上為《詩經》博物學之發凡。學者本此求之全《詩經》中，當更有進於是也。

# 研究詩經學之書目

　　關於《詩經》之著作，據《四庫書目》，六十二種，九百四十一卷；存目八十四種，九百一十三卷；共一百五十種，一千八百五十四卷，可謂多矣。顧《四庫書目》所不收與不及收者，尚多有之。關於《詩經》之著作，固不祇一百五十種，一千八百五十四卷也。茲篇所列書目，大半出於《四庫書目》之外，共計一百一十四種，一千九十卷。雖所列不多，然皆就著者所有之書，略事涉獵，區分其派別，裨學者由此書目，得研究詩經學之門徑。亦有書雖重要，著者未曾過目者，則不列入，不敢以鈔襲目錄，自欺而欺人也。所列書目，漏略之處，在所不免。若未曾過目之書而列入者，則可自信其無焉。

　　《毛詩正義》四十卷，毛亨《傳》、鄭玄《箋》、孔穎達《疏》，《十三經注疏》本。

　　《毛詩要義》四十卷，魏了翁，江蘇書局本。

　　《毛詩原解》三十六卷，郝敬，《湖北叢書》本。

　　《毛詩稽古篇》三十卷，陳啟源，《清經解》本。

　　《毛鄭詩考正》四卷，戴震，《清經解》本。

　　《詩經補注》二卷，戴震，《清經解》本。

　　《毛詩故訓傳》三十卷，段玉裁，《清經解》本。

《毛詩紬義》二十四卷，李黻平，《清經解》本。

《毛詩傳箋通釋》三十二卷，馬端辰，《續清經解》本。

《毛詩後箋》三十卷，胡承珙，《續清經解》本。

《毛詩傳疏》三十卷，陳奐，《續清經解》本。

《毛詩古義》一卷，惠棟，《昭代叢書》本。

《毛詩復古錄》十二卷，吳懋清，光緒原刊本。

《毛鄭詩釋》四卷，丁晏，《頤志齋叢書》本。

《毛詩補疏》三卷，焦循，《清經解》本。

《毛詩日箋》一卷，秦松齡，《昭代叢書》本。

《毛詩考證》四卷，莊述祖，《續清經解》本。

《毛詩校勘記》十卷，阮元，《清經解》本。

《鄭氏箋考正》一卷，陳奐，《續清經解》本。

《毛詩通考》三十卷，林伯桐，原刻本。

《呂氏家塾讀詩記》三十二卷，呂祖謙，《金華叢書》本。

《續呂氏家塾讀詩記》三卷，戴溪，墨海金壺本。

《詩緝》三十六卷，嚴粲，嘉慶刊本。

《詩總聞》二十卷，王質，經苑本。

《讀詩質疑》三十一卷附錄十五卷，嚴虞惇，鈔本。

《詩說考略》十二卷，成僎，道光原刻本。

《詩經傳說彙纂》二十五卷，清御纂，清御纂七經本。

《田間詩學》十二卷，錢澄之，《錢飲光全書》本。

《詩經原始》十八卷，方玉潤，影印本。

《詩瀋》二十卷，范家相，光緒重刊本。

《詩集傳》八卷，朱熹，通行本。

《詩傳注疏》三卷，謝枋得，《知不足齋叢書》本。

《詩經大全》二十卷，胡廣，通行本。

《詩古微》十六卷，魏源，《續清經解》本。

《詩經補箋》二十卷，王闓運，《湘綺樓全書》本。

《詩序辨說》一卷，朱熹，通行本。

《非詩辨妄》一卷，周孚，涉聞梓舊本。

《詩疑》二卷，王柏，《金華叢書》本。

《詩序補義》二十四卷，姜炳章，通行本。

《詩序義》八卷，呂調陽，《觀象廬叢書》本。

《詩本誼》一卷，龔橙，《半厂叢書》本。

《毛詩經說》二卷，王益齋，道光原刊本。

《絜齋毛詩經筵講義》一卷，袁燮，《武英殿叢書》本。

《詩義指南》一卷，段昌式，《知不足齋叢書》本。

《詩論》一卷，程大昌，藝海珠塵本。

《詩說》一卷，張耒，藝海珠塵本。

《詩說》一卷，陶正靖，《借月山房彙鈔》本。

《白鷺洲主客說詩》一卷，毛奇齡，《續清經解》本。

《詩說》四卷，惠周惕，《清經解》本。

《毛詩說》一卷，陳奐，《續清經解》本。

《毛朱詩說》一卷，閻若璩，《昭代叢書》本。

《治齋讀詩蒙說》一卷，顧成志，《昭代叢書》本。

《詩說》二卷，王圖照，光緒刊本。

《詩說》一卷，廖平，《六譯館叢書》本。

《讀詩私記》五卷，李先芳，《湖北遺書》本。

《詩廣傳》五卷，王夫之，《船山遺書》本。

《詩經裨疏》四卷，王夫之，《船山遺書》本。

《周頌口義》三卷，莊述祖，《續清經解》本。

《詩經通論》一卷，皮錫瑞，《皮氏所著書》本。

《讀詩經》四卷，趙良爵，《續涇川叢書》本。

《詩考》一卷，王應麟，《玉海》本。

《王氏詩考補注補遺》四卷，丁晏，《頤志軒叢書》本。

《三家詩遺說考》四十九卷，陳喬樅，《續清經解》本。

《三家詩拾遺》十卷，范家相，光緒重刊本。

《三家詩補遺》一卷，阮元，《觀古堂彙刻》本。

《韓詩外傳》十卷，韓嬰，崇文書局本

《韓詩遺說》一卷《訂偽》一卷，焦循，《靈鶼閣叢書》本。

《韓詩內傳徵》四卷《敍錄》二卷，宋錦初，《積學齋叢書》本。

《齊詩翼氏學》四卷，迮鶴壽，《續清經解》本。

《齊詩翼氏學疏證》二卷，陳喬樅，《續清經解》本。

《詩書古訓》十卷，阮元，《續清經解》本。

《詩經拾遺》一卷，郝懿行，光緒刊本。

《詩經拾遺》十五卷，葉酉，原刻本。

《詩經考異》一卷，王夫之，《船山遺書》本。

《詩經小學》四卷，段玉裁，《清經解》本。

《詩經小學》三十卷，吳樹聲，同治刻本。

《三家詩異文疏證》二卷，馮登府，《清經解》本。

《四家詩異文考》五卷，陳喬樅，《續清經解》本。

《詩經四家異文考補》一卷，江瀚，《晨風閣叢書》本。

《詩經異文補釋》十六卷，張愼儀，《箋園叢書》本。

《詩經異文釋》十六卷，李富孫，《續清經解》本。

《毛詩異文箋》十卷，陳玉樹，《南菁叢書》本。

《詩考異字箋餘》十四卷，周邵蓮，《木犀軒叢書》本。

《毛詩鄭箋改字說》四卷，陳喬樅，《續清經解》本。

《毛詩傳義類》一卷，陳奐，《續清經解》本。

《毛詩古音考》五卷，陳第，武昌張氏刊本。

《詩音辨略》二卷，楊貞一，函海本。

《童山詩音說》四卷，李調元，函海本。

《詩本音》十卷，顧炎武，《清經解》本。

《詩聲類》十二卷，孔廣森，《續清經解》本。

《詩聲分例》一卷，孔廣森，《續清經解》本。

《釋毛詩音》四卷，陳奐，《續清經解》本。

《叶韻辨》一卷，王夫之，《船山遺書》本。

《毛詩音訂》十卷，苗夔，漢磚亭本。

《毛詩雙聲疊韻說》一卷，王筠，原刊本。

《毛詩韻譜》八卷，郭師卞，通行本。

《毛詩音略》二卷，周春，《粵雅堂叢書》本。

《毛詩正韻》四卷，丁以此，民國刊本。

《毛詩禮徵》十卷，包世榮，《木犀軒叢書》本。

《鄭氏詩譜考正》一卷，丁晏，《花雨廔叢書》本。

《毛詩譜》一卷，胡元儀，《續清經解》本。

《詩氏族考》六卷，李超孫，《別下齋叢書》本。

《詩地理考》一卷，王應麟，《玉海》本。

《詩地理徵》七卷，朱右曾，《續清經解》本。

《毛詩草木鳥獸蟲魚疏》二卷，陸璣《漢魏叢書》本。

《詩集傳名物鈔》八卷，許謙，《金華叢書》本。

《詩傳名物集覽》十二卷，陳大章，《湖北叢書》本。

《毛詩多識錄》十六卷，董桂新，稿本。

《續詩傳鳥名》三卷，毛奇齡，《續清經解》本。

《毛氏陸疏校正》二卷，丁晏，《頤志堂叢書》本。

《詩陸氏疏》二卷，焦循，《南菁叢書》本。

《毛詩草木鳥獸蟲魚疏校正》二卷，趙佑，《聚學軒叢書》本。

《詩名物證古》一卷，俞樾，《續清經解》本。

《毛詩九穀考》一卷，陳奐，《古學彙刊》本。

案以上所列各書外，《漢魏遺書鈔》所輯《詩經》類十一種，《玉函山房輯佚書》所輯《詩經》類三十二種，細目從略。

# 《古詩十九首》研究

賀楊靈　著

# 原序

　　《古詩十九首研究》，原是拙著《古詩叢談》中的一部份。我看牠❶已夠有二三萬言，故特地抽出來獨立出版。我去年留在武昌城裏度暑的時候，鬱居無聊，常於飯後茶餘，將書箱中積存的雜亂故稿——關於古詩方面的，曾耗去兩個多月的時光，揮了好幾身的熱汗，纔一一整理成帙。

　　這份稿子，我本早有野心，要將牠付之棗梨，爭奈一以各書坊中所出版的國學叢書，層見叠出，已足汗牛充棟；似煩不着我再來湊熱鬧，蹧蹋這些珍貴的紙墨。再以國內已有了多少名師宿儒，閉門在那里做這種整理國學的工作，似又煩不着我這一個無名小卒，不自量力地再來湊什麼熱鬧了。我之所以遲遲不敢出版者，也是為着這個原故。今却不顧一切，竟敢出而問世，這實在是慚愧、慚愧得要死！！

　　所謂“死！死！”寫到這兒，我却有所感，禁不住心酸淚下！迴憶前年暑假在家中，有一天晚上，在後園裏乘涼，我跟着我的爺爺、媽媽、姑姑、妹妹，圍坐在一塊草地上啗瓜啜茗，談談笑笑，備嘗團聚之樂。我媽最歡喜聽人吟詩，她叫我吟詩給她聽聽解悶。我就

---

❶　今作“它”，下不另註。——編者註

將《古詩十九首》，一句句低徊沈吟，一句句迴環解釋。每吟解到"遊子不顧返""遊子寒無衣"等句，她總是嗚咽地撫摩着我的頭髮說道：

"靈兒！我今年已經有四十五歲了，一生只有你這一塊血肉。你年年飄零在外，飽經着無限的風霜雨雪，兒女情長的我，為你，念你，已經將我滿頭的華髮愁白了幾絲！呵！靈兒，幾時纔望到你出人頭地呢？……"

說完了，她悲不可抑，兩泡淚珠已凝住在眼角邊盤旋，念著兒女面前，又怕引起我和妹妹的悲傷，終不敢流下來，仍是咽下肚子裏去……

那時，月影朦朧，四圍唧唧的蛩聲，恰與庭外池塘裏底格格的蛙聲相應，有如嘆息然。因而四圍情景，陡覺得凄涼、恐怖……個個都低下了頭來，一聲不語，都抱着無限的沉思。頑皮不知世事的弱妹，正揮着扇在替媽撲風；這時，似亦有所感觸，也凝眸癡望着我們，扇也記不着揮了。

唉！重重往事，一想起來，還如昨日一樣的情景。如今爺也無恙，姑也無恙，妹也無恙；月仍是兩年前故鄉朦朧的月，我，仍是兩年前異地飄零的我，十九首的古詩，仍是一樣地可以沈吟，一樣地可以解，可以聽；但是愛聽的人，卻不知何處去了！呵！我親愛的媽，你在那裏❶？

媽！我親愛的媽！最難堪是去年北雁南飛的時節，碧雲漫天，黃葉蓋地，偶來遭慘惡的風雨，堂前萱草，竟飄零成塵。從此後，一抔❷黃土，就成為我媽的長眠地了！

---

❶ "那裏"今作"哪裏"。——編者註
❷ 當作"抔"，原書作"杯"。——編者註

　　唉！媽！我這生恨不能摧毀這幾本殘書，擺脫一切，回家做一個守墓兒，架屋數椽於那蕭蕭白楊的東山下，朝朝暮暮，把這幾首古詩，躑躅沈吟在你的墓前，聊慰你底孤靈的幽寂——呵！死者已矣！那管你知音不知；但得長此沈吟，亦還可以當哭呢！

　　媽！何堪回首話當年！我已成了世間一個不幸的兒子，還讀什麼書？半肩行李，何如歸去！媽！此書出後，我歸來！我決歸來！

　　　　　　　　　　　　十五年八月十九日　於南昌冠鰲亭中

# 三版感言

這本小冊子，是我過去脫離學生時代轉移到社會生活的過渡期中所遺下來的一點殘缺的成績。

這幾年來，我的生活是完全在時代轉變與革命鬥爭中混過去了；混的結果，于黨于國，自然談不到有什麼好處；只于我自己——却蒙着無限的損失與無名的苦痛：

一，我著這一本小書的時候，我的父親、姑母……都還健在着；如今時代雖是轉變了，但我的父親、姑母及其他一切的血族和戚友，都隨着這一個時代的轉變，一個個在"赤"與"反赤"的混戰中犧牲了！他們都是鄉村中的小百姓，為了我，為了我的"反赤"的關係，却連累做了無辜的犧牲品！

二，革命的潮流，正在武漢分道暴發的時候，我幾年在武大圖書館中研究所得的陳稿——如《古詩叢談》等，亦在當時赤色清查的厄運中燬滅了！牠們究有何罪？竟亦為了我犯着"反動的嫌疑"而燬滅了！

呵！反動！所謂"反動"，至今還是繼續在彈壓和潛行中！呵！反赤！所謂"反赤"，至今還是繼續在對立和相殺中！我們的國家，只因此而增加混亂！我們的人民，只因此而增加苦痛！我呢——只因此而賺得一生的罪過和懺悔！！

　　我曾為着我學問上的損失，曾于兩年前，擺脫一切的環境關係，衝到海外去，以求回復過去我學生時代的生活和努力，希望在這種渺茫和空虛的探求中取得一點補償；但是，我的家破與人亡的損失，又將從何處求追償呢？——只永遠寄託在“行雲流水”的境界裏！

　　此書前一、二版，內容被手民錯誤了不少字句，當因政治托累，不及校正，自不能不向讀者深深地告罪！這一回我從中回到上海，正遇着“三版”的機會，只好抽一些餘閒，在電燈光下校閱了一遍，或可免無大錯。但明朝又將轉赴平、津，檢點本書中——尚有幾首古詩未考得其所著之年代；此後人事茫茫，實不知何年何月，纔能了清這一筆的糊塗債！

二十年八月二十日　作者記于滬濱

# 一、《古詩十九首》之作者問題

《古詩十九首》之作者問題，疑雲疑雨，迄今已有了幾千年，還是紛紜傳說，莫知誰是誰非。有的說完全是西漢時人做的；有的說有一部分是東漢時人做的……終得不着一個顛撲不破的解答。我們看蕭梁所撰各書，關於古詩作者的討論，可得兩種先後不同的論調。

（一）置於疑辭者。

《古詩十九首》在《文選》上，昭明編牠在《李陵詩》之上。李善曾有註云：“並云《古詩》，蓋不知作者；或云枚乘，疑不能明也。詩云：“驅車上東門”，又云，“遊戲宛與洛”，此則辭兼東都，非盡是乘作，明矣。昭明以失其姓氏，故編在李陵之上。”

查鍾嶸《詩品》亦覺似無可考，他說：

《古詩》，其體原出於國風。陸機所擬十四首，文溫以麗，意悲而遠，驚心動魄，可謂幾乎一字千金！其外《去者日以疎》四十五首，雖多哀怨，頗為總集。舊疑是建安中曹、王所製。《客從遠方來》、《橘柚垂華實》，亦為驚絕矣！人代冥滅，而清音獨遠，悲夫！

由此看來，李善則以“失其姓氏”，鍾嶸則以“人代冥滅”，二者似皆以為不可考，故暫置於疑辭之列。

（二）成為定論者。

在昭明、鍾嶸，都以為《古詩》作者既無從肯定，則只有闕疑而已。若《文心雕龍》和《玉台新詠》所說，似又漸由疑似，而進為定論。《文心雕龍·明詩篇》有云：

> 《古詩》佳麗，或稱枚叔；其《孤竹》一篇，則傅毅之辭。

"或稱枚叔"一語可知《古詩十九首》的作者——枚乘，在當時還是一種傳說。若《孤竹》一篇，蓋已肯定是"傅毅之辭"了。

徐孝穆之《玉臺新詠》，則錄《雜詩》九首。如《西北有高樓》《東城高且長》《行行重行行》《涉江採芙蓉》《青青河畔草》《蘭若生春陽》《庭前有奇樹》《迢迢牽牛星》《明月何皎皎》等，都認為是枚乘所作。而《冉冉孤生竹》一篇，又錄入古詩八首中，并不註明是傅毅之辭。且《蘭若生春陽》，亦不載於《文選》。是《古詩十九首》的作者，在徐孝穆之時，已由傳說而成為定論了。

以上兩點，細考之，都沒有充分的證據。在《文選》李善所註，原是因人而言。若徐孝穆以那九首為枚乘作，恐亦未必有所據。《玉台新詠》原是一個選本，選多選少，隨人所好，自無一定的標準和精意。考陸機所擬十四首詩中，已經有了《驅車上東門》、《遊戲宛與洛》兩篇，他統名之曰《雜擬》；是"雜"之一字，已足證實《古詩》不是一人所作；自然更不是枚乘一人所作的了。即枚乘一生曾作過詩否？或者還是問題。這一層，在《詩品》上已載有明文：

> 自王、楊、枚、馬之徒，詞賦競爽，而吟詠靡聞。

所謂枚者，即是枚乘。乘只以辭賦著稱，若"吟詠靡聞"一語，是已不認其有何詩作。由此我們知道：在齊、梁以前，《古詩十九首》的作者，尚沒有枚乘之一說。《文心雕龍》有云："《古詩》佳麗，或稱枚叔？"可知枚乘一說，在當時原是一種疑辭，不過一般人看得《古詩》如此佳麗，便胡猜着是"競辭藻"的枚乘所作罷了。

蕭統和劉勰并是同一時代的人，他們都否認枚乘所作的那一說。

朱竹垞《玉臺新詠》序云：

> 徐陵少仕於梁，為昭明諸臣後進。

則孝穆那時還是一個後進少年，所撰之《玉臺新詠》，以《古詩》為乘所作，或者是據前輩之傳說而定之，亦未可知？

這樣看來，《古詩十九首》的作者，全由前代傳說，展轉而成為定論的；有如神話傳說，在當初，還是以誤傳訛，積久便弄假成真了。

陳沆之《詩比興箋》，亦附和《玉臺新詠》，偏以史證詩，認為枚乘所作，究亦不知何所據而云。并且捕風捉影，強詩就事，那真無謂之極了！

古人詩，我們不能說是全無所託，但一定要這樣謎語相猜，猜來猜去，恐還是飄蓬無繫，得不着一些根蒂。詩有的有牠歷史背影的存在，此誰都很承認的；若必如陳沆那樣之牽強附會地去求合，則東、西兩漢如枚乘那樣遭遇的人，豈少也哉？說牠是枚乘所作可，說牠是與枚乘同一遭遇的人所作，又何嘗不可呢？

古今這樣以史證詩的人，真有千千萬萬，但多是靠不住的。《詩經》《楚辭》是古代遺下兩部最有價值的純文學，亦已被那輩封建制度下的箋註家，都弄得烏烟瘴氣，莫名真相了！

《古詩十九首》，原是逐臣棄妻，朋友闊絕，遊子他鄉，死生新故之感；或寓言，或顯言，或反覆言之，初亦無奇闢之思，驚險之句，蓋非一人一時之作，若偏指為枚乘所作，則又未免大為古人作鐵板註腳矣。

# 二、《古詩十九首》所著之時代攷

《古詩十九首》的作者，失名已久。鍾嶸、劉勰、蕭統、徐陵輩，在幾千年前，尚不能肯定為何人所作；到今日，詩句諸多簡略，載籍亦付闕如，更是無從判斷了。但關於某詩某詩所作的時代，還可從前代各著錄上，或擬作中，或後人曾引用其詩，或將詩中語句有關於某時代之典章文物地理種種，一一參互推求，尚可得一個"近是"的肯定。

茲為便利閱者起見，先將考得各詩所著之時代，編列一個簡明表於下：

### 《古詩十九首》所著之時代表

| 1 | 《行行重行行》 | 東漢？ |
|---|---|---|
| 2 | 《青青陵上柏》 | 桓、靈時？ |
| 3 | 《迴車駕言邁》 | |
| 4 | 《明月皎夜光》 | 東漢末？ |
| 5 | 《驅車上東門》 | |
| 6 | 《去者日以疎》 | 董卓入洛後？ |
| 7 | 《生年不滿百》 | 東漢後？ |

| 8 | 《青青河畔草》 | 建安前? |
|---|---|---|
| 9 | 《西北有高樓》 | |
| 10 | 《冉冉孤生竹》 | |
| 11 | 《迢迢牽牛星》 | 魏晉間? |
| 12 | 《孟冬寒氣至》 | |
| 13 | 《客從遠方來》 | |
| 14 | 《今日良宴會》 | 待考 |
| 15 | 《凜凜歲云暮》 | |
| 16 | 《東門高且長》 | |
| 17 | 《庭中有奇樹》 | |
| 18 | 《明月何皎皎》 | |
| 19 | 《涉江采芙蓉》 | |

以下將上表所列各詩，分篇加以攷證。

# （一）《行行重行行》篇

篇中“胡馬依北風，越鳥巢南枝”二句，李善曾註引韓嬰之《韓詩外傳》云：“詩曰：代馬依北風，飛鳥棲故巢；皆不忘本之謂也。”（今《韓詩外傳》，已佚了這幾句。）桓寬之《鹽鐵論·未通篇》云：“故代馬依北風，飛鳥翔故巢；莫不哀其生。”這兩部書，都是西漢人著的。西漢人屬對多不工切，所以謂馬曰代馬，謂鳥曰飛鳥，竟以動詞對名詞：若為後漢人用之，則其所屬對必異常工切。趙曄《吳越春秋》有云：“胡馬依北風而立，越燕望海日而熙，同類相親之意也。”在《曹子建集》中有《朔風詩》云：“仰彼朔方，……願騁代馬……思彼蠻方，願隨越鳥。"他們兩個都是後漢人，趙將"代馬"改為"胡馬"，"飛鳥"故為"越燕"；曹將"越燕"；又改為"越鳥"，恰合此詩中所用之"胡馬""越鳥"與西漢人之以代馬而對飛鳥，實是大不相屬了。於此一點，因兩漢人用字上的工切，也就可以辨別這首詩，是東漢人的作品，不是西漢人的作品了。

詩中"相去日以遠，衣帶日已緩"兩句，和在《樂府詩集·悲歌篇》中的"離家日趨遠，衣帶日趨緩"兩句語意是很相同的。《樂府》常有取古詩以入樂的，如《陌上桑》之錄《楚辭·山鬼篇》是。

今有人、山之阿、被服薜荔帶女蘿。

旣含睇、又宜笑、子慕予兮善窈窕。

乘赤豹、從文狸、辛夷車兮結桂旗。

被石蘭、帶杜衡、折芳拔莖遺所思。

幽篁室、終不見、天路險難獨後來。

表獨立、山之上、雲何容容而在下。

杳冥冥、羌晝晦、東風飄兮神靈雨。

風颯颯、木蕭蕭、思念公子徒以憂。

——《樂府詩集·古辭·陌上桑》（卷二十八）


## （二）《青青陵上柏》篇


篇中有"游戲宛與洛"一句，按《後漢書·梁冀傳》云："宛為大都，士之淵藪。"又《漢書·地理志》云："南陽郡有宛縣，洛東都也。"是此詩出於後漢，不待說了。李善在《文選·古詩十九首》目下，註有："詩云'驅馬上東門'，又云'游戲宛與洛'，此則辭

兼東都……", 是直認為東都之作了。再看詩中 "洛中何鬱鬱, 冠帶
自相索。長衢羅夾巷, 王侯多第宅。兩宮遙相望, 雙闕百餘尺", 六
年, 復據《後漢書·董卓傳》云: "是時洛中貴戚室第相望, 金帛
財產, 家家殷積。" 李善所引《蔡質·漢宮典職》曰: "南宮北宮,
相去七里。" 張衡所作《東京賦》: "建都魏之兩觀"。由以上諸說證
之, 更可考見此詩是出于東京的。又《藝苑叢談》亦有: "宛、洛
為故周都會, 但'王侯多第宅', 周世王侯, 不言第宅。兩宮雙闕,
亦似東京語" 云云。吾人更將全詩一讀, 當時洛中殷富之象, 與詩
人憂亂之情, 俱可於言外得之。故此詩可決定牠是作於董卓將入洛
陽以前, 當在桓、靈的時候。

## (三)《迴車駕言邁》篇

篇中有 "奄忽隨物化, 榮名以為寶" 二句, 曾為晉阮嗣宗所化
用。阮有《詠懷詩》好幾十首, 內有 "榮名非己寶, 聲名焉足娛?"
載在他的本集中。若 "邱墓蔽山岡, 萬代同一時。千秋萬歲後, 榮
名安所之!" (并載《文選》) 都是化用這兩語。此詩內多憂亂情
緒, 想也是作于桓、靈之時的。

## (四)《明月皎夜光》篇

篇中有 "促織鳴東壁" 之句, 考西漢以前諸字書如《爾雅》
《毛詩傳》《方言》等, 都不見有促織其名。西漢以前諸書, 有言蟋

蟀，亦有言蜻蛚。若《方言》：“蜻蛚，楚謂之蟋蟀，或謂之蛬；南楚之間，謂之蚟孫。”《鹽鐵論·蓄篇》云：“涼風至，蜻蛚鳴。”是東漢之時，蜻蛚已成為世俗叫蟋蟀的通稱。到東漢末，纔有蟋蟀其名。蔡邕曾說：“蟋蟀，蟲名，俗謂之精列。”是促織為趣織或為趉織，都與蟋蟀的聲近相傳，爰取其音，亦兼取其義。若高誘註《呂氏春秋·季夏》記云：“蟋蟀，蜻蛚，《爾雅》謂之蛬。陰氣應，故居宇，鳴以促織。”則其所述，亦只有促織之義，還未見促織其名呢。

《春秋考異記》：“立秋促織鳴。”《春秋說題辭》云：“趣織之為言趣也，織與事遽，故趣織鳴，女作兼也。”《詩緯氾歷樞》云：“立秋，促織鳴，女工急促之候也。”以上俱是緯書上所說的。緯書原為後漢末年的書，當出于鄭康成前後，由此可知促織之名，蓋是起于此時的。而陸士衡《毛詩草木鳥獸蟲魚疏》云：“蟋蟀似蝗而小，正黑，有光澤，如漆，有角翅，一名蛬，一名精蛚。楚人謂之蚟孫，幽州人謂之趣織。里語❶曰：‘趣織鳴，嬾婦驚！’”因此更可知促織原是幽州一種方言矣。

按在西晉所成的歌詩，所稱蟋蟀，還是稱蜻蛚。吾人嘗讀張景陽的《秋夜涼風起》篇，有“蜻蛚吟階下”，《七哀詩·秋風吐商氣》篇有“俯聞蜻蛚吟”，傅玄《怨歌行》又有“蜻蛚吟階下”等句可知了。待到東晉後，而促織之名，始漸為世俗所通稱。郭璞《爾雅注》云：“蟋蟀、蛬，今促織也，亦名蜻蛚。”劉芳《詩義》云：“蟋蟀，今促織也，一名蜻蛚。”劉芳，後魏人（見《御覽》九百四十九行）。張楫❷《廣雅》云：“蛬，促織，蚟孫，蜻蛚也。”若是，則此詩又可決定其為東漢之作品。

---

❶ “里語”今作“俚語”。——編者註
❷ “張楫”當為“張揖”。——編者註

《師友詩傳錄》只考證此為漢人之作，《錄》云《明月皎夜光》一章：玉衡指孟冬，促織鳴東壁，白露霑野草，秋蟬鳴樹間，元鳥逝安適等語：所序皆秋事，乃漢令也。《漢書》曰：“高祖十月至霸上，故以十月為歲首。”漢之孟冬，今之七月也。其為漢人之作無疑。

此詩就詩中所舉物候觀之，原為建申之月。因沿襲秦正，誤信月改春移之說，以申月為十月，認做孟冬。但大初改歷之後，漢用寅正，而月改春移之月，為大初以前所無，所以此詩原為東漢人所作，要亦假古而詭託為漢初者。

# （五）《驅車上東門》篇

本篇開頭兩句“驅車上東門，遙望郭北墓”。考《河南郡國經》有：“東有三門，最北頭曰上東門。”（見李善注引）是驅車上東門，即為洛邑之上東門。若阮嗣宗《詠懷詩》有：“步出上東門，北望首陽岑”“朝出上東門，遙望首陽基”等句，亦可作為旁證。李善亦曾注此詩辭兼東都。（說見《青青陵上柏》篇）

張景陽的《七哀詩》有：“北芒何壘壘，高陵有四五；借問誰家墳？皆云漢世主。”陶淵明的《擬古詩》有：“一旦百歲後，相與還北芒。松柏為人伐，高墳互低昂。”可知上東門、郭北墓，即是北邙。觀李善注引《郭緣生述征記》云：“北芒，洛都北芒嶺，靡迤長阜，自滎陽山連嶺修亙，暨于東垣”的那幾句，更可證明其不錯。

此詩想是作於董卓未入洛陽以前，蓋其中有“潛寐黃泉下，千載永不寤”兩句，足見那時候的北芒諸陵，尚未為卓所發掘呢。再看到篇中“服食求神仙，多為藥所誤”兩句，尤足證此詩是出於東漢之末。因為服食求神仙之風，在東漢末纔盛行的。我們一看魏文帝《典論·論方士卻儉❶等事》所云："潁川卻儉能辟穀，餌茯苓。甘陵甘始名善行氣，老而少容。廬江左慈知補導之術，並為軍吏。初儉至之所，茯苓賈（價同）暴貴數倍。議郎安平李章學其辟穀，食茯苓，飲寒水，水寒，中泄利，殆至殞命。後祭始來，衆人無不鴟視狼顧，呼吸吐納。軍酒弘農董芬為之過差，氣閉不通，良久乃蘇。左慈到又競愛其補導之術，至寺人嚴峻往從問受，奄豎眞無事於斯術也，人之逐聲乃至於是也。"又張華《博物志》所云："太祖（卽魏武帝）又好養性法，亦解方藥。超引方術之士：廬江左慈、譙郡華陀、甘陵甘始、陽城卻儉，無不畢至。又習啖野葛，至一尺亦得，少多飲鴆酒。"是服食求神仙之風，原在東漢之末，則此詩為東漢末之作品又無疑矣。

# （六）《去者日以疎》篇

篇中有"出郭門直視，但見邱與墳"，與《驅車上東門》篇的"遙望郭北墓"，同是詠洛邑之北芒。《驅車上東門》篇中有"白楊何蕭蕭，松柏夾廣路。下有陳死人，杳杳卽長暮。潛寐黃泉下，千載永不寤"，與此詩之"古墓犁為田，松柏摧為薪。白楊多悲風，蕭蕭愁殺人"，兩相類推，知其間必經過一番很大的變亂。證以《後漢書·董卓傳》所云："卓使呂布發諸帝陵，及公卿以下塚墓，收其珍寶。"是此詩所作當出於董卓入洛之後的。

---

❶ "卻儉"當為下文"郤儉"。——編者註

但有人疑此詩是曹植所作，《詩品》說：“《去者日以疏》四十九首……舊疑建安中曹王所製。”然董卓發掘北邙諸陵，其事已為曹氏所親見。看曹植送應氏的詩云：“步登北邙坂，遙望洛陽山。洛陽何寂寞，宮室盡燒焚。垣牆皆頓僻，荊棘上參天。不見舊耆老，但覩新少年！側足無行徑，荒疇不復田。遊子久不歸，不識陌與阡。中野何蕭條，千里無人烟。念我平常居，氣結不能言！”與本詩所詠大致相同，究真否是曹植所作，又別無可考，則疑為曹植所作之一說，當然亦不能成為定論。

# （七）《生年不滿百》篇

此詩全篇語句，都是集自《樂府·西門行》中的。（附錄在本書第三篇《〈古詩十九首〉之藝術上的鑒賞》中。）晉、宋樂府《神絃歌·同生曲》有：“人生不滿百，常懷千歲憂！早知人命促，秉燭夜行遊。”若朱彝尊在《玉臺新詠·序》中亦曾說此詩乃“裁剪《西門行》之長短句作五言，移易前後，雜揉置十九首中”，則此詩原是雜湊，自無用多費辭了。

惟末句“仙人王子喬”，則有不能已于言者。因王喬的姓名，雖曾見於《楚辭·遠遊》《惜誓》及《淮南子·齊俗訓》《泰族訓》，然都說“王喬”，并不說“王子喬”。《列仙傳》有云：“王子喬者，周靈王太子晉也。”然《傳》為劉向所作，其書實為晉代人偽撰，又不可信。《後漢書》方術《王喬傳》有“王喬者，何東❶人也，顯宗世，

---

❶ “何東”當為“河東”。——編者註

147

為葉令，喬有神術……或云：'此卽古仙人王子喬也。'"據此，又覺王子喬一說，似出於東漢之後，則此詩卽於此時產生，亦未可知？

## （八）《青青河畔艸》篇

篇中有"盈盈樓上女"句，李陵《別蘇武詩》有"獨有盈觴酒"句。盈之一字，據《容齋随筆》云："盈字惠帝諱，漢法觸諱者有罪，不應陵敢用。東坡云：'後人所擬，可信也。'"然考漢人吟文，并沒有所謂諱，如《七諫》："凌恆山其善陋。"恆，不是文帝的諱嗎？《急就章》："鳳爵韓鵠雁鶩雉。"雉，不是呂后的諱嗎？諸如此例亦多，并不見避。所以李陵詩的"盈觴酒"的盈字，與此詩之"盈盈一水間"的盈字，都不足取證。

此詩後有"昔為倡家女，今為蕩子婦，蕩子行不歸，空牀難獨守"幾句，後曾為曹植引用，在植所作《七哀詩》中有云："借問難者誰？言是蕩子妻。君行踰十載，賤妾常獨棲。"詩既為曹植所引用，則此詩作於建安以前，又無可疑問了。

## （九）《西北有高樓》篇

篇中"西北有高樓，上與浮雲齊"兩句，北齊羊衒所撰之《洛陽伽藍記》曾引此語云："城西冲覺寺，太傅清河王懌捨宅所立也……第宅豐大，踰於高陽。西北有樓，出陵雲台，俯臨朝市，目極京都。《古詩》所謂'西北有高樓，上與浮雲齊'者也。"考北魏建都是在洛陽，後來又遷於鄴，是為東魏。至北齊，還是建居於鄴。洛陽為陪都，與鄴相去極近，是此原為衒之遊宦地，則其所說當較為確實。

《四庫書目提要》云："以高陽王雍之樓，即《古詩》所謂'西北有高樓，上與浮雲齊'者，則此未免固於說詩。"《伽藍記》所云："樓乃清河王懌之宅。"是《提要》所云"高陽王雍"，原是錯了的，《伽藍記》說詩所詠的高樓，就在洛陽，此說雖不大可靠；然而，我們正可借此認為是北齊時，則可證明此詩并非西京之作。《伽藍記》又說此詩為《古詩》云云，那末，又知此詩在北齊時，人皆不以為是枚乘所作矣。

本詩有"阿閣三重階"，原阿閣在東都已經有了，李善注引《尚書·中候》云："昔黃帝軒轅，鳳皇巢阿閣。"《帝王世紀》云："黃帝時鳳皇巢於阿閣。"此二書，前者是緯書，是作於後漢的，後者是西晉人皇甫謐所撰，所述却是黃帝之事，盡屬依託，可知阿閣原是當時東都時帝王的居住。再看《後漢書·馬援傳》所說："帝親御阿閣，觀其衆，時人榮之。"（附《馬援傳》後）更可證明其無疑義矣。若張衡《西京賦》："重軒三階"。薛綜注云："殿前三階也。"是"阿閣三重階"，乃帝王所居之地，又不問可知了。

後漢人看到當時帝王所居的有阿閣，因而，說黃帝時亦有阿閣，由此可知阿閣與西北有高樓，都在東都。本詩有"誰能為此曲？無乃杞梁妻。清商隨風發，中曲正徘徊。一彈再三歎，慷慨有餘哀！"據《韓詩外傳》所說："齊人好歌，杞梁之妻悲哭，而人稱詠夫。"曹植《七哀詩》有云："明月照高樓，流光正徘徊，上有愁思婦，悲嘆有餘哀！"則知此篇與《青青陵上柏》一篇，都是作於建安以前的。

## （十）《冉冉孤生竹》篇

《文心雕龍·明詩》篇云："《古詩》佳麗，或稱枚叔？其《孤竹》一篇，則傅毅之辭。"本篇認是傅毅所作，要以此書為最先。但《詩品》又云："東京二百載中，惟有班固《詠史》，質本無文。"并沒有說及傅毅。班固原與傅毅同時，魏文帝《典論》文中有云："傅毅之於班固，伯仲之間耳。"若此詩果為傅毅所作，則《詩品》當無棄而不道之理，況鍾嶸乃劉勰的前輩，鍾嶸所不知道的，劉勰又何從而知之呢？後徐孝穆所撰之《玉台新詠》，却不信劉勰所說，所以將此詩列於《古詩》中。陸機所擬《古詩十四首》，亦未曾擬及此詩。惟魏文帝❶曾擬及此篇，其《種瓜篇》云："種瓜東井上，冉冉自踰恆。❷與君新為婚，瓜葛相結連。寄託不肖軀，有如倚太山。兔丝無根株，蔓延自登緣。萍蘋託清流，常恐身不全。被蒙丘山惠，賤妾執拳拳。天日照知之，想君亦俱然？"他雖沒有題為《擬詩》，其實完全是擬此篇的。因此，我們曉得本篇是作於建安以前的。

## （十一）《迢迢牽牛星》篇

本篇有"河漢清且淺，相去復幾許？盈盈一水間，脈脈不得語！"牽牛、織女的名稱，最先是見於《詩經·小雅·大東》篇。

---

❶ "魏文帝"誤，當為魏明帝。——編者註
❷ "恆"當為"垣"。——編者註

陸機所擬《迢迢牽牛星》有云：“怨彼河無梁，悲此年歲暮；歧❶彼無良緣，睆轉不得渡！”是西晉以前，民間還沒有七夕渡河的傳說，故曰不得語，又曰不得渡。

李充《七月七日詩》：“河廢❷尚可越，怨此漢無梁。”晉人以七月七日詠織女自此始。以前都是以這一日為暴經書及衣裳的日子，或為神仙下降的日子。傅玄擬《天問》有云：“七月七日，牽牛、織女會天河。”王鑒《七夕觀織女詩》有云：“牽牛悲殊館，織女悼離家；一捻期一宵，此期良可嘉！”傅玄、王鑒，原與李充同時，疑七夕牛女相會之說，傳世尚沒有好久，故李充還有“天漢無梁不得相會”的那些話呢。

本篇詩的風態、字句、章法，等等，和那篇《青青河畔艸》篇大相彷彿，或者同是出于建安以前的？若以此詩為擬作，則陸機所擬十四首，此詩亦在其中，則此詩所作當在魏、晉之間也。

## （十二）《孟冬寒氣至》篇

篇中有“三五明月滿，四五蟾兔缺”兩，考月中有顧菟之說，最初是見《楚辭·天文》❸篇：“夜光何德？死而又育；厥利為何？而顧菟在腹。”這是文人妙想天開之詞。到了西漢之時，又說月中有蟾諸，《准南子·精神訓》亦說：“日中有踆鳥，而月中有蟾蜍。”所謂蟾諸，就是蟾蜍。《准南子》又說：“蟾諸蝕月，”《說林訓》又

---

❶ “歧”當為“跂”。——編者註
❷ “廢”當為“廣”。——編者註
❸ “天文”當為“天問”。——編者註

說：“月照天下，蝕於蟾蜍。”可知在西漢以前，還沒有兔與蟾蜍同居月中之一說。

《淮南子》又說：“月中有嫦娥。”《覽冥訓》又說：“譬若羿請不死之藥於西王母，姮娥竊之以奔月。”而張衡《靈憲》亦說：“月者陰神之宗，積而成獸，象兔。其數偶。其後有馮焉者；羿請無死之藥於西王母，姮娥竊之以奔月……姮娥遂託身於月，是為蟾諸。”嫦娥本是由常儀轉變而來的，楊慎《丹鉛總錄》有云：“月中嫦娥，其說始於《淮南》及張衡《靈憲》，其實因常儀占月而誤也。古者羲利占日，常儀占月，皆官名也，見於《呂氏春秋》。後訛為嫦娥，以儀、娥同音耳。”張衡《靈憲》又將嫦娥和蟾諸，併成一物，於是便成了月中有兔與蟾諸的一說。

又《春秋元命苞》云：“月之為言闕也，而設以蟾蜍與兔者，陰陽雙居，明陽之制陰，陰之倚陽。”《五經通義》云：“月中有兔與蟾蜍者何？兔陰也，蟾蜍陽也。而與兔並明，陰後於陽也。”二書是東漢末年所出的緯書，則知“月中有兔”與“蟾諸同居”之說，在東漢末年已是盛傳的了。

晉王嘉之《拾遺記》上說：“以水精為月，削青瑤為蟾兔。”蟾諸稱兔，原從此書始。本篇以蟾兔稱月，故可斷定其是作于魏、晉之間。

# （十三）《客從遠方來》篇

本詩全篇為“客從遠方來，遺我一端綺。相去萬餘里，故人心尚爾。文綵雙鴛鴦，裁為合歡被。著以長相思，緣以結不解。以膠

投漆中，誰能別離此"？轉查《孟冬寒氣至》篇有"客從遠方來，
遺我一書札。上言長相思，下言久離別。置書懷袖中，三歲字不滅。
一心抱區區，懼君不識察，一兩相對看"。本詩或許是截取這篇"客
從遠方來"以下一段擬之，與《迢迢牽牛星》篇同是擬作。又《文
選·古辭·飲馬長城窟行》云"客從遠方來，遺我雙鯉魚。呼童命
烹鯉，中有尺素書。長跪讀素書，書中竟何如？上有加餐飯，下有
長相憶"的這一段，完全是擬《孟冬寒氣至》的那一篇，因此我們
更曉得《孟冬寒氣至》是原來的詩了。本詩過後有謝惠連、鮑令暉
的擬作，則此詩可斷定是作于魏、晉之間的。

《古詩十九首》，本非一人之辭，一時所作。年代久遠，句多殘
闕，很難得有切實的考證。以上所考得那十三首，亦不能確指定是
某時之作，不過據其與某時史事及其他有關者，比類推求只可得一
個大約的肯定。其餘六首，一時難得有相當的確證：究為何時所作，
還待將來。總之《古詩十九首》，都是作于東漢以後，決非西漢之
作，亦非枚乘所作，這是差可相信的。

# 三、《古詩十九首》之藝術上的鑒賞

鍾嶸云："《十九首》辭精義炳，婉而成章，始見作用之功。"又云："《古詩》，其體原出於《國風》。陸機所擬十四首，文溫以麗，意非而遠，驚心動魄，可謂幾乎一字千金！"

劉勰云："又《古詩》佳麗……觀其結體散文，直而不野，婉轉附物，招悵切情，實五言之冠冕也！"——《文心雕龍》

沈歸愚云："《古詩十九首》……大率逐臣棄妻，朋友闊絕，游子他鄉，死生新故之感。或寓言，或顯言，或反覆言，初無奇辟之思，驚險之句，而西京古詩，皆在其下，是為《國風》之遺。"——《說詩碎語》

王世貞云："《古詩》談理不如《三百篇》，而微詞婉旨，遂足並駕，是千古五言之祖。"——《藝苑卮言》

孫月峯云："《三百》篇後，便有《十九首》，宏壯婉細，和平險急，各極其致，而總歸之渾雅，允為方員之至！"——《文選》注引

…………

前人對於《古詩十九首》之藝術上的批評甚多，不及枚舉。但都是一個抽象的批評，很少有曾一一具體言之。《古詩十九首》已臻化境，看牠婉轉含蓄、抑揚低徊，其氣意之靈變，段落之無迹，離合之無端，繁複之無縫，幾非言語筆墨所能形容，誠有得於屈、宋

之神。我們試取一篇讀之亦爾，取一段讀之亦爾，合十九首而全讀
之亦爾。這皆由於牠的內容情感很眞摯，想像很豐富，思想很健全，
人格很偉大，兼施以藝術上的種種精構，故能言常人所欲言而不能
言者，更能表現常人之力所不能表現的盡處。天下後世，無論何人
讀之、聽之，都能喚起他們的欣賞興趣；并能獲得他們的同情，隨
而喜怒、而哀樂、而愛憎、而怨恨……莫知其所以然，亦莫知其所
以不然。詩到這步境地，眞是空前絕後、永成絕響了！

　　我且將《古詩十九首》，具體的一一批評，自慚無多大的鑒賞能
力，但因此，亦能具見古詩藝術手腕是如何的高妙！

# （一）《行行重行行》篇

　　行行重行行，與君生別離：相去萬餘里，各在天一涯。
　　道路阻且長，會面安可知？胡馬依北風，越鳥巢南枝。
　　相去日已遠，衣帶日以緩。浮雲蔽白日，游子不顧反。
　　思君令人老，歲月忽已晚！棄捐勿復道，努力加餐飯！

　　沈德潛《古詩源》說“行行重行行”，起是俚語，稱為極韻！此
篇“行行重行行，與君生別離”以下十二句皆訴生別之悲苦；末了還
說“努力加餐飯”，於無可奈何之中，強自慰解，這種不怨而怨之情，
其怨更深不可測矣！卽唐人所謂“誠怨似無憶”是也。全篇只有“浮
雲蔽白日”五字，稍露些兒怨意，然尚渾然無迹，其餘句句都很溫
柔、很婉戀，使人不覺其為怨。篇中“思君令人老”，本《詩經·小
雅》“維憂用老”句。嚴滄浪說，《玉台》以“相去日以遠”而下，
別為一首，此種分法，有失此詩內容之聯絡精神，殊不足取。

王世貞對"相去日以遠"兩句，亦有所賞及。《藝苑巵言》云："相去日以遠，衣帶日以緩"，緩字妙極！又《古歌》云："離家日趨遠，衣帶日趨緩"，豈古人亦相蹈襲耶？抑偶合也？以字雅，趨字峭，俱大有味！

其對於以與趨字較別的玩味，亦可謂深入三昧矣。

## （二）《青青河畔草》篇

青青河畔草，鬱鬱園中柳；盈盈樓上女，皎皎當牕牖；
娥娥紅粉妝，纖纖出素手；昔為娼家女，今為蕩子婦；
蕩子行不歸，空牀難獨守！

此篇"青青河畔草"接連六句，都是用疊字——如青青、鬱鬱、盈盈、皎皎、娥娥、纖纖等，這種用法，是從《三百篇·衛風·碩人》篇"河水洋洋，北流活活"那章脫化出來的。《滄浪詩話》云："'青青河畔草'一連六句，皆用疊字，今人必以為句法重複之甚，古詩正不當以此論之也。"可知古詩疊字的用法，是別有一種神致所在矣。

我們細看十九首的妙處，妙在能宛轉含蓄；因為凡詩多以能蘊藉見好。然"昔為娼家女，今為蕩子婦；蕩子行不歸，空牀獨守"四句，却出乎例外，偏以真率見妙，坦露見奇，這亦可見古詩的妙處。若以他詩為之，未有不嫌黷蠻。所以詩非極細人不能粗，亦非極雅人不能俗。世人多誣此詩為淫鄙之尤；我覺惟其如此，始能表現其情之真也。

此詩一脈神理，緊促相湊，一氣讀下，毫無一點隔滯。

# （三）《今日良宴會》篇

今日良宴會，歡樂難具陳：神箏奮逸響，新聲妙入陣。

令德唱高言，識曲聽其真。齊心同所願，含意俱未申。

人生寄一世，奄忽若飆塵。何不策高足，先據要路津？

無為守窮賤，轗軻長苦辛！

此篇由"今日良宴會……含意俱未申"七句，❶ 正是管絃燈酒，歡娛尚未了局，忽接上"人生寄一世……轗軻長苦辛"的六句，無限感慨，亦不情，亦不緒，完全是一肚皮子憤世語。讀這六句，切不可認真去看，因為語意深渾，讀之不容易領略。"據要津"，原是一種詭詞；若誤作熱中名利客看待，那此詩的意味，是俗不堪耐了！古人感憤，多是如此。後之人以辭害意，真不知冤屈了多少古人！蹧蹋❷了多少好詩！無端接上這六句，看來既不斷，又不續，這就是古詩篇法的妙處，我們也只能於篇中斷續處，求得其妙。

# （四）《西北有高樓》篇

西北有高樓，上與浮雲齊。交疏結綺窗，阿閣三重階。

上有絃歌聲，音響一何悲？誰能為此曲？無乃杞梁妻。

清商隨風發，中曲正徘徊。一彈再三嘆，慷慨有餘哀！

---

❶ 當為八句。——編者註
❷ "蹧蹋"今作"糟蹋"。——編者註

不惜歌者苦，但傷知音稀！願為雙鳴鶴，奮翅起高飛。

此篇十六句，句句是想像之詞：阿閣之上，忽聽得絃歌聲響，憑空摹擬，寫出這段情景，幻甚！"音響一何悲"以下十句，皆描出悲字之神。"無乃杞梁妻"一句，惝怳疑似，莫名其妙。"清商隨風發……慷慨有餘哀"四句，又於肉竹之外，別成一種妙理。於此，更可見伊古來知音之難。你看歌者吭歌得舌敝脣焦，不勝其苦；而求聽而能知者，則杳如落花流水，傷知音者希，亦卽所以傷歌者呢！個中幽怨，俱從其言外得之。此詩後人箋註，多以首四句，是指東都而言；中八句是自嘆才高而知希，有寓仕宦未達之意，這樣一首想像極豐富而有趣味的好詩，已被他們箋破得索然無味，惜哉！

# （五）《明月皎夜光》篇

明月皎夜光，促織鳴東壁。玉衡指孟冬，眾星何歷歷！
白露霑野草，時節忽復易。秋蟬鳴樹間，元鳥逝安適？
昔我同門友，高舉振六翮。不念攜手好，棄我如遺跡！
南箕北有斗，牽牛不負軛。良無磐石固，虛名復何益？

此篇"明月皎夜光……元鳥逝安適"八句，描寫秋深月夜的悽涼景致，還未閉幕；又插來"昔我同門友……棄我如遺跡"四句，無端發出一番感慨，真是妙極、妙極！又接上兩句"南箕北有斗，牽牛不負軛"，看來似渺不相關，亦惟其有此，纔見古詩篇法的奇特。這樣不接而接，飄忽空幻，實是妙不可言！仔細看，仍是一意到底，未有一痕間斷。

這首詩，統看前八句，是興；"昔我同門友"四句，是賦；"南

箕”兩句是比；末了兩句“良無磬石固，虛名復何益”亦是賦，聊
補足前此“昔我同門友”四句的意思。這樣前而又後，反而又覆，
總是形容交道之薄。鍾伯敬說，“此詩原分為三段，非出一人一時一
事者”，吾却不敢信以為然。

# （六）《冉冉孤生竹》篇

冉冉孤生竹，結根泰山阿。與君為新婚，兔絲附女蘿。
兔絲生有時，夫婦會有宜。千里遠結婚，悠悠隔山陂。
思君令人老，軒車來何遲？傷彼蕙蘭花，含英揚光輝；
過時而不來，將隨秋草萎！君亮執高節，賤妾亦何為！

此篇起四句，是比中有比。“悠悠隔山陂”，顯見夫婦之情，已
離絕矣，而猶望之無已，不敢做一聲決絕怨恨語，還“思君令人老，
軒車來何遲！傷彼蕙蘭花，含英揚光輝，過時而不來，將隨秋草
萎”！有一種“花開須折”的傷感。末結“君亮執高節，賤妾亦何
為”！較之《孟冬寒氣至》末兩句“一心抱區區，懼君不識察”，一
則以厚與人，一則以厚自處。以厚與人者，妙在不忍疑人，以厚自
處者，妙在求人不疑。然以高節望男子，尚屬婦人們的拗語，若既
抱區區，又恨不見察，更是宛轉無聊纏綿莫可與人語！這樣，以厚
自處，終不能以厚望人，一片苦心苦情，較諸“思公子兮未敢言，
心悅君兮君不知”二語（見《楚辭·九歌·湘夫人》篇），更為篤
厚誠摯，非深於夫婦、君臣、朋友之間，飽嘗人情變態者，自不能
知其妙。

## （七）《迢迢牽牛星》篇

迢迢牽牛星，皎皎河漢女；纖纖擢素手，扎扎弄機杼；

終日不成章，泣涕零如雨！河漢清且淺，相去復幾許？

盈盈一水間，脈脈不得語！

詩味有濃而薄淡而厚者。此篇雖只有十句，然反覆沈吟，覺得極有意味。要是這樣言情不盡，其情乃愈見長。後人患在好盡，所以不值得我們久讀。末四句「河漢清且淺，相去復幾許，盈盈一水間，脈脈不得語」，癡男怨女，相近而不能達情，只是脈脈凝睇，實覺凄婉可傷！「脈脈」二字，尤為纖妙之極！誠非筆墨所能註得出，亦非心思所能想得出，更非言語所能說得出矣。

若「盈盈一水間，脈脈不得語」兩句，為後來詩詞中，曾勾出多少生色句，與「思公子兮未敢言」，「忽獨與予兮目成」，「月渺渺而愁予」，皆古今男女相思譜中的絕妙佳話。

## （八）《東城高且長》篇

東城高且長，逶迤自相屬。迴風動地起，秋草萋已綠。

四時更變化，歲暮一何速？晨風懷苦心，蟋蟀傷局促。

蕩滌放情志，何為自結束？燕趙多佳人，美者顏如玉。

被服羅裳衣，當戶理清曲。音響一何悲，絃急知柱促。

馳情整中帶，沈吟聊躑躅。思為雙飛鳥，銜泥巢君屋。

　　世人多說此詩原是兩首，後人誤將牠合成一首，所以有《古詩十九首》為二十首云云，這點，前輩也曾有人剖白，但少能具體的暢白其旨。從“東城高且長……何為自結束”十句一起看起來，這篇辭意已完，陡接着“燕趙多佳人”以下一段，又似畫蛇添足，可不必多此；但仔細一讀，就曉得這一段，是補足以上兩句“蕩滌放情志，何為自結束”的意思。如不信，可取《三百篇》中之《伐木》章證之：《伐木》章以“有酒湑我，無酒沽我，坎坎鼓我，蹲蹲舞我；迨我暇矣，飲此湑矣”六句，補足“民之失德，乾餱以愆”的意思，同是一樣工夫，若減此一段，便覺此詩不淋漓盡致。古詩之妙，原得力於此欲斷愈連的地方，其脈理斷續，并無痕迹可尋，誠如蘇子由所謂“如千金戰馬，駐坡驀澗，如履平地”也！

# （九）《生年不滿百》篇

　　生年不滿百，常懷千歲憂。晝短苦夜長，何不秉燭遊？

　　為樂當及時，何能待來茲？愚者愛惜費，但為後世嗤！

　　仙人王子喬，難可與等期。

　　此篇一首十句，原是輯合樂府《西門行》中之警語配成的，并未別更一字。然我們讀去，只似十九首詩中語，却不似《樂府辭》中語。在樂府中，我們讀這些句子，每覺語嫌奇崛，而在十九首中，却覺語極平澹。好像《三百篇》中之“青青子衿，悠悠我心……呦呦鹿鳴，食野之苹。我有嘉賓，鼓瑟吹笙。”

　　在《三百篇》中讀之，但見和雅之至，一用之於曹孟德詩中，便見雄爽豪放，筆墨轉移之妙，此詩要算古今最上乘的。

【附錄】《樂府集》中之《西門行》六解——古辭

出西門，步念之：今日不樂，當待何時？（一解）

夫為樂，為樂當及時；何能坐愁怫鬱，當復待來茲？（二解）

飲醇酒，炙肥牛，請呼心所歡，可用解愁憂。（三解）

人生不滿百，常懷千歲憂；晝短而夜長，何不秉燭遊？（四解）

自非仙人王子喬，計會壽命難與期；自非仙人王子喬，計會壽命難與期。（五解）

人壽非金石，年命安可期？貪財愛惜費，但為後世嗤！（六解）

——上一曲晉樂所奏

出西門，步念之：今日不作樂，當待何時？逮為樂，逮為樂，當及時；何能愁怫鬱，當復待來茲？釀美酒，炙肥牛，請呼心所歡，可用解憂愁。人生不滿百，常懷千歲憂，晝短苦長夜，何不秉燭遊？遊行去去如雲除，羸車弊馬為自儲。

——上一曲本辭

## （十）《凜凜歲云暮》篇

凜凜歲云暮，螻蛄夕鳴悲。涼風率且厲，游子寒無衣。
錦衾遺洛浦，同袍與我違。獨宿累長夜，夢想見容輝：
良人惟古歡，枉駕惠前綏。願得常巧笑，攜手同車歸。
既來不須臾，又不處重闈。亮無晨風翼，焉能凌風飛？
眄睞以適意，引領遙相睎。徒倚徒感傷，垂涕霑雙扉！

此詩全是一篇夢境：“凜凜歲云暮……獨宿累長夜”的七句，是未入夢境時的前因；到了第八句——“夢想見容輝”，方捲入夢境中做夢；遂有"良人惟古歡……攜手同車歸"的四句，描寫魂夢中的兩兩相聚，樂得歡喜一場，最妙是接上這兩句"既來不須臾，又不處重闈"，倏忽變態，頓把前境一瞥失却了。

唉！夢裏相逢，猶不免匆遽，則人生離合，有如風絮水萍，亦何往而不匆遽耶？"眄睞以適意，引領●遙相睎"二句，匆遽後，還以秋波相送，癡人癡夢，真是癡得無聊已極！情愈迫而景更覺難堪，夢後醒來，四顧渺茫，只剩得滿枕淚痕似濃似淡罷了！

此詩段段空幻，句句離奇，不獨是杜少陵《夢太白》二詩之祖，并開臨川《牡丹亭》之無限紗想。沈德潛《古詩源》極贊其寫夢境入神，亦以此也。


【附錄】少陵《夢李白》詩二首

死別已吞聲，生別常惻惻。江南瘴癘地，逐客無消息。
故人入我夢，明我長相憶。恐非平生魂，路遠不可測。
魂來楓林清，魂返關山黑。君今在羅網，何以有羽翼？
落月滿屋梁，猶疑照顏色。水深波浪闊，無使蛟龍得。
浮雲終日行，游子久不至。三夜頻夢君，情親見君意。
告歸常局促，苦道來不易。江湖多風波，舟楫恐失墜。
出門搔白首，若負平生志。冠蓋滿京華，斯人獨憔悴！
孰云網恢恢，將老身反累？千秋萬歲名，寂莫身後事！

【附錄】臨川《牡丹亭》第拾齣——《驚夢》
(遶地遊)(旦上)夢回鶯囀，亂煞年光遍，人立小庭深院。

---

● 前文作"領"。——編者註

163

（貼）炷盡沈煙，拋殘繡線，恁今關情"似"去年。

（烏夜啼）曉來望斷梅關宿妝殘。（貼）你側着宜春髻子恰憑闌。（旦）剪不斷，理還亂，悶無端。（貼）已分付催花鶯燕借春看。（旦）春香可曾叫人掃除花逕？（貼）分付了。（旦）取鏡臺、衣服來。（貼取鏡臺、衣服上）雲髻罷梳還對鏡，羅衣欲換更添香。鏡臺衣服在此。

（步步嬌）（旦）"裊"晴絲吹來閑庭院，搖漾春如線。停半晌，整花鈿；沒揣菱花，偷人半面；迤逗的彩雲偏。（行介）步香閨，怎便把全身現？

（貼）今日穿插的好。

（醉扶歸）（旦）"你道"翠生"生"出落"的"裙衫"兒"殘，艷晶"晶"花簪八寶填。"可知常"我一生"兒"愛好是天然，"恰"三春好處無人見。"不提防"沈魚落雁鳥驚諠，"則怕的"羞花閉月花愁顫。

（貼）早茶時了，請。（行介）你看：畫廊金粉半零星，池館蒼苔一片青；踏草怕泥新繡襪，惜花疼煞小金鈴。（旦）不到園林，怎知春色如許？

（皂羅跑）（旦）"原來"姹紫嫣紅開遍，似這般"都"付與斷井頹垣。良辰美景奈何天，賞心樂事誰家院。怎般景致，我老爹和奶奶再不提起。（合）朝飛暮卷，雲霞翠軒。雨絲風片，煙波畫船。"錦"屏人忒看"的這"韶光賤。

（貼）百花都放了，那牡丹還早。

（好姐姐）（旦）"遍"青山啼紅"了"杜鵑，那荼蘼外煙絲醉軟。（春春呵！）牡丹雖好，"他"春歸怎占"的"先？（貼）成對兒燕呵！（合）閑凝盼，生生燕語明如剪，嚦嚦鶯歌溜的圓。

（旦）去罷！（貼）這園子委是觀之不盡也！（旦）提他怎的？（行介）（煞尾）（旦）觀之不由足他繾，"便"賞遍"了十二"亭台是枉然，"倒不如"興盡回家閑過遣。

（作到介）（貼）開我西閣門，展我東閣床；瓶插映山紫，爐添沉水香。小姐，你歇息片時，俺瞧老夫人去也！（下）

（旦嘆介）唉！驀地遊春轉，小試宜春面。春呵！得和你兩留連，春去如何遣？咳！恁般天氣，好困人也！——春香那裏？（作左右瞧介）（又低首沉吟介）天呵！"春色惱人"，信有之乎，嘗觀詩詞樂府。古之女子，因春感情，遇秋成恨，誠不謬矣！吾今年巳二八！未逢折桂之夫；忽慕春情，怎得蟾宮之客。昔日韓夫人得遇于郎，張生偶逢崔氏，有《題紅記》《崔徽傳》二書。此佳人才子，前以密約偷期，後皆得成秦晉。（長嘆介）吾生于宦族，長在名門；年巳及笄，不得早成佳配，誠為虛度青春，光陰如過隙耳！（淚介）可惜妾身顏色如花，豈料命如一葉乎！

（山坡羊）（旦）沒亂裏春情難遣，驀地裏懷人幽怨，則為俺生小嬋娟。揀名門一例，——"一例裏"神仙眷。甚良緣"把"青春拋的遠？"俺的睡情誰見。"則索"因循腼腆。想幽夢誰邊，"和"春光"暗"流轉，遷延。這衷情那處言？俺煎澄殘生，除問天。

身子困乏了。且自隱几而臥。（睡介夢生介）（生持柳枝上）鶯逢日煖歡聲滑，人遇風情笑口開；一逕落花隨水入，今朝阮肇到天台。小生順路兒跟着杜小姐回來，怎生不見。（回看介）呵！小姐！小姐。（旦作驚起介）（相叫介）（生）小生那一處不尋訪小姐來，却在這裏。（旦作斜視不語介）（生）却好花園內，折取垂柳半枝。姐姐，你旣淹通書史，可作詩以賞此柳枝乎？（旦作驚喜欲言又止介）（背想）這生素昧平生，何因到此？（生笑介）小姐，咱愛殺你哩！

（山桃紅）（生）"則為你"如花美眷，似水流年。是答"兒"閑尋遍，"在"幽閨自憐。——小姐，和你那答兒講話去？（旦作含笑不行，生作牽衣介）（旦作問介）那邊去？（生）"轉過這"芍藥欄前，"緊靠着"湖山石邊。（旦介）秀才，去怎的？（生低介）"和你把"領扣鬆，衣帶寬，袖梢兒"搵着"牙兒苫，也"則待你"忍耐溫存一餉眠。（旦作羞，生前抱，旦推介）（合）"是"那處曾相見，相看儼然！"早難道這"好處相逢無一言？

（生強抱旦下）（末扮花神束髮冠，紅衣插花上）催花御史惜花天，檢點春工又一年；蘸客傷心紅雨下，勾人懸夢綠雲邊。——吾乃掌管南安府後花園花神是也！因杜知府小姐麗娘與柳夢梅秀才，後日有姻緣之分，杜小姐遊春感傷，致使柳秀才入夢。咱花神專掌惜玉憐香，竟來保護他，要他雲雨十分歡喜也。

（鮑老催）（末）"單則是"混陽烝變，"看他似"蟲兒"般"蠢動"把"風情煽。"一般兒"嬌凝翠綻魂兒顫。"這是"景上緣，——想內成——因中見，"呀！淫邪展污"了"花臺殿。"咱"待拈片落花兒驚醒他。（向鬼門丟花唱介）"他"夢酣春透"了"——怎留連？"拈花"閃醉"的"紅如片。

秀才纏到的半夢兒；夢畢之時，好送杜小姐仍歸香閣，吾神去也！（下）

（山桃紅）（生、旦攜手上）"這一霎"天留人便，草藉花眠。——小姐可好？（旦低頭介）（生）則把云鬟點，紅鬆翠偏。——小姐休忘了呵。"見了你"緊相偎，慢廝連，"恨不得"肉兒般團成片，也"逗的個"日下胭脂雨上鮮。

（旦）秀才，你可去呵。（合前）（山桃紅）"是"那處曾相見，相看儼然。"早難道這"好處相逢無一言？

（生）姐姐，你身子乏了，將息將息。（送旦依前作睡介）（輕拍旦介）姐姐，俺去了。（作回顧介）姐姐，你可十分將息，我再來瞧你那。行來春色三分雨，睡去巫山一片雲。（生下）（旦作驚醒低叫介）秀才秀才，你去了也！（又作癡睡介）

（老旦上）夫婿坐黃堂，嬌娃立繡窗；怪他裙釵上，花鳥繡雙雙。孩兒！孩兒！你為甚瞌睡在此？（旦作醒叫秀才介）秀才！秀才！咳也！（老旦）孩兒怎的來。（旦作驚起介）奶奶到此？（老旦）我兒！何不做些針指，或觀視書史，舒展情懷；因何晝寢於此？（旦）孩兒適花園中閑玩，忽值春暄惱人，故此回房。無可消遣，不覺困倦少息。有失迎接，望母親恕兒之罪。（老旦）孩兒，這後花園中冷靜，少去閑行。（旦）領母親嚴命。（老旦）孩兒，學堂看書去。（旦）先生不在，只自消停。（老旦嘆介）唉，女孩兒長成，自有許多情態，且自由他。正是：宛轉隨兒女，辛勤做老娘。（下）

（旦長嘆介，看老旦下介）哎也天那！今日杜麗娘有些僥倖也！偶到後花園中，百花開遍，觀景傷情，沒興而回，晝眠香閣。忽見一生，年可弱冠，豐姿俊妍，於園中折得柳條一枝，笑對奴家說："姐姐既淹通書史，何不將柳枝題賞一篇？"那時待要應他一聲，心中自忖：素昧平生，不知姓名，何得輕與交言？正如此想間，只見那生向前說了幾句傷心話兒，將奴摟抱去牡丹亭畔，芍藥欄邊，共成雲雨之歡。兩情和合，真個是千般愛惜，萬種溫存！歡畢之時，又送我睡眠，幾聲將息。正待自送那生出門，忽值母親來到，喚醒將來。我一身冷汗，乃是南柯一夢。忙身參禮母親，又被母親絮了許多閑話。奴家口雖無言答應，心內思想夢中之事，何曾放懷？行坐不寧，自覺如有所失。娘呵！你教我學堂看書去；知他看那一種書消悶也！（作掩淚介）

167

（綿搭絮）（旦）雨香雲片，"纏到"夢兒邊。無奈高堂喚醒，紗窗睡不便。潑新鮮——冷汗粘煎。"閃的俺"心悠步斝，意軟鬏偏。"不爭多"費盡神情，坐起誰忟——"則"待去眠。

（貼上）晚妝銷粉印，春潤費香篝！——小姐，薰了被窩，睡罷。

（尾聲）（旦）困春心遊賞倦，"也"不索香薰繡被眠。"天呵！""有"心情"那"夢兒"還"去不遠。

春望逍遙出畫堂（張說），間梅遮柳不勝芳（羅隱）；可知劉阮逢人處（許渾），回首東風一斷腸（韋莊）。

附註：旦——麗娘。生——夢梅。老旦——甄氏。貼——春香。

# （十一）《孟冬寒氣至》篇

孟冬寒氣至，北風何慘慄！愁多知夜長，仰觀衆星列。
三五明月滿，四五詹兔缺。客從遠方來，遺我一書札：
上言長相思，下言久離別。置書懷袖中，三歲字不滅。
一心抱區區，懼君不識察！

此篇前"孟冬寒氣至……四五詹兔缺"六句，愁緒異常紛紜，眞是剪不斷、理還亂的離人心懷。忽接兩句"客從遠方來，遺我一書札"，又從無聊賴之中，強自慰藉，所謂"望梅止渴，遠望當歸"，就是這種情景。此後如許珍重，末復以"懼君不識察"結之，若終不敢信以為然者，眞是無聊到極處矣！

篇中之"置書懷袖中"，親之也。"三歲字不滅"，永之也。然區區之誠，君豈能察識哉？用意措詞，誠微而婉矣！

# （十二）《客從遠方來》篇

客從遠方來，遺我一端綺。相去萬餘里，故人心尚爾。

文綵雙鴛鴦，裁為合歡被：著以長相思，緣以結不解。

以膠投漆中，誰能別離此？

　　此篇與前篇，完全是兩樣情景：一則是悲；一則是喜。此篇"客從遠方來，遺我一端綺"，開首就是好音矣。接着有"故人心尚爾"五字，更是紗極！個中有一種無端驚喜，出於望外之意。此後珍重到底，無非是一類欣幸慰藉的話頭，與前篇"孟冬寒氣至"的情景，兩兩相較，或悲或喜，顛之倒之，歸結還不離乎這一個情字。

# （十三）《迴車駕言邁》篇

迴車駕言邁，悠悠涉長道。四顧何茫茫，東風搖百草。

所遇無故物，焉得不速老？盛衰各有時，立身苦不早！

人生非金石，豈能長壽考？奄忽隨物化，榮名以為寶！

# （十四）《驅車上東門》篇

驅車上東門，遙望郭北墓。白楊何蕭蕭，松柏夾廣路。

下有陳死人，杳杳卽長路。潛寐黃泉下，千載永不寤。

浩浩陰陽移，年命如朝露。人生忽如寄，壽無金石固。

萬歲更相送，聖賢莫能度。服食求神仙，多為藥所誤。

不如飲美酒，被服紈與素。

這兩首詩，前則感覺壽命之不常，而欲以榮名為寶；後則感嘆人生之如寄，而欲以飲酒自娛。倏而憂生，倏而達生，雖是同一感慨，然讀至後篇末句——“不如飲美酒”，此語又酸又悲！說來人在世上，本“不須更把澆愁酒，行盡天涯慣斷魂”；但人到窮愁無聊，亦只有把胸中塊壘，付之於濁酒談笑中！又何暇計着天地間，尚別有所事事耶？以我看——凡是古來之言達生者，都是他們沒奈何的無聊語。《迴車駕言邁》之“榮名以為寶”句，不得已而託之身後之名；與《驅車上東門》之託之遊仙飲酒者，又何異焉。

我常說做詩，只要能將眼前尋常的景緻，說得明白，未始不是驚句。蓋人所易道，卽是人所不能道。比如飛星過水，人人曾見，但多是錯過，不能形容。虧得少陵一句——“飛星過水白”，隨便收拾點綴一番，竟成奇語，妙手得來，并不費力。他如“池塘生春草”，“雨中山果落”，“僧敲月下門”，都是把眼前的現成景寫出，就是好的。《驅車上東門》那一篇，其好處，就是在能寫眼前所感得的情景。寫得不急不徐，悠悠不甚着力。孫月峯云：“一直說去，更無曲折，然卻能感動人。”這幾句話，倒批評得中肯。

《迴車駕言邁》篇亦以眞率見勝，調甚悽惻。“東風搖百草”的搖字，稍露崢嶸，便是句法。“所遇無故物，焉得不速老”兩句，確是獨至語。曾為王孝伯所贊賞，亦無怪其然。故事載在《世說新語》，直把牠錄下：

王孝伯在京，行散，至其弟王睹戶前，問古詩中何句為最？睹思未得，孝伯詠："所遇無故物，焉得不速老？"此句為佳。

## （十五）《去者日以疎》篇

去者日以疎，生者日以親。出郭門直視，但見邱與墳。
古墓犁為田，松柏摧為薪。白楊多悲風，蕭蕭愁殺人！

## （十六）《庭中有奇樹》篇

庭中有奇樹，綠葉發華滋。攀條折其榮，將以遺所思。
馨香盈懷袖，路遠莫致之。此物何足貴？但感別經時！

## （十七）《涉江采芙蓉》篇

涉江採芙蓉，蘭澤多芳草。采之欲遺誰？所思在遠道。
還顧望舊鄉，長路漫浩浩。同心而離居，憂傷以終老！

## （十八）《明月何皎皎》篇

明月何皎皎！照我羅床幃。憂愁不能寐，攬衣起徘徊。
客行雖云樂，不如早旋歸。出戶獨彷徨，愁思當告誰？
引領還入房，淚下沾裳衣！

前三篇，讀後雖覺平正無奇，然總覺澹雋有味，無跡可尋，毫不失十九首的風致。《庭中有奇樹》之"此物何足貴"句，《文選》作"何足貢"，注獻也，亦較有味。

唐代儲、王、孟、劉、柳、韋之五言古詩，澹雋處，皆從古詩十九首中得來；然其所以不及十九首者，就是有澹有雋，而不能自然渾化，尚嫌有點點黑痕。古今選《古詩十九首》者對於這幾首詩，所以不敢有所刪就，亦即為此。最奇是後來的擬古詩者，擬到這幾首，倒難措手落墨，不知何故而然？後一篇──《明月何皎皎》，亦淡率平和，別有神思，自有牠的妙處。

《師友詩傳錄》并極讚賞古詩換韻之妙，有云：

《行行重行行》《冉冉孤生竹》《生年不滿百》皆換韻，一韻氣雖矯健，換韻意方委曲，有轉句卽換者，有承句方換者，水到渠成，無定也。

此能說出一韻與換韻的氣意所在，亦算難得矣。

# （十九）《靑靑陵上柏》篇

靑靑陵上柏，磊磊澗中石。人生天地間，忽如遠行客。
斗酒相娛樂，聊厚不為薄。驅車策駑馬，遊戲宛與洛。
洛中何鬱鬱，冠帶自相索。長衢羅夾巷，王侯多第宅。
兩宮遙相望，雙闕百餘尺。極宴娛心意，戚戚何所迫！

本篇開首兩句是興。此中形容洛中富盛處，落語不多，而蒼勁濃至，絕可玩味。鮑明遠之詠史詩，多由此得來。

# 四、《古詩十九首》與各家之擬作

模範與創作，本有連帶的關係。從事模擬，而不抹煞自己的想像和情感，未始不可產出一種新的有價值的文學來。若排斥自己的個性，違背現實的環境，專忠守古人的模型，一切都聽牠所支配、所限制，結果——於己於人，絕無半點表現。這種依樣畫葫蘆的東西，在文學史上，又何苦多此一重墨痕呢？若一出手，必前無古人，後無來者；古今來，又曾有幾箇？但世人多不以模擬為手段，而專以模擬為目的，有如蜀人趙昌之畫花卉，必色色欲求其似，終之反不如徐熙之不求其似的好。劉開《與阮芸台書》云：

夫寸寸而度之，至丈必差；劾之過甚，拘於繩尺，而不得其天然。

這幾句話眞說得不錯。吾輩或為詩、或為文，若死守前人的格律腔調，而不出用自己的心裁，所得未有不陳腐、不斲傷天然的。

模擬在我國早成風尚，個個以法古為高，遠俗為工。《文心雕龍》有云：「夫才有天資，學愼始習；斲梓染絲，功在初化。器成綵定，難可翻移……故宜摹體以定習，固性以練才，文之司南，同此道也。」是此風於吾國六朝時，已為時人所崇尚矣。

在詩的方面，開此模擬之風者，要算西晉陸機是先鋒。機有擬古詩十四首，無一首不是擬《古詩十九首》中的。

孫月峯云："擬古自士衡始，句倣字傚，如臨帖然，又戒大似，所以用心最苦。"

擬詩貴得古人神思所在，若如士衡之句倣字傚，如臨帖然，則所得——亦徒有其貌而無其心，這亦何苦乃爾！

士衡本是一個國破家亡的名將後裔，稱情而言，應多哀怨；乃讀其詩，詞旨非常敷淺，只見堆垛，只工塗澤，這都是他嗜愛模擬所得的惡果。以士衡之才，一提筆作詩，其意曷嘗不思有所逞；但胸少慧珠，而筆又不足以舉之，反鬧出排偶一派，把西京以來，所遺下的空靈矯健之氣，一掃而空，不復少存。降自齊、梁之間，一般詩人，專工隊仗，邊幅復狹，令閱者白日欲臥，士衡模擬本不討好，又弄成這種濫觴之咎，說來眞可痛惜！

我們今日讀他所擬古詩十四首（十二首載於《文選》，外兩首載在他的本集），他將古人的機軸語意，自起至訖，句句蹈襲，簡直把古人的神思，蹧蹋殆盡，眞是令人嘔心！且看他所擬的如何。

# （一）《擬行行重行行》篇

悠悠行邁遠，戚戚憂思深。此思亦何思？思君徽與音。
音徽日夜離，緬邈若飛沉。王鮪懷河岫，晨風思北林。
遊子眇天末，還期不可尋。驚飆褰反信，歸雲難寄音。
佇立想萬里，沈憂萃我心。攬衣有餘帶，循形不盈衿。
去去遺情累，安處撫清琴。

篇中"攬衣有餘帶，循形不盈衿"即原詩"相去日以遠，衣帶日以緩"的語意。讀來不特語句非常板滯，不如古人那樣的輕宕；

且合這十字兩句，總起來，只勾消用一個"緩"字，便可包括無遺。下語繁簡迥異至此，亦可見士衡於文學經濟的手段，不甚用功了。

結云："去去遺情累，安處撫清琴"，即原詩"棄捐勿復道，努力加餐飯"之意。原篇從"棄捐"二字說來，原是無可奈何，不得已強自解勉，蓋情至之語，非有所遺情；若士衡所云"去去遺情累"，那淺薄直率極了。

## （二）《擬今日良宴會》篇

闐夜命歡友，置酒迎風館。齊僮梁甫吟，秦娥張女彈。

哀音繞棟宇，遺響入雲漢。四坐咸同志，羽觴不可算。

高談一何綺？蔚若朝霞爛。人生無幾何，為樂常苦晏！

譬彼伺晨鳥，揚聲當及旦。曷為恆憂苦，守此貧與賤？

篇中"高談一何綺？蔚若朝霞爛"，即原詩"令德唱高言，識曲聽其真"的語意。綺霞蔚爛，都是士衡詩自己的好評語。"人生無幾何，……守此貧與賤"六句，即原詩"人生寄一世……轗軻長苦辛"六句之意。原詩高足要路，語含譏諷，從歡娛後，忽爾作一番感慨，似真似諧，無非有所憤懑；士衡特以為樂常苦晏，只申上文一段歡娛之情罷了，何其淺薄之甚呢！

## （三）《擬迢迢牽牛星》篇

昭昭清漢暉，粲粲光天步。牽牛西北迴，織女東南顧。

華容一何冶，揮手如振素。恐彼河無梁，悲此年歲暮。

跂彼無良緣，睆焉不得度。引領望大川，雙涕如霑露！

此篇結云"引領望大川，雙涕如霑露！"卽原詩"盈盈一水間，脈脈不得語"的語意。兩兩比較，我眞奇怪士衡做出這兩句：試問——盈盈何須引領？一水豈必大川？脈脈本不待流涕；不語又何嘗霑露？原詩兩句蘊含極矣，譜盡如許相思！古今情人，千言萬語，却從此勾出。今被士衡一聲道破，便覺索然無味，惜哉！

## （四）《擬青青陵上柏》篇

冉冉高陵蘋，習習隨風翰。人生當幾時，譬彼濁水瀾。

戚戚多滯念，置酒宴所歡。方駕振飛轡，遠遊入長安。

名都一何綺，城闕鬱盤桓。飛閣纓虹帶，曾台冒雲冠。

高門羅北闕，甲第椒與蘭。俠客控絕景，都人驂玉軒。

遨遊放情願，慷慨為誰歎？

篇中"人生當幾時……城闕鬱盤桓"八句，卽原詩"人生天地間……冠帶自相索"八句的語意。古人倏而感慨，倏而娛樂；倏而遊戲，倏而又感慨矣。原詩中"遊戲"兩字，是從上句"忽如遠行客"出來，寄意空曠，有"君輩皆入我夢中"之意。到"冠帶自相索"一語，頓令豪華氣盡，淡淡寫來，自然紗極淨極！士衡自置酒以下，句句作繁麗語，讀之毫無一絲回味，如飲蔗漿，只供一嚥完了。

## （五）《擬西北有高樓》篇

高樓一何峻？岌岌峻而安。綺窗出塵冥，飛陛躡雲端。

佳人撫琴瑟，纖手清且閑。芳氣隨風結，哀響馥若蘭。

玉容誰得顧，傾城在一彈。佇立望日昃，躑躅再三歎。

不怨佇立久，但願歌者歡。思駕歸鴻羽，比翼雙飛翰。

篇中「玉容誰得顧……但願歌者歡」六句，即原詩「清商隨風發……但傷知音稀」六句的語意。士衡從「傾城」上說向歡去，原詩從「徘徊」上說向哀去，歡樂兩意，便有深淺之分。中曲徘徊，則繞梁遏雲，不足以踰矣；豈傾城可言乎？徘徊未已，又繼以三歎；餘哀之上，又綴以慷慨；哀固不在歎，亦不在彈，非絲也，亦非肉也，原來別有一種神往，即莊子所說：「聽其自己者，咸其自取」也。紗伎如此，彼竚立躑躅者，皆隨人看場耳。「但傷知音稀」一語，感深慨遠；但有言說，總非知音，其視歌者之歡，不過聲色豪華，奚啻雅俗懸絕已哉？

## （六）《擬東城高且長》篇

西北何其峻！層曲鬱崔嵬。零落彌天墜，蕙葉憑林衰。

寒暑相因襲，時逝忽如頹。三閭結飛巒，大耋嗟落暉。

曷為牽世務，中心若有違。京洛多妖麗，玉顏侔瓊蕤。

閒夜撫鳴琴，惠音清且悲。長歌赴促節，哀響逐高徽。

一唱萬夫歎，再唱梁塵飛。思為河曲鳥，雙遊豐水湄。

篇中“曷為牽世務……雙遊豐水湄”十二句，卽原詩“滌蕩放情志……銜泥巢君屋”十二句的語意。但士衡一直說來，卻無一點生動氣。原詩將“燕趙佳人”一段，憑空想像，無限送癡；而披衣當戶，馳情整巾，沈吟悲響之餘，躑躅於理曲之後，則不獨聞其聲，且如見其人矣。試把此篇之長歌哀響等語，細細思量比勘，大覺敷衍湊泊，與古人相去，其程度之深淺為何如也？

以上六首，隨便把牠比較分析一番，已覺模擬得不像樣了。其餘八首如——

## （七）《擬涉江采芙蓉》篇

上山採瓊藥，穹谷饒芳蘭。采采不盈掬，悠悠懷所歡。
故鄉一何曠？山川阻且難。沈思鍾萬里，躑躅獨吟歎。

## （八）《擬青青河畔草》篇

靡靡江離草，熠熠生河側。皎皎彼姝女，阿那當軒織。
粲粲妖容姿，灼灼美顏色。良人遊不歸，偏棲獨隻翼。
空房來悲風，中夜起嘆息！

## （九）《擬明月何皎皎》篇

安寢北堂上，明月入我牖。照之有餘暉，攬之不盈手。
涼風繞曲房，寒蟬鳴高柳。踟躕感節物，我行永已久。
游宦會無成，離思難常守！

## （十）《擬蘭若生春陽》篇

嘉樹生春陽，凝霜封其條。執心守時信，歲寒終不彫。
美人何其曠？灼灼在雲霄。隆想彌年月，長嘯入飛飆。
引領望天末，譬彼向陽翹。

## （十一）《擬庭中有奇樹》篇

歡友蘭時往，茗茗匿音徽。虞淵引絕景，四節逝若飛。
芳艸久已茂，佳人竟不歸。躑躅遵林渚，惠風入我懷。
感物戀所歡，采此欲遺誰？

## （十二）《擬明月皎夜光》篇

歲暮涼風發，昊天肅明明。招搖西北指，天漢東南傾。

朗月照閑房，蟋蟀吟戶庭。翻翻歸雁集，嚖嚖寒蟬鳴。

疇昔同宴友，翰飛戾高冥。服美改聲聽，居愉遺舊情。

織女無機杼，大梁不架楹。

## （十三）《駕言出北闕》篇

駕言出北闕，踟躕遵山陵。長松何鬱鬱？丘墓互相承。

念昔姐沒子，悠悠不可勝。安寢重冥廬，天壤莫能興。

人生何期促？忽如朝露凝。辛苦百年間，戚戚如履冰！

仁智亦何補？遷化有明徵。求仙鮮克仙，大虛安可凌？

良會罄美服，對酒宴同聲。

## （十四）《遨遊出西城》篇（卽《迴車駕言邁》之擬作）

遨遊出西城，按轡循都邑。逝物隨節改，時風肅且熠。

遷化有常然，盛衰自相襲。靡靡年時改，冉冉老已及。

行矣勉良圖，使爾脩名立。

以上八首，都是刻畫古人，沾沾求似，所謂桓溫之似劉琨，其無所不似，乃其無所不恨者。此後效擬的亦多，如宋代劉休元所擬：

　　　　　《擬行行重行行》篇

眇眇陵上道，遙遙行遠之。迴車背京里，揮手於此辭。

堂上流塵生，庭中綠草滋。寒螿翔水曲，秋兔依山基。

芳年有華月，佳人無還期。日夕涼風起，對酒長相思。

悲發江南調，憂委子衿詩。臥覺明燈晦，坐見輕紈緇！

淚容不可飾，幽鏡難復治。願垂薄暮景，照妾桑榆時！

### 《擬明月何皎皎》篇

落宿半遙城，浮雲藹層闕。玉宇來清風，羅帳延秋月。

結思想伊人，沈憂懷明發。誰謂行客遊，屢見流芳歇？

河廢川無梁，山高路難越。

### 《擬孟冬寒氣至》篇

白露秋風始，秋風明月初。明月照高樓，白露皎元除。

迨及涼風起，行見寒林疎。客從遠方至，贈我千里書：

先敘懷舊愛，末陳久離居。一章意不盡，三復情有餘。

願遂平生眷，無使甘言虛！

### 《擬青青河畔艸》篇

淒淒含露台，肅肅迎風館。思女御櫺軒，哀心徹雲漢。

端撫悲絃泣，獨對明鐙歎！良人久徭役，耿介終昏旦。

楚楚秋水歌，依依採菱彈。

這幾首，倒比士衡臨帖式的擬作活脫得多了，孫月峯說他青出於藍，這話却非虛譽。謝惠連的——

### 《代古》（所擬卽古詩之《客從遠方來》篇）

客從遠方來，贈我鵠文綾。貯以相思篋，緘以同心繩。

裁為親身服，著以俱寢興。別來經年歲，歡心不可凌。

瀉酒置井中，誰能辨斗升？合如梧中水，誰能判淄澠？

此詩意境語調，雖仍是原詩那樣的老套兒，然還不大失古詩的風味，也覺冲淡一些。何偃所擬：

### 《擬冉冉孤生竹》篇

流萍依清源，孤鳥親宿止。蔭幹相經榮，風波能終始。

草生有日月，婚年行及紀。思欲待衣裳，關山分萬里。

徒作春夏期，空望良人軌。芳色宿昔事，誰見過時美？

涼鳥臨秋竟，歡願亦云已。豈意倚君恩，坐守零落耳！

此詩，士衡未有擬作，我亦不能拿他倆——士衡、何偃——作一個比較的批評，但與原詩並論，覺得大有遜色。原詩非常宛轉，非常溫厚，不動半點聲色；這篇辭氣直率，還露有怨恨語，將原詩結句"君亮執高節，賤妾亦何為？"與這篇所結那"豈意倚君恩，坐守零落耳"的兩句一比較，便了然矣。怨極！恨極！并且憤極！古詩之妙，就是在能含蓄，纔有深味；若如此兩句，不特有失溫厚，並且形成這個婦人粗悍得不像樣了！鮑照所擬：

### 《擬青青陵上柏》篇

涓涓亂江泉，絲絲橫海煙。浮生旅昭世，空事歎華年！

書翰幸閑暇，我酌子縈絃。飛鑣出荊路，驚服入秦川。

渭濱富皇居，麟館匝河山。輿童唱秉椒，櫂女歌采蓮。

孚愉鸞閣上，窈窕鳳棞前。娛生信非謬，安用求多賢？

此詩辭腴聲勁，聲響驚人，但渺無澹雋味，有失古詩的風致；較之士衡所擬的那一首，還要勝一籌吧。齊鮑令輝所擬：

### 《擬青青河畔草》篇

裊裊臨窗竹，藹藹垂門桐。灼灼青軒女，泠泠高台中。

明志逸秋霜，玉顏豔春紅。人生誰不別？恨君早從戎！

鳴弦慭夜月，紺黛羞春風。

### 《擬客從遠方來》篇

客從遠方來，贈我漆鳴琴。木有相思文，弦有別離音。

終身執此調，歲寒不改心。願作陽春曲，宮商長相尋。

這位女作家的擬古詩，前人已有好評語，《詩品》云："齊鮑令輝歌詩往往絕清巧，擬古尤勝"，有這兩句，亦不用我再來繞舌了。迄於梁，有江文通之《行行重行行》的擬作，即《文選》上所載之《古離別》，辭曰：

遠與君別者，乃至雁門關。黃雲蔽千里，遊子何時還？

送君如昨日，簷前露已團。不惜蕙草晚，所悲道里寒！

君在天一涯，妾身常別離。願一見顏色，不異瓊樹枝。

兔絲及水萍，所寄終不移！

此詩調最古，語最淡，色最濃，味最厚，諷誦數十過，乃更覺意趣不盡，誠有得于《古詩十九首》之神。末後兩句"兔絲及水萍，所寄終不移"，尤得古詩宛轉之妙。"遠與君別者"至"不異瓊樹枝"的十二句，亦頗含蓄，不露些兒怨意和怒色，讀來使人感動，妙有絃外之音。此詩據我的眼光看來，在各家雜擬中，總算是最上乘的作品。沈休文所擬：

### 《擬青青河畔草》篇

漠漠牀上塵，中心憶古人；故人不可憶，中夜長歎息；

歎息想容儀，不言長別離；別離稍已久，空牀寄杯酒！

此詩亦算宛轉，但欠含蓄。休文所做的詩，多工整采厲；獨此詩格外活脫，已開永明以後的風氣。他如《別范安成》等詩，亦還清便婉轉，讀之令人意爽。

自後擬《古詩十九首》的作家，亦復不少，都失却原作的真精神；不特擬不出起色；并且連自己的創作天才，亦為此斲傷殆盡了！因之我們知道：與其摹擬而蹧躝自己的個性和環境，還不能產出一種眞的作品來；倒不如自己索性去創作，能把自己活動的思想、情感，等等，很舒展而活潑地描寫一切，還可免"落日西風，見哂藝林；比之優孟，襲貌遺神"的譏誚呢！

# 五、《古詩十九首》之校勘記

《青青河畔草》篇：

娥娥紅粉妝　"妝"《五臣》作"裝"。

《明月皎夜光》篇：

玉衡指孟冬　"冬"有疑作"秋"（元劉履之選詩補註）。

良無磐石固　"磐"作"盤"。

促織鳴東壁　"促"作"趣"。

《東城高且長》篇：

馳情整中帶　《五臣》"中"作"巾"。

《生年不滿百》篇：

仙人王子喬　李善"仙"作"山"。

《凜凜歲云暮》篇：

螻蛄夕鳴悲　"夕"一作"多"。

《去者日以疎》篇：

生者日以親　《五臣》"生"作"來"。

《庭中有奇樹》篇：

此物何足貴　李善"貴"作"貢"。

《青青河畔草》篇：

戚戚何所迫　《五臣》"戚戚"作"蹙蹙"。

# 清代詞學概論

徐　珂　编著

陈乃乾　校阅

# 序

　　我友徐君仲可，工詩古文辭，著述等身，其《心園叢刻》《叢話》諸作已刊梨棗，沾溉儒林，業有定評，而尤長於倚聲，為仁和譚復堂先生之入室弟子。探源北宋，力主有厚入無間之說，而得意內言外之旨；同時又與朱歸安況臨桂相切磋，用能進而益上深美閎約，蜚譽詞壇。近輯《清代概論》告成，揭浙派之流弊、嘉常派之革新，於名人詞選、詞韻、詞話等書，判別瑕疵、指示去取、持之有故、言之成理，原原本本、一宗師說，可謂譚門之顏子矣。慨自詞學彫劖，後生小子，率爾操觚，鄙語支言，搖筆即來，即求三大蔽中所謂怪詞者，且不可得，用是益知清詞之難能可貴，而歎先生此書之有功於詞界也！指迷津而登覺路，其在是乎？不揣檮昧，序以明之。

民國十五年十月　吳興葆光子識

# 第一章 總 論

    詞之學，剝於明。<sub>詞學至南宋之季，幾成絕響，知比興者，元之張翥耳而已。明初作者，猶沿虞集張翥之舊，不乖於風雅。永樂以後，南宋諸名家詞，皆不顯於世，盛行者為《花間集》《草堂詩餘》二選，楊慎、王世貞輩之小令、中調，猶有可取。長調皆失之俚，惟陳子龍之《湘真閣江蘺檻詞》，直接唐人，則得於天者獨優也</sub>至清而復之，直接南北兩宋，可謂盛矣。然當開國之初，京朝士大夫雖依輦轂，猶慨滄桑，特假長短之句，藉抒抑鬱之氣。始而微有寄託，久則務為諧暢，而吳越操觚家聞風興起，作者、選者，妍媸雜陳，遂不免有怪詞、鄙詞、游詞之三大蔽。王漁洋<sub>名士禛，字貽上，號阮亭，別號漁洋山人，新城人，有《衍波詞》</sub>之數載廣陵，實為斯道總持。蓋皆祖述南宋，惟《草堂詩餘》是規，罕或及於北宋以上，殆若文之襧唐宋八家而祧東西京，詩之學蘇<sub>名軾，字子瞻，一字和仲，自號東坡居士，謚文忠，眉山人，有《東坡居士詞》</sub>黃<sub>名庭堅，字魯直，號涪翁，自號山谷道人，謚文節，分寧人，有《山谷詞》</sub>而不知有蘇<sub>名武，字子卿</sub>、李<sub>名成紀，字少卿</sub>十九首，未可謂善學也。洎漁洋在朝，位高望重，絕口不談倚聲，於是嚮之言詞者，悉去而言詩古文辭，視《花間集》、《草堂詩餘》，頓若雕蟲小技之見恥於壯夫。蓋習俗移人，涼燠之態，淫而入於風雅，可太息也！

    清初之詞，最著者為朱竹垞<sub>名彝尊，字錫鬯，號竹垞，自號小長蘆釣師，秀水人，有《江湖載酒集》《靜志居琴趣》《茶烟閣體物集》《蕃錦集》</sub>陳其年<sub>名維崧，字其年，宜興人，有《迦陵詞》</sub>，兩人並世齊名，合刻《朱陳村詞》，流傳天下。竹垞之情深，所作詞高秀超詣、綿密精美，其蔽為餖飣。其年之筆重，所作詞天才豔發、辭鋒橫溢，其蔽為粗率。嘉慶以前詞人，為竹垞、其年牢籠者，十之七八。繼之而起名重一時者，實惟納蘭容若<sub>初名成德，後改性德；字容若，滿洲人，有《飲水詞》</sub>，門地才華，直越北宋之晏小山<sub>名幾道，字叔原，臨川人，有《小山詞》</sub>而上之，其詞纏綿婉約，能極其致，南唐墜緒，絕而復續。所惜享年不永，未竟其學耳，厥後數十年，詞格愈趨愈下。東南諸行省選聲訂韻者流，未嘗無才雋之士，往往高語清空而失之薄、力求新豔而流於尖、微特距兩宋若霄漢，甚且為元明之罪人，能自拔者殊罕。故論詞者，自明之末造以迄清之中葉，輒推臥子〔陳子龍，字人中，更字臥子，號大樽，華亭人，有《湘真閣江離檻詞》〕第一，容若次之，竹垞、其年、樊榭〔厲鶚，字太鴻，錢塘人，有《樊榭山房詞》及《續集》〕猶不得為上乘也。

文字無大小，必有正變、必有家數。蔣鹿潭〔名春霖，字鹿潭，江陰人，有《水雲樓詞》〕詞，固清商變徵之聲，而流別甚正，家數頗大，與納蘭容若、項蓮生〔名鴻祚，原字蓮章，一名繼章，蓮生，錢塘人，有《憶雲詞》〕，二百年中，分鼎三足。咸豐兵事，天挺此才，為倚聲家杜老，而晚唐兩宋一唱三歎之意，則已微矣！或曰："何以與成項並論？"應之曰："王漁洋錢葆馚〔名芳標，字葆馚，華亭人，有《湘瑟詞》〕一流為才人之詞；張皋文〔名惠言，字皋文，陽湖人，有《茗柯詞》〕、張翰風〔名琦，皋文弟，有《立山詞》〕、周止庵〔名濟，字保緒，一字介存，晚號止庵荊溪人，有《味雋齋詞》〕一派為學人之詞"；惟三家是詞人之詞，與朱竹垞、厲樊榭同工異曲，其他則旁流羽翼而已！"此吾師譚復堂先生〔名獻，原名廷獻，字仲修，一作仲儀，又字滌生，有《復堂詞》〕之言也。明乎此而光宣間之詞家，亦可推知矣！

# 第二章　派　別

有清一代之詞，有二大別：一浙派，一常州派，亦猶散體文之有桐城、陽湖二派也。

## （一）浙派

浙派始於秀水之朱竹垞，蓋承明詞之敝而崇尚清靈，欲以救嘽緩之病，洗淫曼之陋也。李符曾<sup>名良年，字符曾，秀水<br>人，有《秋錦山房詞》</sup>李分虎<sup>名符，字分虎，<br>嘉興人，有《耒邊詞》</sup>師之，傳其學，然標格僅在南宋，以姜<sup>名夔，字堯章，<br>自號白石道人，有《白石詞》</sup>張<sup>名炎，字叔夏，西秦人，<br>僑居臨安，自號樂笑翁，</sup><sup>有《玉田詞》</sup><sup>《山中白雲詞》</sup>為登峯造極之境，厲樊榭繼之。流極所至，為餖飣、爲寒乞，又若樂府補題、遺民酬倡，有騷辨之風，所謂寓意於物也！南宋之末，詞流精粹，與清空之旨，異流同源，蓋比興深遠、辭旨高奇，可以觸類引伸，尤可通知人論世之學。後起作者，巧搆形似之言，漸忘古意，竹垞、樊榭，皆不得辭其咎。

竹垞之於曹倦圃<sup>名溶，字秋嶽，一字潔躬，號倦<br>秀水人，有《靜惕堂詞》</sup>傾倒備至，嘗云：“余壯日從先生南游嶺表，西北至雲中，酒闌燈炧，往往以小令慢詞，更迭唱和，有井水處，輒為銀箏檀板所歌。念倚聲雖小道，當其為之，必崇爾雅、斥淫哇，極其能事，則亦足以昭宣六義，鼓吹元音，往者明三百褉。詞學失傳，先生搜輯遺集，余曾表而出之，數十年來，浙西填詞者，家白石而戶玉田，春容大雅，風氣之變，實由於此。"

北宋李蕭遠<sub>鄱</sub>《點絳唇》詞，有"碧水黃沙，夢到尋梅處，花無數，問花無語，明月隨人去"五句，況蕙風<sub>蕙風，名周頤，初名周儀，字夔笙，號臨桂人，有《蕙風詞》</sub>謂："其意境不求甚深，讀者悅其輕倩。"竹垞錄入《詞綜》，固浙派之初祖也。蕙風且曰："論詞以兩宋為集大成，而北宋尤多高手，以凝重寫端莊。"浙派但事綺藻韻致，已落下乘，論者多謂為南宋開其源，實則賀方囘<sub>名鑄，字方囘，衛州人，退居吳下，築室於自號慶湖遺老，有《東山寓聲樂府》</sub>《東山樂府》，鬆秀處固不可及，然已失拙大重之三要，荢甲有自，未可卽歸之南宋，其《小重山》云："枕上聞門報五更，蠟燈香炧冷，恨天明。青蘋風轉移帆旌，橋頭燕，多謝伴人行。臨鏡想傾城，兩尖眉黛淺，淚波橫，豔歌重記遣離羣。纏綿處，翻是斷腸聲。"又云："月月相逢祇舊圓，迢迢三十夜，夜如年。傷心不照綺羅筵，孤舟裏，單枕若為眠，茂苑想依然。花樓連苑起，壓漪漣，玉人千里共嬋娟。清琴怨，腸斷亦如絃。"此等尤具面目。後來學者，以周<sub>永，字清真，初名三變，樂安人，有名邦彥，字美成，錢塘人，有《清眞詞》。柳名《樂章集》</sub>之不可倖至，而取徑於秦<sub>高郵人，有《淮海詞》名觀，字少游，一字太虛</sub>、賀。其至者容似飲水，而凝重之體態，遂不易復得矣！起衰振靡，此中之消息，正不可不知。蕙風於南宋高觀國<sub>字賓王，有《竹屋癡語》，山陰人</sub>《齊天樂·中秋懷梅溪》"古驛烟寒、幽垣夢冷、應念秦樓"十二等句，則謂其"開清詞門徑"鉤勒太露，便失之薄。

要之，浙派之詞，竹垞開其端，樊榭振其緒，頻伽<sub>郭麐，字祥伯，號頻伽，吳江人，僑居嘉善，有《靈芬館詞》</sub>暢其風，皆奉白石玉田為圭臬，不肯進入北宋人一步，況唐人乎！世之詬病浙派者，謂其以白石玉田為止境，而又不能如白石之澀、玉田之潤也。

吳枚庵、郭頻伽，皆浙派中人，而枚庵高朗、頻伽清疏，浙派為之一變。疏俊少年，每以頻伽之名雋，篤嗜之，然詞宜深澀，頻伽滑矣；詞宜柔厚，頻伽薄矣！

《項蓮生》篇旨清峻、託體甚高，一洗浙中喘膩破碎之習。蓋仰窺北宋，而天賦殊近南唐也。

## （二）常州派

浙派至乾嘉間而益敝，張皋文起而改革之，其弟翰風和之，振北宋名家之緒，闡意內言外之旨，而常州派成。別裁偽體、上接風騷、賦手文心，開倚聲家未有之境；襟抱學問、噴薄而出，以沈著醇厚為宗旨，而斯道始昌。大江以南，承律呂陳風雅者，遂不可勝數。徘諧之病，時已淨盡，卽蔓衍嘽緩貌似南宋之習，作者亦漸悟其非矣。

皋文翰風、所輯《宛鄰詞選》，雖町畦未闢，而奧窔已開，蓋以深美閎約為旨。而倚聲之學，至是始日趨正鵠，其意在尊清眞而薄姜、張，視蘇、辛辛棄疾，字幼安，諡忠敏，歷城人，有《稼軒長短句》猶為小家，貴能以氣承接，通首如歌行然，又須有轉無竭，全用縮筆包舉時事。嘉慶以來名家，大抵自此而出，其友人惲子居名敬。字子居，號簡堂，陽湖人，有《大雲山房集》、錢季重名季重，陽湖人，有《黃山詞》、丁若士名履恆，字若士，武進人，有《宛芳樓詞》、陸祁生名繼輅，字祁生，陽湖人，有《清鄰詞》、左仲甫名輔，字仲甫，陽湖人，有《念宛齋詞》、李申耆名兆洛，字申耆，陽湖人，有《蜩翼詞》、黃仲則名景仁，字仲則，陽湖人，有《竹眠詞》、鄭善長名掄元，字善長，歙縣人，有《字橋詞》、弟子金子彥名應城，字子彥，歙縣人，有《蘭移詞》、金朗甫名式玉，字朗甫，歙縣人，有《竹鄰詞》，亦皆不愧一時作家。

董晉卿名士錫。字晉卿，一字損甫，武進人，有《齊物論齋詞》，皋文、翰風之甥也，學於舅氏，造微踵美，為其後勁，以為詞者意內而言外，變風騷人之遺。周止庵為嘉道間人，納交於晉卿，遂受法焉，已而造詣日以異，論說亦互相短長。晉卿初好玉田，止庵曰：“玉田意盡於言，不足好”。止庵不喜清眞，而晉卿推其沈著拗怒，比之少陵<sub>杜甫，字子美，號杜陵，自稱杜陵布衣，又稱少陵野老，襄陽人</sub>，牴牾者一年，晉卿益厭玉田，而止庵遂篤好清眞。止庵又以少游多庸格，為淺鈍者所易託；白石疏放，醞釀不深。而晉卿深詆竹山<sub>蔣捷，字勝欲，學者稱少山先生，有《竹山詞》</sub>龐鄙，牴牾者又一年，止庵始薄竹山，然終不好少游也。止庵之於晉卿，切磋既久，於是益窮正變，持論尤精，所謂慎重而後出之，馳騁而變化之，胸襟醞釀，乃有所寄，誠扼要之論，不易之言也。止庵又嘗曰：“近人頗知北宋之妙，然終不免有姜、張二字，橫亙胸中，豈知姜、張在南宋，亦非巨擘乎！”論詞之人，叔夏晚出，既與碧山<sub>王沂孫，字聖與，號碧山，又號中仙，會稽人，有《碧山樂府》。一名《花外集》</sub>同時，又與夢窗<sub>吳文英，字君特，號夢窗，四明人，有《夢窗甲乙丙丁稿》</sub>迥別，是以過尊白石，但主清空，後人不能細研詞中曲折深淺之故，羣聚而和之，并為一談，亦固其所也。其論白石者有七：一曰北宋詞多就景敍情，故珠圓玉潤，四照玲瓏，至稼軒、白石，一變而為卽事做景，使深者反淺、曲者反直。吾十年來服膺白石，而以稼軒為外道，由今思之，可謂瞽人捫籥也！稼軒鬱勃，故情深；白石放曠，故情淺；稼軒縱橫，故才大；白石局促，故才小。惟《暗香》《疏影》二詞，寄意題外，包蘊無窮，可與稼軒伯仲，餘俱據事直書，不過手意近辣耳。二曰，白石脫胎稼軒，變雄健為清剛，變馳驟為疏宕，蓋二公皆極熱中，故氣味吻合，辛寬姜窄，寬故容藏，窄故鬭硬。三曰，白石號為宗工，然亦有俗濫處<sub>《揚州慢》：“淮左名都”，《竹西佳處》。</sub>、寒酸處<sub>《法曲獻仙音》箋，甚而今不道秀句。</sub>、補湊處<sub>《齊天樂》：“《邠詩漫與》、《笑籬落呼燈、世間兒女。</sub>、敷衍處<sub>淒涼犯《西湖》上半闋</sub>、支處<sub>《湘月》《家樂事誰省》</sub>、複處<sub>《一萼紅》：“翠藤共舊聞穿徑竹，記曾共西樓雅集”。</sub>四曰，白石詞如明七子詩，看是高格響調，不耐人細思。五曰，白石以詩法入詞，門徑淺狹，如孫過庭<sub>孫虔禮，字過庭，陳留人，一曰富陽人，工書，自宋以來，皆推能品。嘗著書譜，張懷瓘最推尊獎之，稱其深得旨趣，操翰者，咸奉為指南焉</sub>書，但便後人模仿。六曰，白石好為小序，序卽是詞，詞仍是序，反覆再觀，如同嚼蠟。詞序序作詞緣起，以此意詞中未備也。今人論院本，尚知曲白相生，不許複沓，而津津於白石一序，一何可笑！七曰，白石小序甚可觀，苦與詞複，若序其緣起，不犯詞境，斯為兩美。其論玉田者有五：一曰，玉田近人所最尊奉，才情詣力，亦不後諸人，終覺積穀作米、把纜放船，無開闊手段，然其清絕處，自不易到。二曰，玉田詞，佳者匹敵聖與，往往有似是而非者，不可不知。三曰，叔夏所以不及前人者，只在字句上著工夫，不肯換意，若其用意佳者，即字字珠輝玉映、不可指摘。近人喜學玉田，亦為修飾字句易，換意難。四曰，玉田才本不高，專恃磨礱雕琢，裝頭作腳，處處妥當，後人翕然宗之，然如《南浦》之賦春水，《疏影》之賦梅影，逐韻湊成，毫無脈絡，而戶誦不已，眞耳食也！五曰，筆以行意也，不行，須換筆，換筆不行，便須換意，玉田惟換筆，不換意。

　　止庵持論之異於皋文者，為推挹夢窗，謂其立意高，取徑遠，非餘子所及，皋文不取夢窗，則為碧山所限耳。

　　止庵見地至高，其論詞有獨到處。嘗曰：“學詞先以用心為主，遇一事、見一物，即能沈思獨往、冥然終日，出手自然不平；次則講片段，次則講離合，有片段而無離合，一覽索然矣！次則講色澤音節。”又曰：“感慨所寄，不過盛衰，或綢繆未雨、或太息厝薪、或己溺己飢、或獨清獨醒、隨其人之性情學問境地，莫不有由衷之言，見事多、識理透，可為後人論世之資，詩有史，詞亦有史，庶乎自樹一幟矣！若乃離別懷思、感士不遇、陳陳相因、唾瀋互拾，便思高挹溫韋，不亦恥乎！”又曰：“初學詞，求空，空則靈氣往來；既成格調，求實，實則精力彌滿；初學詞，求有寄託，有寄託，則表裏相宣、斐然成章；既成格調，求無寄託，無寄託，則指事類情。仁者見仁，知者見知。北宋詞，下者在南宋下，以其不能空，且不知寄託也；高者在南宋上，以其能實，且能無寄託也，南宋則下不犯北宋拙率之病，高不到北宋渾涵之詣。"又曰："詞非寄託不入，專寄託不出，一物一事，引而伸之，觸類多通，驅心若游絲之羅飛英、含毫如郢斤之斲蠅翼，以無厚入有間，既習已，意感偶生，假類畢達，閱載千百，聲欬弗違，斯入矣！賦情獨深，逐境必窹；醞釀日久，冥發妄中。雖鋪敍平淡，摹繪淺近，而萬感橫集、五中無主。讀其篇者，臨淵窺魚，意為魴鯉；中宵驚電，罔識東西；赤子隨母笑啼；鄉人緣劇喜怒，抑可謂能出矣！"余所望於世之為詞人者蓋如此。

自是以還，詞學大昌，江浙人士以不能填詞為恥。名手逸製，時能以隱秀相尚，亦頗微窺北宋之妙，然僅取材南宋，止於婉約清超之境者，亦正不乏人耳。且自常州派興，雖比興漸盛，不無皮傅，不善學之，則入於平鈍廓落，學者當於其深雋處求之。

蔣劍人<sup>名敦復，原名寶鐒，字克父，寶山人，有《芬陀利室詞》，其初為僧時，名妙塵，字鐵岸</sup>稍後於止庵，詞宗北宋，亦力主有厚入無間之說，謂有厚入無間者，南宋自稼軒、夢窗外，白石間能之，碧山時有此境，其他卽無能為彼，此與止庵之持論相近。

譚復堂師所作詞，大雅遒逸、深美閎約，推本止庵之恉，發揮而光大之，與莊中白<sup>名棫，丹徒人，有《蒿庵詞》</sup>游，一時學者稱譚、莊，蓋能以比興柔厚之旨相贈處而皆持有厚入無間之說也。師嘗取止庵所纂詞辨而評之，自謂心知止庵之意，而持論小異，大抵止庵所謂變，亦師所謂正也，而折衷柔厚則同。王半塘<sup>名鵬運，字佑遐，一作幼霞，自號半塘僧鶩，臨桂人，有《半塘定稿賸稿》</sup>與師同時，其詞幼眇而沈鬱、義隱而指遠。蓋導源碧山，復歷稼軒、夢窗以還清眞之渾化，與止庵之說，契若針芥，其詞派於常州為近，蓋亦夙尚體格者也。朱彊邨<sup>名祖謀，今復其舊名曰孝臧，字古微，號漚尹，自號上彊邨民，歸安人，有《彊邨語業》</sup>學於半塘，先研求源流正變之故，從南宋入手，明以後詞，絕不寓目，久之，始瀏覽清人詞。是以格調高簡、風骨遒上，能卓然名家，其與半塘校刊宋元人之詞集，亦至精審，況蕙風切磋於半塘彊邨，而崇尚體格，嘗言作詞有三要：宜重、宜拙、宜大。又言自然宜從追琢中出，故所作頓挫排盪、柔厚沈鬱、千辟萬灌，略無鑪錘之迹，而又嚴於守律、一聲一字，悉無乖舛，與鄭叔問<small>名文焯，漢軍人，字叔問，號小坡，有《樵風樂府》</small>相近。叔問之詞，感興微言、澹遠沈著，且深明管絃聲數之異同，於白石自度曲所記音拍，能以意通之，尤非近世人所有也。要之，同光以還，有譚、王、鄭、朱、況之迭主詞壇，而學者乃知宗尚北宋，以深美閎約為歸，佻巧奮末之風，自此而殺，於是斯道得與於著作之林，與詩文同其正變矣。

# 第三章　選本

自明季左道言詞，朱竹垞標舉準繩以提倡之，選唐、五代、宋、金、元之詞為《詞綜》三十六卷。所甄錄者，除專集外，為趙崇祚《花間集》<sup class="note">詩變為詞，始於中唐，而成於五代，然大抵附見詩集中，其以詞別為一編者，自《花間集》始</sup>，黃昇《花庵絕妙詞》《中興以來絕妙詞》、陳景沂《全芳備祖樂府》、元好問《中州樂府》、彭致中《鳴鶴餘音》、鳳林書院《元詞樂府補題》、許有孚《圭塘欸乃集》、顧梧芳《尊前集》<sup class="note">舊有《尊前集》，無傳本，明顧梧芳采《錄名篇》，釐為二卷，而仍其名</sup>、楊慎《詞林萬選》、陳耀文《花草粹編》、沈際飛《草堂詩餘廣集》、茅映《詞的》、卓人月《詞統諸書》。採摭繁富，歷八載，乃成。雖不及《歷代詩餘》一百卷<sup class="note">康熙四十六年沈辰垣等奉勑撰百卷，自唐至明時，凡九千餘闋</sup>之廣，其鑒別精審、辨訂詳核、務去陳言、悉為雅詞，有足多者。於是王述庵<sup class="note">名昶，字德甫，號述庵，青浦人，學者稱蘭泉先生，有《紅葉江村詞》</sup>繼之，成《詞綜補人》二卷<sup class="note">吳則禮至吳存二十八人</sup>，又成《明詞綜》十二卷<sup class="note">是書為竹垞未成之選本，述庵搜輯之</sup>，《國朝詞綜》四十八卷。二集二卷，論者謂其去取之旨，一本之竹垞，蓋皆拾南渡之瀋，以姜、張為極軌，不獨珠玉<sup class="note">晏殊，字同叔，諡元獻，臨川人，有《珠玉詞》</sup>六一<sup class="note">歐陽修，字永叔，號醉翁，晚號六一居士，諡文忠，廬陵人，有《六一居士詞》</sup>。

淮海清眞，皆成絕響，卽中仙夢窗深處，亦全未窺見。或且曰："竹垞《詞綜》意旨枯寂，述庵繼輯，尤為冗漫。以二窗<sup class="note">草窗、夢窗也；周密，字公謹，濟南人，僑居吳興，自號弁陽嘯翁，又號蕭齋，有《竹窗詞》，又名《蘋洲漁笛譜》</sup>為祖禰，視辛劉<sup class="note">劉過，字改之，襄陽人，有《龍洲詞》</sup>云太和人，一如仇讎，家法若斯，庸非巨謬，二百年來，不為所籠絆者，蓋亦僅矣。又繼之者，有黃韻珊<sup class="note">名燮清，字韻珊，海鹽人，有《倚晴樓詩餘》</sup>之《國朝詞綜續編》二十四卷、丁杏舲<sup class="note">名紹儀，號杏舲，無錫人</sup>之

《國朝詞綜補》、有陶𥌓蓀（名樑，字梟蓀，長洲人，有《紅豆樹館詞》）之《詞綜補遺》。又文選樓叢書未刻稿本待購書目，有《女詞綜》二卷，今無傳本。孫月坡（名麟趾，字清瑞，號月坡，長洲人，有《朱珠詞》《碎玉詞》）亦嘗輯《國朝詞綜》以後之作者為《絕妙近詞》，去取矜慎，殆可繼踵草窗，所選皆沖澹幽微，如讀中唐七言詩。又近人梁令嫻（新會梁啟超女）有《藝蘅館詞選》，蓋以《詞綜》《續詞綜》之撰錄為過濫，而又病《宛鄰詞選》《宋四家詞選》之甄采為過嚴，乃有是輯也。

自嘉道間張皋文、翰風之《宛鄰詞選》（二卷，唐李白等三家、五代南唐中主等八家、宋徽宗皇帝等三十三家，凡四十四家，一百六十闋）、董子遠（名毅，號湘人）《續詞選》（唐李白等四家、五代後唐莊宗等六家、宋晏殊等四十二家，凡五十二家，一百二十二闋）出，而人始知崇尚清眞，繼承北宋矣。周止庵尊皋文、翰風之說而推衍之、光大之，於源流正變之故，尤多深造自得之言，雖所選《詞辨》（二卷。卷一為正，唐溫庭筠等十七家、五十九闋；卷二爲變，五代李後主等十一家，三十三闋，共九十二闋。《詞辨》與御選《歷代詩餘》附刊之《歷代詞話》所引《詞辨》異）此與《宛鄰詞選》微有出入，要其大旨，固深惡夫昌狂雕琢之習而不反，亟思有以釐正之也。復堂師從而評之、比而觀之，思過半矣。師且謂周氏以二卷為變，截斷衆流，解人不易索也（止庵初輯《詞辨十卷》。一卷起溫庭筠為正；二卷起五代李後主為變；名篇之稍有疵累者，為三四卷；平妥清道、纖及格調者，為五六卷；大體紕繆、精彩間出，為七八卷；本事詞話為九卷；庸選惡札、迷誤後生、大聲疾呼，以昭炯戒，爲十卷。寫本成，有田生者攜以北，附糧艘行，衣袽不戒，陷於黃流，爾後稍稍追愬，僅存正變二卷，止庵自謂尚有遺落也）。

潘四農（名德輿，字四農，山陽人，有《養一齋詞》）於《宛陵詞選》，頗持異論，欲以北宋之詞，當盛唐之詩，不為無見，而理路言詮，終非直湊單微之手。其與葉生書有曰："張氏詞選抗志希古、標高揭己、宏音雅調、多被排擯。五代、北宋，有自昔傳誦，非徒隻字之警者，亦多屏然置之，竊謂詞濫觴於唐，暢於五代，而意格之閎深曲摯。則莫盛於北宋。至南宋，則稍衰矣，張氏之後，首發難端，可謂持之有故，而以迹論，則亦何異明中葉詩人之侈曰盛唐耶！"

清人所選歷代之詞，《詞綜》等書外，有夏秉衡之《歷朝名人詞選》、吳灝之《歷代名媛詞選》、而譚復堂師亦嘗選歷代之詞，為《復堂詞錄》十卷，蓋唐、五代、宋、金、元、明詞也（唐五代爲前集，二卷；宋為正集，七卷；金元一卷；明一卷，為後集。凡三百四十餘人，末附論詞一卷。書成未刊，師歸道山，稿本遂不知所往 師年十二，始習詞，即尋其指於人事，論作者之世，思作者之人。三十而後，審其流別，又得先正緒言以相啓發。年踰四十，益明於古樂之似在樂府，樂府之餘在詞，如是者，年至五十，所見始定，先寫《清人詞》五卷，以相證明，復就二十二歲以後，審定由唐至明之詞，始多所棄中多所取，終則旋取旋棄，乃始寫定。所附論詞之說，則折衷古今名人之論，而自謂非逞一人之私言。

綜數代之詞而選錄者，劉申受 名逢祿，字申受，武進人 有《詞雅》五卷，八十家，三百閲 則皆唐、五代、宋之詞。其自敍，以為唐、五代、宋所傳才士名卿，閎意眇旨，正變聲律具矣。成漱泉 名廮，字漱泉，寶應人 有《唐五代詞選》三卷，卷上唐昭宗等三十五人，卷中韋莊等十二人，卷下歐陽炯等十三人，凡五十人，三百四十七首 雖皆緣情靡曼之作，感遇怨悱之旨，然至精審。周稚圭 名之琦，字稚圭，祥符人，有《金梁夢月詞》 有《心日齋十六家》溫庭筠、李後主、韋莊、李洵、孫光憲、晏幾道、秦觀、賀鑄、周邦彥、姜夔、史達祖、吳文英、王沂孫、蔣捷、張炎、張翥 詞選，為唐、宋、五代、宋、元人詞，詞後各係以詩、判別流派，具有見地，雖未及皋文、止庵之陳義甚高，要亦倚聲家疏鑿手也。

詞選之斷代取材者，末由盡正變之軌，然周止庵之宋四家詞選，則盡美盡善，為倚聲選本之正鵠 四家為周邦彥、辛棄疾、王沂孫、吳文英。周邦彥下，附晏幾等九人；辛棄疾下，附徐昌圖等十三人；王沂孫下，附林逋等十一人；吳文英下，附張昇等十四人，共五十一人，二百三十九首 其所望於詞人之讀是選者，問途碧山，歷夢窗、稼軒以造乎清眞，譚復堂師謂其陳義甚高，勝於《宛陵詞選》，即潘四農亦無可詆諆矣！以有寄託入、以無寄託出，千古文章之能事盡，豈獨塡詞為然。況蕙風言止庵自序所輯《宋四家詞筏》，以近世為詞者，推南宋為正宗，姜、張為山斗，域於其至近者為不然，其持諭與余 況自謂 介同異之間，姜張誠不足為山斗，得謂南宋非正宗耶！詞筏未見，疑即《宋四家詞選》也。此外之選宋詞者，尚有馮夢華 名煦，字夢華，金壇人 有 蒙 之《宋六十一家詞選》十二卷 六十一家為晏殊、歐陽修、柳永、蘇軾、黃庭堅、秦觀、晏幾道、毛滂、陸游、辛棄疾、周邦彥、史達祖、姜夔、葉夢得、向子諲、謝逸、毛开、蔣捷、程垓、趙師使、趙長卿、楊炎正、高觀國、吳文英、周必大、黃機、石孝友、黃昇、方千里、劉克莊、張元幹、張孝祥、程泌、葛立方、劉過、王安中、陳亮、李之儀、蔡伸友、戴復古、曾觌、楊元咎、洪瑹、趙師端、洪咨夔、李公昂、葛勝仲、侯寘、沈端節、張榘、周紫芝、呂濱老、杜安世、王千秋、韓玉、黃公度、陳與義、陳師道、盧祖皐、晁補之、盧炳 蓋即就汲古閣毛氏彙刊之宋六十一家詞而選之也。其短長高下周疏不盡同，而皆巋然有以自見，宋詞之大且深者，乃往往而在。夢華為擇其尤，則尤善。又有戈順卿 名載熙，字順卿，吳縣人，有《翠薇花館詞》 之《宋七家詞選》七卷 七家為周邦彥、史達祖、姜夔、吳文英、周密、王沂孫、張炎 其意欲求正軌以合雅音，自謂所選皆句意全美、律韻兼精也。而最便初學者，以朱彊邨<sub>疆名孝臧</sub>之《宋詞三百首》為至善，誦習既久，趨向自正，蓋求之體格神致，以渾成為主旨也。況蕙風曰，第言渾成，未遽造極也，能循途守轍於三百首之中，必能取精用閎於三百首之外，益神明變化於詞外求之。則夫體格神致間，尤有無形之訢合、自然之妙造，卽更進於渾成，要亦未為止境，無止境之學，必有以端其始基，則《宋詞三百首》尚已。是編所錄，為南北宋八十七人之作，曰《三百首》，比之於《唐詩三百首》也<sub>八十七人，人各數首，始宋徽宗皇帝，終李清照，以周邦彥、吳文英為最多，周三十三首，吳三十四首。以</sub>。此外為初學之所宜讀者，有黃蓼園<sub>名蘇林</sub>之《蓼園詞選》，蓋取材於《草堂詩餘》<sub>譚復堂嘗擬參仿王漁洋十種唐詩例，取《花間集》《尊前集》《草堂詩餘》《花庵絕妙詞》《中興以來絕妙詞》《元儒草堂詩餘》各選刪正之，用明人選唐詩例合編，注出某選，而遽巡未果。</sub>，所選諸詞，有格調、有氣息，中間十之一二，為大醇之小疵<sub>如柳耆卿、黃山谷、胡浩然、康伯可、僧仲殊諸作</sub>，自餘名章俊語，撰錄精審，清疏朗潤，最便初學。學之雖不能至，卽亦絕無流弊，於性情、於襟抱，不無裨益，不失其為取法乎上也！林葤樁<sub>名審鐘，字毓奇，號蕘椿，吳縣人，有《蘭葉詞》。</sub>嘗選南宋四家詞，則以白石、玉田為宗，而旁及於草窗、梅溪<sub>史達祖，字邦卿，汴人，有《梅溪詞》。</sub>。

自皋文有"緣情造端，興於微言，以相感動"之論，而詞之體乃尊。自止庵有"非寄託不入，專寄託不出"之論，而詞之學乃大。嘉道間，頗有講求南唐北宋者，清眞、夢窗之緒既昌；白石、玉田，漸為已陳之芻狗。譚復堂師乃衍皋文、翰風、止庵之學，以纂《篋中詞》十卷<sub>正六卷續四卷</sub>，蓋皆清詞也。自順康以迄同光之作者，粗已具備<sub>正集上自納蘭容若下至蔣鹿潭，中間為陳其年、朱竹坨、厲樊榭、郭頻伽、張皋文、吳枚庵、周稚圭、項蓮生諸家，容若、竹坨而後，且數變矣，論具卷中，不瑣縷也。</sub>，千金一冶，殊呻共吟，以表填詞正變。無取刻畫二窗，皮傅姜張也，專選清詞者，以是為最多、為最精，固度越《國朝詞綜》及《續編》又《絕妙近詞》而上之。此外則有孫默之《十六家詞》<sub>吳偉業、梁清標、宋琬、曹爾堪、王士祿、尤侗、陳世祥、黃永、陳求可、鄒祇謨、彭孫遹、王士禛、董以寧、陳維崧、董儉。</sub>，清初詞家，略具是矣。又王漁洋有《倚聲集》、顧梁汾有《十名家詞》、張硯銘<sub>名淵懿，字硯銘，青浦人，有《月聽軒詩餘》。</sub>田髯淵<sub>名茂遇，字榕公，號髯淵，有《綠水詞》《清平詞》。</sub>有《詞壇妙品》十卷，皆康熙前人之詞,孫月坡有《七家詞選》<sup>厲樊榭、林蠡槎、吳枚庵、吳穀人、郭頻伽、汪小竹、周稚圭</sup>,去取頗精審。譚復堂師嘗欲廣之為前七家,則宋轅文<sup>名徵璵,字直方,一字轅文,華亭人,有《海閩香詞》</sup>、錢葆馚、彭羨門<sup>名孫遹,字駿孫,號羨門,海鹽人,有《延露詞》</sup>、沈遹聲<sup>名豐垣,字遹聲,錢塘人,有《蘭思詞》</sup>也,益以李舒章<sup>名雯,字舒章,華亭人,有《蓼齋詞》</sup>沈去矜<sup>名謙,字去矜,號東江,仁和人,有《東江詞》</sup>、陳其年為十家。又廣之為後七家,則張皋文、周止庵、項蓮生、許海秋<sup>名宗衡,字海秋,上元人,有《玉井山館詩餘》</sup>、蔣鹿潭、蔣劍人也,益以張翰風、姚梅伯<sup>名燮,字梅伯,號野橋,鎮海人,有《疏影樓詞》</sup>、王少鶴<sup>名拯,初名錫振,字定甫,號少鶴,馬平人,有《茂陵秋雨詞》</sup>為十家。其專錄嘉慶朝人之詞者,為張仲遠<sup>名成皋</sup>之《同聲集》,殆以繼《宛陵詞選》而為之。若《眾香詞》者,則徐樹敏、錢岳所選閨秀之作也。

# 第四章　評　語

　　清代之詞，約計之，有初葉、中葉、末葉之三大別。作者、評者，皆因之而異，彙錄評語，藉以覘初葉、中葉、末葉之風尚也。

　　李元鼎，字梅公，吉水人，明天啓進士，清兵部侍郎，有《文江唱和集》二卷。

　　鄧孝威云："文江詞清眞澹雅，無富縟之累，又得遠山夫人<sup>即朱中楣,<br>亦吉水人</sup>伉儷倡酬、調琴鼓瑟，亦詞林佳話也。"

　　吳偉業，字駿公，號梅村，太倉人，明崇禎進士，清國子監祭酒，有《梅村詞》一卷。

　　《四庫全書提要》云："吳偉業《詩餘》二卷，韻協宮商、感均頑豔，允足接跡屯田，嗣音淮海。"王士稹詩稱"白髮塡詞吳祭酒"亦非虛美。尤展成云："先生以詩名海內，其所譜《通天臺》及《臨春閣》《秣陵春》諸曲，尤膾炙人口，詞在季孟之間，雖不多作，要皆不乖風雅之致。"王漁洋云："婁東祭酒長短句，能驅使南北史，爲是體中獨創，且流麗穩貼，不徒直逼幼安。"

　　龔鼎孳，字孝昇，號芝麓，合肥人，明崇禎進士，清刑部尚書，諡端毅，有《三十二芙蓉詞》一卷。

　　尤展成云："先生詞如花間美人，自覺斌媚，當與宋子京'紅杏枝頭'，晏同叔'桃花扇底'並豔千古。"王漁洋云："龔尚書《蟇山溪》詞'重來門巷'盡日飛紅雨,不知其何以佳,但覺神馳心醉。"

曹溶,字秋嶽,一字潔躬,號倦圃,嘉興人,明崇禎間進士,清戶部侍郎,有《靜惕堂詞》一卷。

朱竹垞云:"余壯日從先生南游嶺表,西北至雲中,酒闌燈炧,往往以小令慢詞,更迭唱和;有井水處,輒為銀箏檀板所歌。念倚聲雖小道,當其為之,必崇爾雅、斥淫哇,極其能事,則亦足以宣昭六義、鼓吹元音。往者明三百禩,詞學失傳,先生搜輯遺集,余曾表而出之。數十年來,浙西填詞者,家白石而戶玉田,春容大雅,風氣之變,實由於此。"

梁清標,字玉立,眞定人,明崇禎進士,清保和殿大學士,有《棠村詞》二卷。

陸蓋思云:"棠村極穠豔而無綺羅薌澤之態,所謂生香眞色人難學也。"

宋琬,字玉叔,號荔裳,萊陽人,四川按察使,有《二鄉亭詞》一卷。

董蒼水云:"玉叔慢詞,多商羽之音,如秋颮拂林、哀泉動壑,小令如新箏乍調、雛鶯初囀,尖仳新豔。"

何采,字滌源,上元人,侍讀,有《南澗詞》一卷。

湯潛庵云:"省齋小詞蒼涼高逸,能與稼軒、放翁馳騁上下。"

王士祿,字子底,號西樵,新城人,吏部考功司員外郎,有《炊聞詞》二卷。

《四庫全書提要》云:"王士祿《炊聞詞》一百七十三首,其中如《漁歌子》之'逐鷺徵鳧下遠洲'、《生查子》之'階憐好月癡'、《點絳脣》之'雨翾空庭'、《卜算子》之'暗燭影疑冰',皆未免失之雕琢，為過於求奇之病，非詞家本色也。"

曹爾堪，字子顧，嘉善人，侍讀學士，有《南溪詞》一卷。

尤展成云："近日詞家愛寫閨襜，易流狎昵，蹈揚湖海，動涉叫囂，二者交病，顧庵工於寓意，發為雅音，品格當在周秦姜史之間。"

王士稹，字貽上，號阮亭，別號漁洋山人，諡文簡，新城人，刑部尚書，有《衍波詞》一卷。

彭羨門云："衍波詞體備唐宋，美非一族，江上之風高雁斷，蜀岡之亂柳啼鴉，贈雁之水碧沙明，參橫月落，遠向瀟湘去，直合東坡、稼軒、白石、梅溪為一手。"鄒程村云："衍波詞小令，極哀豔之深情、窮倩盼之逸趣，其《醉花陰》、《浣溪沙》諸闋，不減南唐二主也。"

張錫懌，字宏軒，上海人，泰安州知州，有《嘯谷餘聲》一卷。

孫愷似云："嘯谷詞源出東坡，而溫雅綿麗，含蓄不露，則斟酌於小山、淮海之間。"

丁澎，字飛濤，仁和人，禮部郎中，有《扶荔詞》二卷、《詞變》一卷。

宗定九云："扶荔詞如瑣窗寒咏東風，入柳非烟、弄花無影，柳初新咏柳及早和他同倚，怕消魂夕陽飛絮，淒楚回環，情味無盡，以視花間、草堂諸詞，不啻奴盧橘而婢黃柑、輿蒲萄而隸答遝。"

孫暘，字赤霞，號蔗庵，常熟人，順治舉人，有《折柳詞》一卷。

朱竹垞云："蔗庵詞心情澹雅、寄託遙深，能盡洗草堂陋習。"顧梁汾云："折柳諸作極清婉妍秀之致，較《浣紅居詞》，體格又一變矣。"

李天馥，字湘北，諡文定，永城人，武英殿大學士，有《容齋詞》一卷。

曹秋嶽云：“楊用修評陸務觀詞，纖豔如淮海、沈雄似東坡，余謂《容齋》能兼擅所長。”

毛際可，字會侯，遂安人，知縣，有《浣雪齋詞》一卷。

沈昭子云：“會侯博洽研貫，其所為詞，俱審音協律，不愧大晟樂府之遺。”

曹貞吉，字升六，號實庵，安邱人，禮部員外郎，有《珂雪詞》二卷。

朱竹垞云：“詞至南宋始工。斯言出，未有不大怪者，惟實庵舍人意與余合，今就咏物諸詞觀之，心摹手追，乃在中仙叔夏公謹，兼出入天游仁近之間，北宋自方回、美成外，慢詞有此幽細綿麗否？”王漁洋云：“實庵不為閨襜靡曼之音，而氣韻自勝，其淡處絕似宋人。”

董俞，字蒼水，華亭人，順治舉人，有《盟鷗草閣詞》三卷。

彭羨門云：“蒼水情詞兼勝，小令尤工。”

董元愷，字舜民，長洲人，順治舉人，有《蒼梧詞》一卷。

尤展成云：“舜民以名孝廉忽遭詿誤，侘傺不自得，故激昂哀感，悉寓於詞。”

余懷，字澹心，一字無懷，號曼翁，又號曼持老人，莆田人，有《秋雪詞》一卷。

吳梅村云：“澹心詞，大要本於放翁，而藻豔輕俊，又得之梅溪、竹山。”

呂師濂，字黍字，山陰人，有《守齋詞》一卷。

王漁洋云：“黍字詞峭雅而旨豔。”

陸埜,字我謀,平湖人,有《曠莽詞》一卷。

彭羨門云:"曠庵年來濩落不偶,所作長短調及和《漱玉詞》,若有所寄託而云然者,其詞妍雅綿麗,頗與北宋名家風格相似。"

華袞,字龍眉,江都人。

王漁洋云:"龍眉廣陵詩人,其詞清婉,彷彿竹屋蘆川。"

王晫,初名棐,字丹麓,仁和人,諸生,有《峽流詞》一卷。

施愚山云:"詞貴清空、不尚質實,丹麓詞,在清空、質實之間。"

吳綺,字薗次。江都人,湖州府知府,有《藝香詞》一卷。

《四庫全書提要》云:"吳綺詩餘最擅名,有'紅豆詞人'之號,以所作有'把酒祝東風,種出雙紅豆'句也,跌宕風流,亦可謂一時才士矣。"朱竹垞云:"薗次之詞,選調寓聲,各有旨趣,其和平雅麗處,似陳西麓。"

丁煒,字澹汝,德化人,湖北按察使,有《紫雲詞》一卷。

朱竹垞云:"紫雲詞流播南北,蓋兼宋元人之長。"

佟世南,字梅岑,滿洲人,有《東白堂詞》一卷。

曹秋嶽云:"東白詞纏綿婉約,當與柳屯田、秦淮海爭長。"

顧貞觀,字華峯,號梁汾,無錫人,國史院典籍,有《彈指詞》三卷。

杜紫綸云:"彈指詞極情之至,出入南北兩宋,而奄有眾長。"況蕙風云:"容若與梁汾交誼甚深,詞亦齊名,而梁汾稍不逮容若,論者曰失之尨。"

錢芳標,字葆酚,華亭人,內閣中書,有《湘瑟詞》四卷。

彭羨門云:"葆酚居清切之地,雍容都雅,名滿海內,乃詞名湘瑟。若以仲文自況,夫曲終江上。句非不工,然寥寥十韻,何至乞靈神助，以視是編之驚才絕豔，大歷才人，殆不免有愧色矣。”

納蘭性德，納蘭氏，原名成德，字容若，滿洲人，康熙文進士、侍衛，有《飲水詞》三卷。

顧梁汾云：“容若詞一種淒惋處，令人不能卒讀，人言愁我始欲愁。”陳其年云：“飲水詞哀感頑豔，得南唐二主之遺。”周稚圭云：“或言納蘭容若，南唐李重光後身也，予謂重光，天籟也，恐非人力所及。容若長調多不協律，小令則格高韻遠，極纏綿婉約之致，能使殘唐墜緒，絕而復續，第其品格，殆叔原、方回之亞乎！”況蕙風云：“容若為國初第一詞人，其詞純任性靈、纖塵不染，甘受和、白受采，進於沈著渾至，不難矣！”

楊大鶴，字九皋，武進人，官諭德，

王漁洋云：“九皋年未及終童，而才情綺逸，偶作小詞，亦不減晏小山‘落花人獨立，微雨燕雙飛’之句也。”

彭孫遹，字駿孫，號羨門，海鹽人，吏部侍郎，有《延露詞》三卷。

嚴秋水云：“羨門驚才絕豔，長調數十闋，固堪獨步江左。至其小詞，啼香怨粉、怯月淒花，不減南唐風格。”吳子律云：“彭十於字之多寡平仄，任意出入，沿明人故習，不若朱十之嚴。”

王頊齡，字顓士，華亭人，武英殿大學士，諡文恭，有《螺舟綺語》一卷。

丁藥園云：“螺舟詞，能於無景中著景，此意近人所未解。”

陸葇，字義山，平湖人，內閣學士。

蔣京少云：“義山詞體致修潔，體物諸作，尤極工細。”

尤侗，字展成，號西堂，長洲人，翰林院檢討，有《百末詞》二卷。

曹顧庵云：“悔庵詞流麗圓轉，如細管臨風，新鶯啼樹，至其感慨詼諧，流傳酒樓郵壁，又天然工妙，直兼蘇辛秦柳諸長。”

毛奇齡，初名甡，字大可，蕭山人，翰林院檢討，有《毛翰林集填詞》六卷。

姜汝長云：“河右詞其旨精深，其體溫麗，戶網黏蟲，枕聲停釧，吹簫苦脣朱之落，夢歡愁臂紅之銷，腰慵結帶，時作縈迴，鏡喜看花，暗相轉折，此真靡曼之瑋辭，夫豈纖庸之佚調！”

徐釚，字電發，吳江人，翰林院檢討，有《菊莊詞》《楓江漁父詞》各一卷。

宋牧仲云：“菊莊《憶秦娥》《菩薩蠻》諸闋，猶有南唐遺韻。”梁雲麓云：“菊莊高處，在穠豔中時見本色。”

朱彝尊，字錫鬯，號竹垞，自號小長蘆釣師，秀水人，翰林院檢討，有《江湖載酒集》二卷、《靜志居琴趣》一卷、《茶烟閣體物集》二卷、《蕃錦集》一卷。

李分虎云：“竹垞詞雖多豔語，然皆一歸雅正，不若屯田樂章，徒以香澤為工者。詞而豔，能如竹垞，斯可矣！”沈融谷云：“竹垞詞句琢字鍊，歸於醇雅，雖起白石、梅溪諸家為之，無以過也！”杜紫綸云：“竹垞詞神明乎姜史，刻削雋永，本朝作者雖多，莫有過焉者！”吳子律云：“竹垞自云倚新聲玉田差近，其實玉田詞疏，竹垞詞謹嚴；玉田詞淡，竹垞詞精緻，殊不相類，竊謂小長蘆撮有南宋人之勝，而其圓轉瀏亮，應得力於樂笑翁耳。”又云：“竹垞詞有名士氣，淵雅深穩、字句密緻。”

陳維崧，字其年，宜興人，翰林院檢討，有《迦陵詞》三十卷。

曹秋嶽云：“其年與錫鬯並負軼世才，同舉博學鴻詞，其為詞，亦工力悉敵、烏絲載酒，一時未易軒輊也。”

嚴繩孫，字蓀友，無錫人，翰林院檢討，有《秋水詞》一卷。

張漁川云："國初詞家，小長蘆而外，斷推秋水，小詞精妙，一時作者未易幾也！"樊榭《論詞絕句》曰："閒情何礙寫雲藍，淡處翻濃我未諳，獨有藕漁工小令，不教賀老占江南。"況蕙風云："秋水詞風格，在梁汾、容若之間。"

孫枝蔚，字豹人，三原人，康熙十八年舉博學鴻詞，有《溉堂詞》一卷。尤展成云："豹人詞，以飛揚跋扈之氣，寫嶔崎歷落之思，其品格當在稼軒、東坡之間。"

李良年，字符曾，秀水人，康熙十八年舉博學鴻詞，有《秋錦山房詞》二卷。

曹升六云："秋錦論詞，必盡埽蹊徑，嘗謂南宋詞人，夢窗之密、玉田之疏，必兼之乃工，今讀是集，洵非虛語。"

李符，字分虎，一字耕客，嘉興人，有《耒邊詞》一卷。

朱竹垞云："分虎游屐所向，南朔萬里、詞帙繁富，殆善學北宋者，頃復示余近稿，益精研南宋諸名家詞，乃變而愈上矣！"高二鮑云："耒邊詞，能盡埽臼科，獨露本色，在宋人中絕似竹山。"

汪森，字晉賢，桐鄉人，戶部郎中，有《小方壺存稿詞》二卷。

朱竹垞云："晉賢居桐鄉，築裘杼樓，積書萬卷，宋元人詞集最多，取而研究之，故其詞能標舉新異，一洗花間、草堂陋習。"

徐喈鳳，字竹逸，荊溪人，雲南同知，有《蔭綠軒詞》一卷、《續集》一卷。

徐野君云："竹逸詩餘，蕭寥工雅，兼備風騷，如聆清琴，不覺意消心遠。"

魏允札，字州來，嘉善人，諸生，有《東齋詞略》四卷。

柯南陔云："東齋始學稼軒，縱橫排奡，不可捉摸，既而焚香靜寄，灑然有得，鏟除豪氣，一歸清雅。”

孫鉉，字思九，華亭人，諸生，有《繪影詞》、《鏤冰詞》各一卷。

盧文子云：“思九詞，其精麗圓妥處，不減梅溪片玉。”

趙維烈，字承齋，上海人，有《蘭舫詞》一卷。

丁藥園云：“承齋詞鍊格，流露處妙極自然。”

沈豐垣，字通聲，錢塘人，有《蘭思詞》四卷。

吳吳山云：“蘭思詞，如獨憐春草不成花，看盡晚雲都做水，怪底窺人鶯不語，綠楊枝上微微雨，妙語天然，直臻神境。”譚復堂師云：“沈通聲倚聲柔麗，探源淮海、方回，所謂層臺緩步，高謝風塵，有竟體芳蘭之妙。”

沈皞日，字融谷，平湖人，有《柘西精舍集》一卷。

龔蘅圃云：“融谷詞，況之古人，殆類王中仙、張叔夏，雖其博綜樂府，兼括衆長，固不盡出於二家。然體各有所近，不位置融谷於二家之間，固不可也！”

吳儀一，字璪符，一字舒鳧，錢塘人，監生，有《吳山草堂詞》十七卷。

厲樊榭云：“吳山髫年游太學，名滿都下，尤工於詞。王新城晚年有《寄懷西泠三子》詩，曰：‘稗村樂府紫山《詩》，更有《吳山絕妙詞》。此是西泠三子者，老夫無日不相思，其為前輩推重如此。”

陳謀道，字心微，嘉善人，諸生，有《百尺樓稿》、《詞附》。

《嘉善縣志》云：“心微工小令，得南宋風致。王尚書士稹選入《倚聲集》，稱其‘數枝紅杏斜陽’句，勝於宋子京，人稱為‘紅杏秀才’。”

沈岸登，字覃九，一字南渟，平湖人，有《黑蝶齋詞》一卷。

朱竹垞云："詞莫善於姜夔。梅溪、玉田、碧山諸家，皆具夔之一體，自後得其門者寡矣。吾友覃九詞，可謂學姜氏而得其神明者。"

曹亮武，字渭公，宜興人，有《南畊詞》六卷，《荊溪歲寒詞》一卷。

《四庫全書提要》云："亮武以倚聲擅名，與陳維崧為中表兄弟，當時名幾相埒。其纏綿婉約之處，亦不減於維崧，而才氣稍遜，故縱橫跌宕，究不能與之匹敵也。"

徐允哲，字西厓，上海人，有《響泉詞》一卷。

周鷹垂云："西厓為春藻赤幟，響泉詞，尤極温藻芊綿之致。"

蔣景祁，字京少，宜興人，同知，有《梧月詞》二卷。

朱竹垞云："梧月詞穠而不靡，直而不俚，婉曲而不晦，庶幾可嗣古人之遺響。"

龔翔麟，字天石，號蘅圃，仁和人，御史，有《紅藕莊詞》三卷。

李分虎云："竹垞客通潞時，蘅圃與共朝夕，故為倚聲最早，無纖毫俗尚入其筆端。"

孫致彌，字愷似，號松坪，嘉定人，侍讀學士，有《別花餘事》一卷、《梅沜詞》四卷、《衲琴詞》一卷。

樓敬思云："松坪先生《別花餘事》，絕似東山、東堂、小山、淮海，《梅沜詞》，則旁及於青兕，而變化於樂笑，其清空騷雅，駸駸乎入宋人之室矣！"

焦袁熹，字廣期，金山人，康熙舉人，有《此木軒直寄詞》二卷。

李健林云："直寄詞高麗精巧，音節間超然入勝，昔人稱梅溪融情景於一家、會句意於兩得，作者亦然。"

魏坤，字禹平，嘉善人，康熙舉人，有《水村琴趣》四卷。

朱竹垞云："魏孝廉《水村琴趣》，力追南渡作者。"

徐瑤，字天璧，荊溪人，有《離墨詞》二卷。

狄立人云："天璧才擅眾長，詞不一格，或瑰瑋如夢窗，或清勁如白石，或綺麗婉約，如美成、少游。"

許田，字莘野，錢塘人，高縣知縣，有《屏山春夢詞》二卷、《水痕詞》一卷。

劉廷璣云："詞家三昧，全以不著迹象為佳，余最愛莘野解語花結句，'漾花梢一朵行雲，化水痕難覓'，其妙處在離卽之間。"

戴錡，字坤斧，嘉興人，監生，有《魚計莊詞》一卷。

朱竹垞云："坤釜詞務去陳言，謝朝華而啓夕秀，蓋兼南北宋之長者。"

杜詔，字紫綸，號雲川，無錫人，翰林院庶吉士，有《浣花詞》一卷、《鳳髓詞》三卷、《蓉湖漁笛譜》一卷。

顧梁汾云："浣花風流蘊藉詞如其人，麗而則、清而峭，晏周之流亞也！"宋牧仲云："紫綸詞脫去凡豔，品格在草窗玉田之間。"

程夢星，字午橋，江都人，翰林院編修，有《茗柯詞》一卷。

《四庫全書提要》云："今有堂集詩略近劍南一派，而間出入於玉溪生，詞亦具南宋之體，但其格力差減耳！"江冷紅云："青溪瓣香姜史，故其詞極纏綿婉約之致。"

查為仁，字心穀，號蓮坡，宛平人，康熙舉人，有《押簾詞》一卷。

吳寶厓云："蓮坡才思超俊，履險能夷，時時招余坐花影庵，風簾雪檻，刻燭賦詩外，尤好倚聲。抽妍騁祕、宮協律諧，能盡洗草堂、花間之餘習而出之以雅正，押簾一卷，允當把臂玉田，拍肩白石。”

徐逢吉，字紫山，自號靑蓑老漁，錢塘人，諸生，有《柳洲清響搖鞭集》、《微笑集》各一卷。

厲樊榭云：“徐丈紫山黃雪山房，在學士港口，湖山幽勝處也。其詞清微婉妙，絕似宋人。”

厲鶚，字太鴻，錢塘人，康熙舉人，乾隆元年舉博學鴻詞，有《樊榭山房詞》二卷、《續集》一卷。

徐紫珊云：“樊榭詞生香異色，無半點烟火氣，如入空山、如聞流泉，眞沐浴於白石梅溪而得之者。”陳玉几云：“樊榭詞清眞雅正、超然神解，如金石之有聲，而玉之聲清越；如草木之有花，而蘭之味芬芳。”趙意田云：“琴雅一編，節奏精微，輒多絃外之響，是謂以無累之神，合有道之器者。”譚復堂師云：“太鴻思力，可到清眞，苦為玉田所累。”又云：“塡詞至太鴻，眞可分中仙夢窗之席，世人爭賞其餖訂窳弱之作，所謂微之識碔砆也。”

柯庭，字南陔，嘉善人，宜都縣知縣，有《月中簫譜》二卷。

吳日千云：“南陔詞，有唐人之豔冶而充拓其門垣，有南宋之繽密，而翦裁其繁賾。”

徐漢倬，字鳴皋，無錫人。

杜紫綸曰：“鳴皋詞筆秀絕。”

吳雯炯，字鏡秋，豐城人，有《香草詞》一卷。

厲樊榭云：“笙山生世寡諧，含情有託，《香草詞》卷，小令尤工。莫道風敲竹，是儂來，非手提金縷之冶思乎？孤月也應無可遣，各分愁一段，非踏楊花之鬼語乎？南唐北宋，殆兼其勝。”陳玉几云：“笙山香草一編，薰心染臆於姜張吳史之間，故穠而不迷，豔而能清"。

陸培，字翼風，號南薌，平湖人，東流縣知縣，有《白蕉詞》四卷。

厲樊榭云："南薌詞清麗閒婉，使人意消。續稿二卷，乃燕山後游及客梁園之作，年長多愁，聲情變而愈上矣"。張今培云："白蕉詞宮鳴徵和，纖妙嬛奇，直兼宋元諸家所長。"

張奕樞，字今培，平湖人，諸生，有《紅螺詞》一卷。

厲樊榭云："檇李為詞人之藪，自竹垞導其源而沈李諸家，一時稱盛，二十年來，久無繼聲者，張君今培起而振之，其詞綺麗芊綿、淡沲平遠，端可分鑣秋錦、接武南淳。"

查學，字七倫，號硯北，海甯人，監生，有《半緣詞》一卷。

厲樊榭云："東海查君七倫半緣詞，以澹雅為宗，可謂善學南渡者。"

王時翔，字抱翼，號小山，太倉人，成都府知府，有《香濤集》《紺寒集》《青綃樂府》《初禪綺語》《旗亭夢囈》各一卷。

小山自跋云："詞至南宋。始稱極盛，誠屬創見，然篤而論之，細麗密切，無如南宋而格高韻遠、以少勝多。北宋諸公，往往高拔南宋之下。余年十五，愛歐文忠、晏小山、秦淮海之作，摹其豔製，得二百餘首，年來與里中毛博士鶴汀、顧孝廉玉停舉詞社，二君皆仿南宋，余亦强效之，弗能工也。"

毛健，字今培，太倉人，貢生，有《臥茨樂府》一卷。

王小山云："鶴汀杜門家居，購唐宋以來諸名家樂府，編覽而精收之，薈萃醞釀，久而後發，故所著彌工，挹其神致，大都在蘋洲花外玉田之間。"

吳鎮，字信辰，狄道人，沅州府知府，有《松崖詩錄》《附詞》

一卷。

楊蓉裳云：“葉肥而孤花明，雲淨而峭峯出。”況惠風云：“鏗麗沈至，是能融五代入南宋者。”

王嵩，字穎山，太倉人，諸生，有《別花人語》一卷。

王小山云：“南宋詞人號極盛，然以夢窗之奇麗而不免於晦，以周草窗之澹逸而或近於平。穎山詞，能兼二窗之美，而無其病。”

王策，字漢舒，太倉人，諸生，有《香雪詞鈔》二卷。

王小山云：“香雪詞逸塵而奔，幾欲駕兩宋諸名家而出其上。”

徐庚，字囧懷，太倉人，諸生，有《曇華詞》二卷。

王小山云：“囧懷年少俊才，不隨時尚，尤愛填詞，《曇華》一集，半皆風情之作，微詞婉約，託興遙深。”

吳焯，字尺鳧，號繡谷，錢塘人，有《玲瓏簾詞》一卷。

厲樊榭云：“繡谷作詞，在中年以後，寓託既深，攬擷亦富，紆徐幽邃，惝怳綿麗。使人有清真再生之想。其掐譜尋聲，兢兢於去上二字之分，尤不失刌度。”

金肇鑾，字羽階，錢塘人，貢生，有《存齋遺稿》一卷、《詞附》。

杭董浦云：“存齋為厲樊榭先生高弟，其詞幽秀澹逸，頗似秋林琴雅之遺。”

馬曰琯，字秋玉，祁門人，乾隆元年舉博學鴻詞，有《嶰谷詞》一卷。

陳授衣云：“嶰谷性好交游，四方名士過邗上者，必造廬相訪，近結邗江吟社，以倚聲與賓朋酬倡，與昔時圭塘玉山相埒，其詞清新刻削，能自成一家。”

陳榮杰，字無波，一字慕陵，祁陽籍，會稽人，諸生，乾隆元年舉博學鴻詞，有《香夢詞》二卷。

柯南陔云：“無波詞能埽除靡曼之音，特標清新之意。”黃唐堂云：“無波詞風流自賞，不輕出以示世，獨以余為知音，其一種清虛婉約之致，全以情勝。”

陸天錫，字畏蒼，平湖人，乾隆舉人，有《古香閣詩稿》二卷、《詞附》。

張明信云：“其詞體具葩騷，旨趣麗則，旖旎豪宕處，無不與古作者意旨脗合。”

江炳炎，字研南，錢塘人，有《琢香詞》一卷。

陳玉几云：“琢香詞豔豔如月、亭亭若雲，蕭然遇之，清風入林，程物賦形而無遺聲焉！至於審音之妙，鑰合尺圍，靡間絲髮，昔人所稱神解者非耶！”

江昱，字賓谷，號松泉，儀徵人，諸生，有《梅鶴詞》四卷。

刁去瑕云：“賓谷雅好南宋人詞，尤愛其中一二家最平淡者，平日論詞及所自為，並能追其所見。”趙飲谷云：“賓谷梅邊琴泛一卷，追情石帚、繼響玉田，昔南史稱柳公雙鎖為琴品第一，若梅邊琴泛者，其亦第一詞品乎！”

張四科，字喆士，號漁川，臨潼人，監生，有《響山詞》四卷。

厲樊榭云：“漁川詞刪削靡曼，歸於騷雅。其研詞鍊意，以樂笑翁為法，讀響山一編，覺白雲未遠也。”

江昉，字旭東，號橙里，又號研農，歙縣人，有《練溪漁唱》三卷、《集山中白雲詞》一卷。

《淮海英靈集》云：“橙里意境清遠，慕姜白石、張叔夏之風。其詞清空蘊藉，無繁麗昵褻之情，除激昂呌號之習，可謂卓然名家。”沈沃田云：“橙里少嗜倚聲，饒有清致，蒯鉢肝腎，磨濯心志，幾幾乎追南渡之作者而與之竝。雖自汰甚嚴，所存不啻半珠一粟，而其苦心孤詣，善學古人，審音者固望而可知也！"

朱雲翔，字遂佺，元和人，諸生，有《蝶夢詞》一卷。

許名崙云："蝶夢詞融情鍊景、刻羽引商，溯權輿於李唐，備體裁於趙宋，擬之竹垞，可與代興。"

陸烜，字蝶厂，平湖人，有《夢影詞》一卷。

陳太暉云："夢影詞以白石之清勁、兼玉田之深婉，生香眞色，在離卽之間。"

朱芳靄，字吉人，號春橋，桐鄉人，監生，有《小長蘆漁唱》四卷。

高槎客云："桐鄉朱子春橋，竹垞太史族孫，碧巢農部之外孫也，其詞句琢字鍊，調合律諧，具有小長蘆家法。"

王昶，字德甫，號蘭泉，晚號述庵，青浦人，乾隆進士、刑部侍郎，有《紅葉江村詞》。

黃韻甫云："先生論詞，深得南宋宗旨。"

董潮，字曉滄，號東亭，海鹽人，翰林院庶吉士，有《漱花集詩餘》一卷。

黃韻甫云："曉滄詞，如冷蝶秋花，自饒淒豔。"

吳錫麒，字聖徵，號穀人，錢塘人，國子監祭酒，有《有正味齋詞》。

譚復堂師云："祭酒名德淸才，矜式後起，詩規漁洋，詞學樊榭，可云正宗，而骨脆才弱。成就甚小。"

張誠，字熙河，晚號嬰上散人，平湖人，乾隆舉人，候選知縣，有《鶴厂詞》一卷。

黃韻甫云："高邁蒼豔，能擷蘇、辛之精。"

汪棣，字韓懷，號對琴，江都人，貢生，刑部員外郎，有《春華閣詞》二卷。

黃唐堂云：“對琴詞，如入武夷啖荔枝，鮮美獨絕；又如饌設江瑤柱，與羣殽錯迥別。”陳玉几云：“對琴以餘事為長短句，清音亮節，具體樂笑翁，而生峭之致，奧折之趣，別自煎洗於夢窗、白石。”

吳泰來，字企晉，號竹嶼，長洲人，內閣中書，有《曇香閣琴趣》二卷。

蔣西餘云：“企晉水月方清，雲嵐比潤，偶作詩餘，亦是蘇門長嘯。”

趙文哲，字損之，號璞函，上海人，戶部主事，卹贈光祿寺少卿，有《嫣雅堂詞》四卷。

吳竹嶼云：“璞函詞瓣香於碧山蛻巖，故輕圓俊美、調協律諧，以近代詞家論之，允堪接武竹垞、分鑣樊榭。”

朱澤生，字時霖，號芝田，休寧人，有《鷗邊漁唱》一卷。

吳竹嶼云：“芝田天才幽儁，於詞不學而能。其《西湖送春感舊》及《梨花翦秋羅》諸闋，品格在碧山玉田之間。”

朱莅恭，字叔曾，號桂泉，休寧人，諸生。

曹來殷云：“桂泉詞幽倩。”

張熙純，字策時，號少華，上海人，內閣中書，有《曇華閣詞》一卷。

朱吉人云：“少華襟情爽颯，而填詞又極纏綿，故以韻勝也。”

林蕃鍾，字毓奇，號蠡槎，華亭教諭，有《蘭葉詞》一卷。

沈桐威云：“蠡槎有《精選南宋四家詞》，以石帚、玉田為宗，而旁及於草窗、梅溪，故鍊句研詞，自能超越凡近。”

沈起鳳，字桐威，號蘋漁，吳縣人，祁門縣訓導，有《吹雪詞》一卷。

褚筠心云：“桐威以度曲知名，吳中麯部，求得新聲，奉為珙璧，而詞亦清新，不墮王實甫關漢卿蹊徑。”

魏之琇，字玉橫，錢塘人，有《柳州樂府》一卷。

江玉屏云：“柳州詞筆平正，不失為雅音，宋人中絕似陳西麓。”

過春山，字葆中，吳縣人，諸生，有《湘雲遺稿》二卷。

吳竹嶼云：“湘雲徜徉山水，嘯咏風月，所作詩詞，如雪藕冰桃，沁人醉夢。”

沈蓮生，字清愛，號遠亭，平湖人，阜陽縣知縣，有《香草溪詞》。

屈韜園云：“遠亭詞屏絕穠纖，獨抒清雋。”黃韻甫云：“遠亭詞旨幽微，宜於秋燈疏雨時誦之。”

姜安，字淳甫，號怡亭，錢塘人，訓導，有《冬碧樓樂府》。

郭頻伽云：“淳甫與白樓米樓同以詞名浙中，為蘭泉先生所賞，淳甫詞委折自道，不作囁嚅耳語。”

孫鼎煊，字耀乾，休寧人，有《籽香堂詞》。

譚復堂師云：“《籽香堂詞》雅健，有夢窗、草窗遺意。”

江聲，字鯨濤，吳縣人，嘉慶元年舉孝廉方正，有《艮庭詞》一卷。

惠松崖云：“鯨濤少與過葆中吳企晉以詞唱和，逮專心經術，輟不復為，而所存秀句名篇，並堪諷詠。”

曹言純，字絲贊，號種水，嘉興人，貢生，有《種水詞》四卷。

黃韻甫云：“種水詞慢調樸老堅潔，自饒嫵媚，非時下輕攏漫撚者所能學步。小令觸緒生情，瑣瑣如道家常，深得古樂府神理，禾中朱李以來，斷推作手。"

袁棠，字甘林，號湘湄，吳江人，嘉慶元年舉孝廉方正，有《洮瓊館詞》一卷。

譚復堂師云："洮瓊館詞秀潤，如秋露中牽牛花。"

錢枚，字枚叔，號謝盦，仁和人，吏部主事，有《微波亭》詞。

郭頻伽云："微波詞步武南唐，神韻超絕。"譚復堂師云："微波亭詞一往情深，似謝朓、柳惲詩篇。"又云："微波亭詞芳蘭竟體，秀絕人寰，有人為傷心纔學佛語，尤警絕。"

樂鈞，字元淑，號蓮裳，臨川人，嘉慶舉人，有《斷水詞》三卷。

黃韻甫云："孝廉喜為奇麗之文，兼工韻語，詞境朗秀幽峭，別具會心。"

李若虛，字實夫，錢塘人，銅仁府正大營巡檢，有《海棠巢詞稿》。

吳仲雲云："海棠巢詞膩柳豪蘇，兼有其勝。"

馬公儀，字仲威，號棣園，上元人。

郭頻伽云："棣園得兩宋風格，清和諧婉，不愧雅詞。"

孔昭虔，字元敬，號荃溪，曲阜人，貴州布政使，有《繪聲琴雅詞》。

黃韻甫云："方伯詞幽秀婉約，塵障一空，每誦一過，如在綠陰芳草間也。"

劉嗣綰，字醇甫，號芙初，陽湖人，翰林院編修，有《箏船詞》。

黃韻甫云："太史以相門子績學能文，詞亦幽雋絕塵、不涉凡豔。"

周濟，字保緒，一字介存，號未齋，晚號止庵，荊溪人，淮安府教授，有《味雋齋詞》。

譚復堂師云：“止庵詞精密純正，與茗柯把臂入林。”

周青，字木君，荊溪人，有《柳下詞》。

周止庵云：“柳下詞多酸澀之味，思力沈摯，求之古人，往往而合。”

孫家穀，字曙舟，一字幼蓮，甯波人，襄陵縣知縣，有《種玉詞》一卷。

姚野橋云：“先生詞情婉意約，的宗秦柳，其穠麗俊雅處，又與夢窗西麓為近。”

周之琦，字稚圭，祥符人，廣西巡撫，有《金梁夢月詞》。

黃韻甫云：“夢月詞渾融深厚，語語藏鋒，北宋瓣香，於斯未墜。”

汪潮生，字汝信，號飲泉，江都人，諸生，有《冬巢詞》。

譚復堂師云：“冬巢詞粹美無疵，深入宋賢之室。”

孫若霖，字伯雨，江寧人，有《雙紅豆閣詞》。

黃韻甫云：“雙紅豆閣主人喜作南唐小令，疏香細艷、結想綿緲，自是雅音。”

張應昌，字仲甫，錢塘人，內閣中書，有《烟波漁唱》。

黃韻甫云：“舍人詞清迥絕塵，使人自遠。”

龔自珍，更名鞏祚，尋復名自珍，字璱人，號定盦，學佛名曰鄔波索迦，仁和人，禮部主事。有《紅禪詞》《無著詞》《懷人館詞》《影事詞》《小奢摩詞》。

譚復堂師云：“定公能為飛仙劍客之語，填詞家長爪梵志也。昔人評山谷詩，如食蝤蛑，恐發風動氣，予於定公詞亦云。”又云：

"綿麗沈揚，意欲合蘇、辛而一之，奇作也。"

夏寶晉，字玉延，有《笛椽詞》。

譚復堂師云："玉延為郭頻伽之甥，所謂山抹微雲女婿也，高秀之致、欲度冰清。"

潘德輿，字彥輔，一字四農，山陽人，安徽知縣，有《養一齋詞》。

譚復堂師云："養一齋詞清疏老成，而少生氣。"

改琦，字七薌，華亭人，有《玉壺山房詞選》二卷。

曹種水云："七薌詞，清空處如冰壺映雪、飛動處如野鶴依雲，讀之神爽。"

胡金題，字品佳，又字瘦山，平湖人，諸生，有《金屑詞》《酒邊詞》各一卷。

徐雪廬云："金屑詞出入唐宋，為懷寧余伯扶所傾倒。"

馬洵，字伯泉，號小麇，海寧人，有《五千卷室詩集》，附《瓶隱詞》。

黃韻甫云："伯泉詞清微，有繪影繪聲之妙。"

張爾旦，字信甫，常熟人，有《種玉堂詞稿》。

黃韻甫云："種玉詞纏綿淒遠、言外恨長、弱柳啼烟、疏花颦雨，讀之，低徊欲絕。"

王嘉福，字穀之，號二波，長洲人，儀徵守備，有《二波軒詞選》二卷。

黃韻甫云："二波詞如落花戀樹、飛燕依人，語不求深，使閱者自醉，情勝故也。"張石樵云："二波詞哀感頑豔、悅魄盪心。"

張維屏，字子樹，號南山，番禺人，同知，有《聽松廬詞鈔》二卷。

黃韻甫云：“先生詞秀雋不凡。”

仲湘，字壬甫，號子湘，吳江人，諸生，有《宜雅堂詞》。

黃韻甫云：“子湘詞婉轉幽媚、堂名宜雅，信乎其不愧也！”

吳贊，原名廷鉁，字惠欽，一字彥懷，常熟人，刑部員外郎，有《塔影樓詞》。

張默成云：“彥懷詞託興遙深，用筆曲折，選言明淨，得詞家三昧。”

朱紫貴，字立齋，長興人，杭州府訓導，有《楓江漁唱》。

黃韻甫云：“廣文詞如秋水春雲，清微淡遠，是學玉田而得其神髓者。近人徒事修潔，無言外意，輒思附庸玉田，去之遠甚。”

朱有源，字月槎，海鹽人，道光舉人。

黃韻甫云：“月槎詞神韻幽迥。”

陳行，字小魯，仁和人，有《一窗秋影庵詞》。

梁晉竹云：“小魯詞出入蘇、辛，小令酷肖板橋。”

嚴元照，字修能，一字九能，號悔庵，又號蕙櫋，歸安人，貢生，有《柯家山館詞》三卷。

譚復堂師云：“婉約可歌。”

朱綬，字仲環，號酉生，元和人，道光舉人，有《知止堂詞錄》三卷。

黃韻甫云：“酉生詞有白石之蒼、夢窗之麗，氣格清渾，不事字句雕飾，當於全體中求之也。”

曹楙堅，字樹蕃，號艮甫，吳縣人，湖北按察使，有《曇雲閣詞鈔》。

陶鳧香云：“艮甫詞在草窗、竹屋之間，至清虛超雋處，尤與玉田為近。”黃韻甫云：“曇雲閣詞，蒼豔處雅近白石，集中諸調，

《琵琶仙》尤擅勝場，當以‘曹琵琶’呼之。”

項鴻祚，原名繼章，字蓮生，錢塘人，道光舉人，有《憶雲詞甲乙丙丁稿》。

黃韻甫云：“《憶雲詞》古豔哀怨，如不勝情；猿啼斷腸、鵑淚成血，不知其所以然也。”譚復堂師云：“蓮生古之傷心人也，盪氣迴腸，一波三折。有白石之幽澀而去其俗，有玉田之秀折而無其率，有夢窗之深細而化其滯，殆欲前無古人。其《乙稿》自序云：‘近日江南諸子’競尚填詞，辨韻辨律，翕然同聲，幾使姜、張頫首。及觀其著述，往往不逮所言，云云。婉而可思。又《丁稿》自序云：‘不為無益之事’何以遣有涯之生，亦可以哀其志矣，以成容若之貴，項蓮生之富，而填詞皆幽豔哀斷、異曲同工，所謂別有懷抱者也！”又云：“杭州填詞，為姜、張所縛，百年來屈指，惟蓮生有真氣耳！”

黃曾，字菊人，錢塘人，直隸知縣，有《瓶隱山房詞》。

黃韻甫云：“菊人詞新警詭麗、獨絕一時。其守律之嚴，尤一字不苟，非惟才大，亦復心細，蓋詞中之精品也！”譚復堂師云：“大令審律甚嚴，胸襟凡近，詞多死句。”

沈傳桂，字隱之，號閏生，長洲人，道光舉人，有《鶯天笛夜吟》《碧瀟蘿月譜》《絮禪居蘭語》。

潘功甫云：“閏生詞如踏葉孤嶺、落花空譚、口香莓苔、食冷烟火，其張王孫之匹歟？抑白石之亞也？”

汪憲，字子黃，秀水人，教諭。

黃韻甫云：“子黃詞筆悽警。”

諸嘉杲，字麟士，號子量，仁和人，江蘇州判，有《棗花簾詞》。

黃韻甫云：“子量向不作詞，自與予交，始致力焉。其一種雋妙之趣，迥非塵想，此事洵有天授。”

許謹身，字瑞徵，號金橋，仁和人，兵部武選司主事。

黃韻甫云：“金橋詞婉妙聰俊，與茶烟閣為近。”

陳澧，字蘭甫，番禺人，道光舉人，有《憶江南館詞》。

譚復堂師云：“蘭甫先生孫卿仲舒之流，文而且儒，粹然大師。不廢藻詠，填詞朗詣，洋洋乎會於風雅，乃使綺靡奮厲兩家，廢然知反。”

費丹旭，一名旭，字子苕，號曉樓，烏程人。

黃韻甫云：“曉樓詞清夐，不著纖塵。”

姚燮，字梅伯，號野橋，鎮海人，道光舉人，有《疏影樓詞稿》。

黃韻甫云：“梅伯詞極跌盪新警，如山雞舞鏡，顧影自憐，能獨樹一幟，而不屑屑於模範者。”

孫麟趾，字清瑞，號月坡，長洲人，諸生，有《零珠詞》、《碎玉詞》。

錢筱南云：“月坡詞婉約清空，纏綿深至，無紛然雜出之語，有往復不已之思，是得力於碧山、玉田而不屑刻意求似者。”嚴問樵云：“月坡詞芬芳悱惻，音豔神清。”

彭崧毓，字于蕃，一字漁叟，江夏人，雲南迆南道，有《求是齋詩詞》。

張鹿仙云：“漁叟詞秀逸奇宕，自成一家。”

喬重禧，字鷺洲，上海人，貢生，有《宜園詩餘》。

黃霽青云：“宜園詞才調富有、情致纏綿。”

石同福，字叔民，號敦夫，吳縣人，廣西梧州府知府，有《瘦竹幽花館詞》三卷。

吳枚庵云：“大旨瓣香竹垞，而小令婉麗，詞蘊籍，兼有南北宋之長。”戈順卿云：“運格於高，取味於雋。”

楊尚觀，字改之，號譜香，錢塘人，有《延秋佇月樓詞》。

黃韻甫云：“譜香詞哀激凄警。”

沈彥曾，字士芙，號蘭如，長洲人，諸生，有《蘭素詞》。

王井叔云：“蘭如少負殊稟，精研四聲二十八調，又性喜游歷，烟晨月夕，輒以宋人樂府傳之。循節揚聲、動諧律呂。”黃韻甫云：“蘭素詞神清意遠、字字合律。”

吳敬羲，字怡庵，號薇客，仁和人，詹事府贊善。

黃韻甫云：“宮贊詞豪邁近蘇、辛。”

潘曾瑩，字惺齋，吳縣人，吏部侍郎，有《鸚鵡簾櫳詞》《小鷗波館詞》各二卷。

斌笠耕云：“惺齋詞雅麗婉約，得秦柳之神，有姜、張之韻。”黃韻甫云：“侍郎詞如曉霞媚樹、春水浮花，極幽豔蕩漾之致。”蔣劍人云：“少宰詞清華朗潤。”

張金鏞，字海門，平湖人，翰林院編修，有《絳跗山館詞錄》。

黃韻甫云：“海門詞清微窅眇，矜鍊之極，歸於自然，蓋於此事積畢生之力為之，所解悟深也。”

王嘉祿，字綏之，號井叔，長洲人，諸生，有《桐月修簫譜》。

朱西生云：“井叔四聲嚴密，無一不與古人之製調相合。”黃韻甫云：“井叔詞宛轉幽媚，情景俱深，味之，紆迴無極。”

吳廷爕，字彥宣，海鹽人，諸生，有《小梅花館詞》。

黃韻甫云：“彥宣詞胎息玉田，而參以白石之清、夢窗之豔，靜好娟潔。”

吳承勳，字子述，錢塘人，諸生，有《影曇館詞》。

黃韻甫云：“影曇館詞幽膩冷豔，予嘗比之翡翠凌波、珊瑚篆月，至其音律綿細，毫髮不苟，尤為近人所難。”

鄧廷楨，字嶰筠，江寧人，兩廣總督，有《雙研齋詞》。

譚復堂師云：“才氣韻度，與周稚圭伯仲，然而三事大夫，憂生念亂，竟似新亭之淚，可以覘世變也”。又云：“《雙研齋詞》，宋于庭序云忠誠悱惻，咄喑乎騷人、徘佪乎變雅。將軍白髮之章、門掩黃昏之句，後有論世知人者，當以為歐范之亞也！”

陳元鼎，字實庵，號芰裳，錢塘人，翰林院編修，有《同夢樓詞》《鴛鴦宜福詞》《吹月詞》。

黃韻甫云：“實庵詞膩情月漾、古豔天生。”譚復堂師云：“鴛鴦宜福詞豔冶纏綿。”又云：“婉約可歌，有竹山碧山風味，實庵雖未名家，要是好手。”

張炳堃，字鹿仙，平湖人，翰林院編修，有《抱山樓詞》。

黃韻甫云：“以秦柳之纏綿，寫蘇、辛之豪邁，芬芳悱惻，能移我情。鹿仙為海門太史介弟，與《絳跗詞》面目各異，宗旨則同。”

劉勳，字贊軒，福州人。

譚復堂師云：“贊軒詞和婉。”

謝章鋌，字枚如，福州人。

譚復堂師云：“枚如詞多振奇獨造語。”

諸可寶，字璞齋，號遲菊，錢塘人，江蘇知縣，有《捫琴詞》一卷。

張鹿仙云：“捫琴詞作穿雲裂石之聲，小令又極柳嚲鶯嬌之致，其得於天者獨優。”

許宗衡，字海秋，上元人，起居注主事，有《玉井山房詩餘》。

譚復堂師云："海秋先生，傷心人別有懷抱，胸襟醞釀，非尋常文士，度越少鶴通政，<sub>即王</sub>為近詞一大宗。"又云："玉井山房詩餘幽窈綺密，名家之詞。"

何兆瀛，字青耜，上元人，兩廣鹽運使，有《心盦詞存》。

譚復堂師云："何先生詞，抗手許海秋，齊名文苑，不虛也，但沈鬱稍不逮許，而無海老枯率之失。"又云："駢宕麗逸，如見六朝人物。"

姚正鏞，字仲海，有《江上維舟詞》。

譚復堂師云："仲海為詞，思力甚刻至，才性均厚，是一作家。"

蔣春霖，字鹿潭，江陰人，兩淮鹽大使，有《水雲詞》。

李冰叔云："君為詩，恢雄骯髒，若《東淘襍詩》二十首，不減少陵秦州之作。乃易其工力為長短句，鏤情劖恨，轉豪於銖黍之間，直而緻、沈而姚、曼而不靡。"譚復堂師云："婉約深至，時造虛渾。"

丁至和，字保庵，有《萍綠詞》。

譚復堂師云："萍綠與水雲齊名，胸襟未必盡同，填詞甚有工力。"又云："保庵頗以幽澀學石帚。"

趙彥兪，字次梅，有《瘦鶴軒詞》。

譚復堂師云："次梅六十學詞，成就於鹿潭，殊有俊語。"

趙對澂，字野航，有《小羅浮仙館詞》。

譚復堂師云："野航名儁之才，運思婉密，而激楚亦學蘇、辛，倚聲可當名家，惟以闌入散曲，微茫處不免染指。"

錢恩棨，字芝門，鎮洋人。

蔣劍人云："芝門詞以白描本色語見長，自然妍雅。"

汪承慶，字穉泉，鎮洋人，有《蘭笑詞》。

蔣劍人云：“長調音節瀏亮、頓挫生姿，瓣香納蘭容若，而絕少衰颯氣。小令中腔，芬芳悱惻，不墮南宋人雲霧，加以學力，鄙人當退避三舍矣！”

莊棫，字中白，丹徒人，主事，有《蒿盦詞》。

譚復堂師云：“予錄《篋中詞》，終以中白，非徒齊名之標榜，同聲之唱于，亦以比興柔厚之旨相贈處者二十年，嚮序其詞，有曰：‘閨中之思’靈均之遺，則動於哀愉而不能已。”中白當曰：‘非我佳人，莫之能解也！’”

葉衍蘭，字南雪，番禺人，知府，有《秋夢盦詞》。

譚復堂師云：“綺密隱秀，南宋正宗。”

江順詒，字秋珊，旌德人，浙江縣丞，有《願為明鏡室詞》。

譚復堂師云：“秋珊詞，有婉潤之致，不儈劣也。”

張鳴珂，字玉珊，嘉興人，江西知縣，有《寒松閣詞》。

譚復堂師云：“玉珊詞婉麗。”

汪淵，字時甫，績溪人，有《藕絲詞》。

譚復堂師云：“清脆婉秀，固是當行。”

張景祁，字繁甫，號韻梅，錢塘人，福建知縣，有《新蘅詞》。

譚復堂師云：“韻梅蚤飲香名，填詞刻意姜、張。研聲刊律，吾黨六七人奉為導師，故山兵劫，同好晨星，亂定重見，君已摧鋒落機、謝去斧藻。中年哀樂，登科已遲，又復屈承明之著作，走海國之轉板，不無黃鐘瓦缶之傷，倚聲日富。規制益高，駸駸乎北宋之壇宇，江東獨秀，其在斯人乎！”

羊復禮，字辛楣，海寧人，

譚復堂師云：“辛楣文采，最近齊、梁，倚聲寓意高秀。”

俞廷瑛，字小甫，吳縣人，浙江通判，有《瓊華室詞》。

譚復堂師云：“《瓊華室詞》一卷，熨帖頗近陳西麓。”又云：“雅令夷婉，望而知其深於詩者，無膩碎之習，有繁會之音。”

劉炳照，字光珊，號語石，陽湖人，有《留雲借月盦詞》。

譚復堂師云：“集中細意熨帖，情文相生，光珊自道，有軌循姜史製規秦柳源溯馮韋語。既攄心得，亦表正宗，庶乎不愧！”

王鵬運，字佑遐，一作幼霞，自號半塘僧鶩，臨桂人，給事中，有《半塘定稾賸稾》。

譚復堂師云：“《畟墨詞》《畟墨詞彙》刊於《半塘定稾》中千辟萬灌，幾無鑢錘之迹，一時無兩。”

鄭文焯，字叔問，號小坡，漢軍人，內閣中書，有《樵風樂府》。

兄文烺云：“從弟小坡少工側豔，而不盡協律。南游十年，學琴於江夏李復翁，討論古音，乃大悟四上競气之恉，於樂紀多所發明，故其為詞聲出金石。極命風謠，感興微言，深美閎約，如楊守齋所譏轉摺怪異成不祥之音者，庶幾免歟！”易實父云：“追撢兩宋，精辨七始，抉微晱奧，梳櫛披奏，聽於無聲，眇忽成律。使樂官比響，不累於詠歌；文士摘華，靡淆於弦笛，故能鬱伊善感、和平蕩聽。”譚復堂師云：“《瘦碧詞》《瘦碧詞》彙刊於《樵風樂府》中研討聲律，辟灌光氣，夢窗善學清眞。”又云：“《瘦碧詞》持論甚高，摛藻綺密，近時作手，頗難其匹。”

徐燦，字湘蘋，長洲人，大學士海寧陳之遴室，有《拙政園詩餘》三卷。

《林下詞》選云：“湘蘋夫人詩餘，得北宋風格，絕去纖佻之習。”

賀雙卿，字秋碧，丹陽人，金沙綃山農家周某室，有《雪壓軒詩詞》。

黃韻甫云："雙卿詞如小兒女，噥噥絮絮，訴說家常，見見聞聞、思思想想、曲曲寫來，頭頭是道，作者不自以為詞，閱者亦忘其為詞，而情真語質，直接《三百篇》之旨，豈非天籟？豈非奇才？乃其所遇之窮，為古才媛所未有，每誦一過，不知涕之何從也！"

沈榛，字伯虔，一字孟端，嘉善人，明南昌司理德滋女，清進士錢黯室，有《松籟閣集》，《附詞》一卷。

郭頻伽云："夫人詞最清絕。"

李璚，字玉樹，長山人。趙伯麟室，有《海月樓詩餘》。

《山左詩餘》云："玉樹詩餘清麗。"

陸妲，字鄂華，長洲人，張翃室。

郭頻伽云："鄂華工詞，《寄淥卿菩薩蠻》詞，含思淒婉，哀感頑豔，真傷心人語也。"

孫雲鳳，字碧梧，仁和人，有《湘筠館詞》二卷。

郭頻伽云："《湘筠詞》寄意杳微，含情幽渺，置之《花間集》中，當在飛卿、延己❶之間。"黃韻甫云：《湘筠詞》婉約淒遠，短調尤韻，愁脂楚楚，如海棠之在秋也。"

沈芳，字夢緗，長洲人，諸生顧春山繼室，有《寂寥詞》。

黃韻甫云："夫人好讀書，耽吟詠，兼工繪事。筆墨所入，輒以周貧乏，曰：'吾無饑寒憂，留此何用！'慷慨豪爽，有俠士風，詞律謹嚴，神韻超妙，足以洗刷浮濫。"

莊盤珠，字蓮佩，武進人，吳軾室，有《秋水軒詞》。

黃韻甫云："秋水軒詞靈心妙舌，動若天籟，深得三百篇古樂府

---

❶ 疑為"巳"。——編者註

神理。"

　　西林顧春，字子春，號太淸，其族望曰西林，自署姓名曰太淸西林春。淸高宗玄孫奕繪側室，有《東海漁歌》二卷。

　　況蕙風云："太淸詞，得力於周淸眞，旁參白石之淸雋，深穩沈著、不琢不率，極合倚聲家消息。求其詣此之由，大概明以後詞，未嘗寓目，純乎宋人法乳，故能不煩洗伐，絕無一毫纖豔。涉其筆端，曩閱其詞話，謂鐵嶺詞人顧太淸與納蘭容若齊名，竊疑稱美之或過。今以兩家詞互校，欲求妍秀韶令，自是容若擅長；若以格調論，似乎容若不逮太淸。太淸詞佳處，在氣格，不在字句，當於全體大段求之，不能以一二闋為論定，一聲一字為工拙。此等詞，無人能知，無人能愛也！"

　　吳藻，字蘋香，仁和人，同縣黃某室，有《花簾詞》《香南雪北詞》。

　　黃韻甫云："女士工詩，善琴，嫺音律，尤嗜倚聲。初刻《花簾詞》，豪俊敏妙，兼而有之。續刻《香南雪北詞》，則以淸微婉約為宗，亦久而愈醇也。嘗與研訂詞學，輒多慧解創論，時下名流，往往不逮，其名噪大江南北，信不誣也！"

　　錢斐仲，字餐霞，秀水人，山西布政使昌齡女，候選訓導德淸戚士元室，有《雨花盦詩餘》。

　　張鹿仙云："餐霞夫人為南樓老人族裔，書畫能世其業，兼善屬文。所為詞，幽抑怨斷，惻惻動人，正如鸞音鳳吹，縹緲天外，一埽閨襜綺豔之習。"譚復堂師云："洗鍊婉約，得宋人流別。"

　　朱彊村有《褉題淸代諸家詞集後》之《望江南詞》二十四闋，今錄之下方，以資參考。

　　湘眞老：斷代殿朱明，禁本道援堂晚出，江南哀怨不勝情，愁絕庾蘭成（屈翁山）。

蒼梧恨：竹淚已平沈，萬古湖南清絕地，雲山韶濩入悽音，字字楚騷心（王船山）。

爭一字：鵝鴨惱春江，樂府幾篇還跳出，斬新機杼蛻齊梁，餘論惜猖狂（毛大可）。

雲海約：明鏡已秋霜，但願生還吳季子，何曾形穢漢田郎（原注《田耕編自顧詞序》'形穢'，語《梁汾詞》休教看殺風流京兆漢田郎，）歸我有鱸塘（顧梁汾）。

迦陵語：哀樂過人多，跋扈頗參青兕意，清揚恰稱紫雲歌，不管秀師訶（陳其年）。

江湖夢：載酒一年年，靜志微嫌耽綺語，貪多寧獨是詩篇，宗派浙河先（朱竹垞）。

蘭錡閥：肯作稱家兒，解道紅羅亭上語，人間甯止小山詞，冷煖自家知（納蘭容若）。

銷魂極：絕代阮亭詩，見說綠楊城郭畔，游人齊唱冶春詞，把筆儘淒迷（王貽上）。

研韻律：紅友翠薇俱，翻譜竹枝歸刌度，重雕菉斐賴爬梳，驂靳足相於（萬紅友 戈寶士）。

留客住：絕調鷓鴣篇，脫盡綺羅薌澤習，相高秋氣對南山，寖度衍波前（曹升六）。

長水畔：二隱此甌溪，不分詩名叨一飯（武曾《斷句兒童莫笑詩》名賤已博君王一飯來）居然詞派有連枝，人道好塤篪（李武曾 李分虎）。

南湖隱：心折小長蘆，拈出空中傳恨語，不知探得頷珠無，神悟亦區區（厲太鴻）。

回瀾力：標舉選家能，自是詞中疏鑿手，橫流一別見淄澠，異議四農生（張皋文）。

金針度：詞辨止庵精，截斷衆流窮正變，一鐙樂苑此長明，推演四家評[周保緒]。

舟一葉：著岸是君恩，一夢金梁餘舊月，千年玉筍有歸雲，片席蛻巖分[周稚圭]。

無益事：能遣有涯生，自是傷心成結習，不辭累德爲閑情，茲意託平生[項蓮生]。

娛親暇：[九能著《娛親雅言》]餘事作詞人，廿載柯家山下路，空齋畫扇亦前因，成就苦吟身[嚴九能]。

甄詩格：凌沈幾家參，若舉經儒長短句，[李蓴客《論經儒四家詩》謂凌次仲沈沃田王述庵洪稚存]歸然高館憶江南，綽有雅音涵[陳蘭甫]。

人天夢：秋醒發遐心，[王秋有《秋醒詞序》]生長茝蘭工雜佩，較量台鼎讓清吟，抱碧契靈襟[王王秋 陳伯弢]。

皋文後：私淑有莊譚，感遇霜飛憐鏡子，會心衣潤費鑪煙，妙不著言詮[莊中白 譚復堂]。

窮途恨：斫地放歌哀，幾許傷春家國淚，聲家天挺杜陵才，辛苦賊中來[蔣鹿潭]。

香一瓣：長爲半塘翁，抗志直希天水志，起屩差較茗柯雄，嶺表此宗風[王半塘]。

招隱處：大鶴洞天開，避客過江成旅逸，哀時無地費仙才，天放一閒來[鄭叔問]。

閩金粉：曹鄶不成邦，拔戟異軍能特起，非關詞派有西江，傲兀故難雙[文道希]。

# 第五章　詞譜

詞之譜夥矣！清人所撰，較勝於明。《雅坪詞譜》，陸義山<sup></sup>名業，字義<br>撰。《白香詞譜》，舒白香<sub>人，有《天香戲稿》</sub>撰，謝韋庵<sub>南海人</sub>箋之。《自怡軒<br>詞譜》，許穆堂<sub>青浦人，有《自怡軒詞》</sub>撰。《碎金詞譜》，謝默卿<sub>人，有《海天秋角詞》</sub>撰，<br>皆較清聖祖之《欽定詞譜》<sub>康熙五十四年，奕清奉敕撰，凡八百二十餘調，二千三百餘體，<br>於諸調得名之源流，倚聲之平仄，句法之異同，均具有考證</sub>為少。近<br>人所據者，為萬紅友<sub>名樹，字紅友，宜興<br>人，有《香膽詞》</sub>之《詞律》<sub>康熙二十六年，書成，共六百六十調，一千一百八十<br>餘體，以字數之多寡為先後。有類列者，則不拘字數。</sub>

類列者，如《塞姑》為二十四字，而九十五字之《塞孤》，即次於下。《搗練子》為二十七字，而四十八字之《胡搗練》即次於下康熙五十四年，敕修詞譜，樓儼與焉，駁正詞律百餘條。又以《詩餘圖譜》《嘯餘譜》謬妄，以四聲二十八調為經，詞之有宮調者為緯，此即江秋珊師所

謂以古代七音十二律之宮調為經，今之四七工尺為緯也樓又以詞之無宮調者，依時代為先後，附於其下，《詞律》之又一體，實為無理取閙。《雨中花》一調，共列十八首，令慢不辨，皆調之又一體，誤孰甚焉。戈載與王敬之擬增訂《詞律》，作《詞律訂詞律補》，皆未成。杜文瀾乃

本之作《詞律校勘記》二卷，<sub>凡校正者，三百八十五調</sub>徐誠庵<sub>名本立，字子堅，<br>德清人，號誠庵</sub>之《詞律拾遺》<sub>書成於道、咸間，凡二百餘調，四百九十<br>五體，共八卷。前六卷，補《詞律》之未</sub>

備，以未收之詞為補詞，已收而未盡厥體者爲補體。後二卷，則訂正原書，為補註，誠庵拾紅友之遺，網羅散失誠有功補苑，然亦不無襲謬因調之處，且多生澀俗陋之調，殆亦以求備為宗旨歟。

戈順卿恪守紅友之說，謹於持律，剖及豪芒。道光間，從其說者，或不免晦澀窈離，情文不副，然實為聲律諍臣，不可就便安而至僭越也。

凡不依舊調之聲律字句而自創一調者，可先率意為長短句，然後協之以律，曰自度曲，亦曰自度腔。萬氏詞律於明人之自度曲，概置弗錄，而別有輯清人之自度曲者，則咸同間之朱紫鶴也。<sub>名和義，字紫<br>鶴，吳縣人</sub>其書曰《新聲譜》<sub>凡四十<br>七調</sub>。起毛稚黃<sub>名先舒，字稚黃，<br>錢人，有《鶯情詞》</sub>之《二十字令》，訖顧梁<br>汾二百八十三字之《梅影》。納蘭容若頗有自度曲，而譜中僅錄其<br>《青衫溼徧》一関，則亦不免尚有脫漏也。紫鶴之自度曲有三：曰

《返魂香》、曰《采茶春煑碧》、曰《落梅聲》，亦附列焉。惟元明以來，宮調久亡，自度曲之有聲律者，恐僅戈順卿之《一枝秋犯》，卽元明人之自度曲，亦多率意為長短句而已。毛大可謂近人不解音律，動造新曲，曰自度曲云云，則清初已然，後可知矣。

　　詞之宮調旣已久亡，遂無一可歌之詞。清之通解聲律者，殆惟沈蘭如<sub>名彥曾，字士芙，號蘭如，長洲人，有《蘭素詞》</sub>、鄭叔問二人而已。蘭如為道咸間人，少負奇稟，精研四聲二十八調，煙晨月夕，輒以宋人樂府傳之，循節揚聲，動諧律呂。叔問深明管絃聲數之異同，而上攷古燕樂之舊譜，於白石自製曲字旁所記音拍，悉能以意通之。其他作者，僅依前人之調，按其平仄，填入字句<sub>或曰有平聲誤者</sub>，斤斤於上去兩聲之辨，遵紅友《詞律》而已<sub>不講求上去兩聲者甚多</sub>，求其四聲悉合者，已不多得，能知陰平之為清聲，陽平之為濁聲者，則百無一二。聚今之詞人而語以音呂，示以樂色，其有不狂愕姍笑，目為神經怪牒者，幾希！

　　宮調之墜，不可復續。學者今日，亦惟致力於四聲，以為慰情勝無，稍盡填詞之能事而已。凌次仲<sub>名廷堪，字次仲，歙縣人，有《梅邊吹笛譜》</sub>嘗曰："宜興萬氏專以四聲論詞，畏其嚴者多詆之，瀘州先著尤甚，以為宋詞宮調，別有祕傳，不在四聲。"按《白石集滿江紅》云："末句無心撲，歌者將心字融入去聲，方諧。"《徵招》云《正宮·齊天樂》慢前兩拍是徵調，故足成之。及考《徵招》起二句平仄，與《齊天樂》吻合，則宋人未嘗不以四聲定宮調，萬氏之說，初不與古戾也。

　　清人之恪守詞律，能一聲一字，剖析無遺。如方千里<sub>三衢人，有《和清眞詞》</sub>有之和清眞者。道咸間，有王井叔<sub>名嘉祿，字綬之，號井叔，長洲人，有《桐月修簫譜》</sub>為朱酉生<sub>名綬，字仲環，號酉生，元和人，有《知止堂詞錄》</sub>所賞，謂其四聲嚴密，無一不與古人相合。其後惟朱彊邨、況蕙風二人之詞，根據宋元舊譜，四聲相依，一字不易也。

# 第六章　詞韻

　　清人所輯之詞韻夥矣！最初為沈去矜之《沈氏詞韻略》、毛稚黃 <sub></sub>名先舒，字稚黃，後更名騄，字馳黃，錢塘人，有《平遠樓外集》、《鶯情詞》 為之《括略》，並注以東、董、江、講、支、紙等標目。平領上去而止列平上，似未賅括。其於入聲，則兩字相連，曰屋沃。曰覺藥，又似紛雜。且用陰氏韻目，刪併既失其當，則分合之界，模糊不清，字復亂次以濟，不歸一類。其音更不明晰，舛錯之譏，實所難免。仲道久 名恆，仁和人 字道趙南金 名鑰，字千門，萊陽人，號 、曹南畊 名亮武，字渭公，號南畊，宜興人，有 《南畊詞》、《荊溪歲寒詞》各有詞韻，與沈去矜本，大同小異。胡德甫 名文煥，字德甫，號金庵，一號抱琴居士，錢塘人 之《文會堂詞韻》，平上去三聲用曲韻，入聲用詩韻，騎牆之見，亦無根據。李笠翁 名漁翁，字蘭谿 所輯《詞韻》，以鄉音妄分二十七部，尤為不經。許頌蔚 名昂霄，字頌蔚，海寧人，有《陽坡山人詞》 《詞韻考略》，根據今韻，平上去分十七部，入分九部，曰古通古轉、曰今通今轉、曰借叶，大旨以平聲貴嚴，宜從古；上去較寬，可參用古今；入聲更寬，不妨從今。此如癡人說夢，更不足道。所幸諸書皆未風行，猶不至謬以傳謬耳。嘉慶朝詞人所深信不疑者，為吳荀叔 名娘，字荀叔，全椒人，有《杉亭詞》 、江橙里 名昉，字旭東，號橙里，又號硯農，歙縣人，寓居揚州，有《集山中白雲詞》 、程筠榭 名世，字筠榭，江都人 之《學宋齋詞韻》，以學宋為名，而所學皆宋人誤處。真、諄、臻、文、欣、魂、痕、庚、耕、清、青、蒸、登、侵，皆同用。元、寒、刪、山、先、仙、覃、談、鹽、沾、嚴、咸、銜、凡，皆併部。入聲則物迄入質陌韻，合盍業洽狎乏入月屑韻，濫通取便，駁雜不堪。且字數太略，又無音切，分合半通之韻，則臆斷之。去上兩見之字，則偏收之，種種疎謬，其病百出。鄭春波乃繼作《綠漪亭詞韻》，以附會之，羽翼之，而詞韻遂因之大紊矣！此外尚有吳寧之《榕園詞韻》。遵《廣韻》部目，斟酌分并，平聲從沈去矜，上去以平為準，入以平上去為準，則較確。又有曰《碎金詞韻》者，固不足觀。而行世至久之《晚翠軒詞韻》，亦陋。孫月坡有《詞韻指南》，迄未梓。自戈順卿《詞林正韻》<sub>書成於道光元年，共十九部，以平領上去者十四部，因詞有平仄互叶之體也。第一部平聲：一東二冬三鍾；上聲：一董二腫，去聲：一送二宋三用；餘類推。入聲五部：第十五部一屋三沃三燭；餘類推。</sub>出，而倚聲家奉為正鵠，以迄於今，始無落韻之失。蓋皆取兩宋之名詞，參酌而審定之，盡去諸弊，且以宋子京<sub>名祁，字子京，諡景文，安陸人，徙居雍丘。</sub>鄭天休<sub>名戩，字天休，諡文肅，吳縣人。</sub>賈子明<sub>名昌朝，字子明，諡文，元甕鹿人。</sub>所修之《集韻》為本而從之，更復廣稽韻書，旁引曲證而成。韻書之善，誠莫逾於此矣！

# 第七章　詞話

　　清人之詞話，多於昔，彭羨門有《金粟詞話》、毛大可<sup>名奇齡，初名甡；字大可，蕭山人；</sup>有《毛翰林集》六卷</sup>有《西河詞話》。徐電發<sup>名釚，字電發，吳江人，有《菊莊詞》、《楓江漁父詞》</sup>沈偶僧<sup>名雄，字偶僧，吳江人，有《柳塘詞》</sup>有《柳塘詞話》。董文友<sup>名以寧，字文友，武進人，有《蓉湖詞》</sup>有《蓉湖詞話》。李雨村<sup>名調元，字雨村，號墨莊，綿州人</sup>有《雨村詞話》。陸鎣有《問花樓詞話》。趙秋舲<sup>名慶塘，字秋舲，仁和人，有《香消酒醒詞》</sup>有《聽秋聲館詞話》。吳子律<sup>名衡照，字子律，仁和籍，海寧人，有《辛卯生詩餘》</sup>有《蓮子居詞話》。蔣劍人有《芬陀利室詞話》。況蕙風有《蕙風詞話》。所惜者，周止庵所著詞話，原為《詞辨》卷九，未梓行而稿厄於水，不得嘉惠學子。譚復堂師《復堂詞錄》之末，原附《論詞》一卷，《詞錄》未刊而稿失。珂雖於《復堂文集》《復堂日記》《詞辨》《篋中詞》四書中，輯其論詞之言為《復堂詞話》，實未盡萬一耳。至若閨秀所作之詞話，則沈湘佩<sup>名善寶，錢塘人，凌雲室武</sup>及王蕙雲二女士，皆有閨秀詩話。而錢餐霞女士<sup>名餐霞，秀水人，德清戚士元室。</sup>之《雨花盦詩餘後》，亦附詞話不以詞話名其書，而實卽詞話者，則賀黃公<sup>名裳，字黃公，丹陽人，有《紅牙詞》</sup>有《皺水軒詞筌》。王漁洋有《花草蒙拾》。彭羨門有《詞藻》、王靜齋<sup>名又華，字靜齋，錢塘人</sup>有《詞論》。徐電發有《詞苑叢談》。劉公勇<sup>名體仁，字公勇，潁州人。有《七頌堂集》，詞附。</sup>有《七頌堂詞繹》。鄒程邨<sup>名祇謨，字程邨，一字許士，有《麗農詞》</sup>有《遠志齋詞衷》。方成培有《香研居詞塵》。宋于庭<sup>名翔鳳，字于庭，長洲人，有《香草詞》</sup>有《樂府餘論》。張永川<sup>名宗橚，字永川，海鹽人，有《藕村詞》</sup>有《詞林紀事》。馮墨香<sup>名金伯，字墨香，南匯人，有《南村詞略》</sup>有《詞苑萃編》。周止庵有《介存齋論詞雜著》。孫月坡有《詞迳》。至若江秋珊師<sup>名順詒，號秋珊，旌德人，<br>有《顧為明鏡室詞》</sup>之《詞學集成》。則取昔人論說之異同得失，旁通曲證，折衷一是而為之，條分縷析，撮其綱：曰源、曰體、曰音、曰韻；衍其流：曰派、曰法、曰境。師又有《補詞品》二十則<sup>一則<br>佚</sup>：曰崇意、曰用筆、曰布局、曰斂氣、曰考譜、曰尚識、曰押韻、曰言情、曰戒褻、曰辨微、曰取徑、曰振采、曰結響、曰善改、曰著我、曰聚材、曰去瑕、曰行空、曰妙悟。《詞品》之所以云補者，蓋以郭頻伽有《詞品》十二則，楊伯夔<sup>名夔生，字伯夔，金匱人，有<br>《過雲精舍詞》、《眞松閣詞》</sup>有《續詞品》十二則也。

# 編後記

本書由胡樸安的《詩經學》、賀楊靈的《古詩十九首研究》以及徐珂的《清代詞學概論》三種書拼合而成。

胡樸安（1878～1947），本名有忭，字仲明、仲民、頌明，號朴安、半邊翁，安徽涇縣溪頭村人。我國近現代著名的文字訓詁學家、南社詩人，曾先後任教于上海大學、持志大學、國民大學和群治大學等。胡樸安曾先後加入國學保存會、南社、同盟會，后積極參與辛亥革命等反清反帝的進步事業，他主要是通過辦報紙、寫社論的方式，通過革命輿論的宣傳來推動革命事業的發展。自 20 世紀初開始，胡樸安曾先後在《国粹学报》《民权报》《民国日报》《民国新闻》《天铎报》《新闻报》等報紙任过職，宣傳"民主"與"共和"的革命思想，在當時的上海新聞界頗有影響。在學術研究上，胡樸安在經史研究方面獨樹一幟，立足于現代學術的觀點，取古書中的材料，通過對漢字形體韻聲的分析，来考證古代的社會、學術和人的活動。作為南社成員，胡樸安一生還留下了大量詩作。

賀楊靈（1901～1947），字培心，江西人。1930 年年初，賀扬灵赴日本早稻田大學文学院攻读研究生。回國后在國民政府任職，抗戰期間先后组织政工队与抗日武裝，渡江深入杭嘉各地，开展游击战争。后又在教育与文化方面采取了不少措施，收容沦陷区的青年入学，安置学者名流。主要著作有《古诗十九首研究》和诗集《残叶》。

徐珂（1869～1928），原名昌，字仲可，浙江杭州人。1889 年参加乡试，中举人。在学习传统文化之外，颇关注新学，曾于 1895 年参加过"公车上书"活动，后成为"南社"的成员。1901 年他到了上海，与蔡元培、张元济相交往，担任《外交报》的编辑，后随《外交报》一起成为商务印书馆编译所的职员，後又成為《东方杂志》的编辑。其主要著作有《清稗类抄》，全书 48 册，分為时令、地理、风俗、工艺、文学、外交等 92 类，录数百种清人笔记。另编有《清朝野史大观》《天苏阁丛刊》《康居笔记汇函》等掌故笔记。

本社此次印行，以商務印書館 1930 年出版的《詩經學》、大光書局 1935 年出版的《古詩十九首研究》、大東書局 1926 年出版的《清代詞學概論》為底本進行整理再版。在整理過程中，首先，將底本的豎排版式轉換為橫排版式，並對原書的體例和層次稍作調整，以適合今人閱讀；其次，在語言文字方面，對於其中與當今的現代漢語語法或習慣用法不符的用字或用詞現象，如非原則性錯誤，則基本尊重底本原貌，不做改動；再次，在標點符號方面，於民國時期的標點符號的用法與今天現代漢語標點符號規則有一定的差異，並且這種差異在一定程度上不適宜今天的讀者閱讀，因此在標點符號方面，以尊重原稿為主，並依據現代漢語語法規則進行適度的修改，特別是對於頓號和書名號的使用，均加以注意，稍作修改和調整，以便於讀者閱讀和理解；最後，對於原書在內容和知識性上存在的一些錯誤，此次整理者均以"編者註"的形式進行了修正或解釋，最大可能地消除讀者的困惑。

文 茜

2015 年 9 月

# 《民國文存》 第一輯書目